KB094870

모방에서 창조까지 하는
에이전트

모방에서 창조까지 하는 에이전트 12

킹묵 현대 판타지 장편소설

초판 1쇄 찍은 날 § 2023년 7월 17일
초판 1쇄 펴낸 날 § 2023년 7월 24일

지은이 § 킹묵
펴낸이 § 서경석

총괄팀장 § 황창선
편집책임 § 박현성
디자인 § 스튜디오 이너스

펴낸곳 § 도서출판 청어람
등록번호 § 제387-1999-000006호
등록일자 § 1999. 5. 31
어람번호 § 제1-3214호

본사 § 경기도 부천시 부일로 483번길 40 서경B/D 3F (우) 14640
편집부 § 서울특별시 구로구 디지털로 272 한신IT타워 404호 (우) 08389
전화 § 02-6956-0531 팩스 § 02-6956-0532
http://www.chungeoram.com
E-mail § chungeorambook@daum.net

ISBN 979-11-04-92492-7 04810
ISBN 979-11-04-92457-6 (세트)

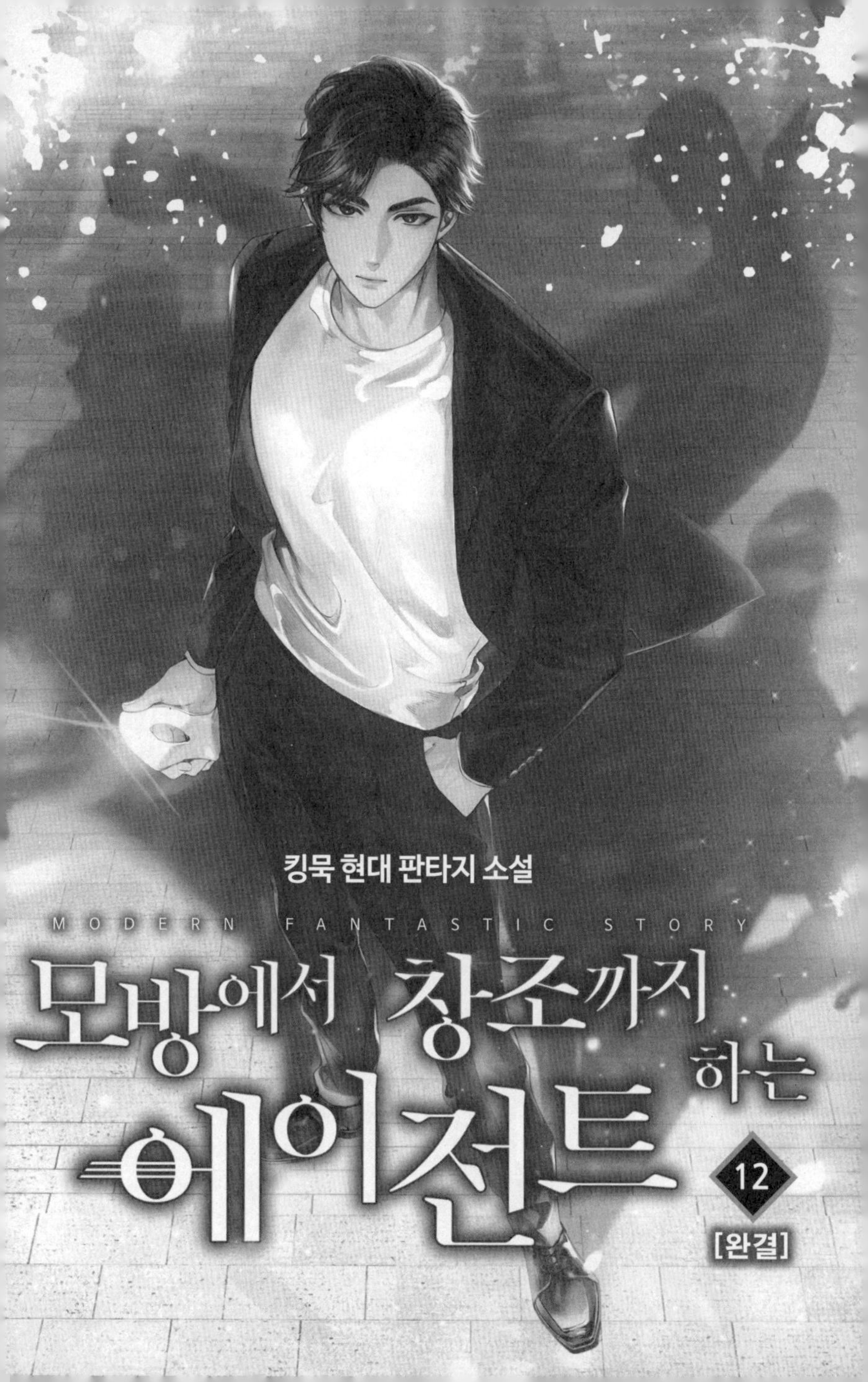
킹묵 현대 판타지 소설
MODERN FANTASTIC STORY
모방에서 창조까지 하는
에이전트
12
[완결]

모방에서 창조까지 하는
에이전트

목차

제1장

—

부모님의 계획

　홍게를 사 들고 집에 오니 두 동생들도 이미 집에 와 있었다. 홍게를 쪄서 가져왔기에 기다릴 것 없이 간단하게 손만 씻고 바로 식사를 하기 위해 식탁으로 갔다.

"뭘 이렇게 많이 사 왔어. 비싸지 않아?"
"싸더라고요. kg당 2만 원밖에 안 하던데."
"우리 아들 덕분에 엄마 호강하네."

　어머니가 바로 식사를 준비하기 위해 일어나려 할 때, 아버지가 먼저 일어나더니 어머니의 어깨를 가볍게 눌렀다.

"앉아 있어. 내가 가져올게. 너무 많아서 라면 물은 좀 약하게 올려봐야겠네."

아버지는 수저와 접시 등을 가져온 뒤 자리에 앉았다. 그러고
는 태진을 보며 씨익 웃으며 말했다.

"무슨 좋은 일 있어? 갑자기 다 같이 밥 먹자고 해서 엄마랑
아빠가 얼마나 기분 좋았는데."
"그냥 월급 탔어요."
"월급? 보너스 받았어?"
"저번에 에이드랑 일한 성과급이 들어왔더라고요."
"어이구! 그럼 랍스터 먹을걸!"

이런 모습을 보면 전혀 힘들지 않아 보였다. 마음고생도 전혀 없이
편안한 얼굴이었다. 그때, 어머니가 태진을 가만히 바라보며 말했다.

"일이 많이 힘들지?"
"아니요. 재미있어요."
"힘들면 힘들다고 말해도 돼. 가족한테 얘기 안 하면 누구한
테 해. 무슨 일 있는 건 아니지?"
"아니요. 아무 일도 없어요."
"그래? 태민이도 표정이 안 좋고, 우리 막내도 그러고. 진짜 무
슨 일 있는 거 아니지?"

태진이 보기에는 둘 다 아무렇지 않아 보이게 행동하고 있는

데 어머니가 보기에는 아닌 듯했다.

"진짜 별일 없어요."

그때, 태은이 갑자기 어머니를 보며 말했다.

"엄마랑 아빠는? 엄마랑 아빠도 힘든 일 있으면 얘기해 줘. 엄마가 말한 것처럼 우리, 가족이잖아."
"엄마는 힘든 일 없지. 너희만 있으면 항상 행복하지."
"엄마는 참… 아빠는?"
"아빠도 없는데? 아빠는 너희 엄마만 있으면 행복하지. 하하. 유부남 생존 수칙이니까 잘 배워 둬."

혹시 어머니도 아버지가 회사를 그만둔 걸 모르는 게 아닌가 하는 생각이 들었다. 어머니한테도 얘기를 안 하고 혼자 끙끙 앓고 있었을 아버지 생각에 마음이 불편하기만 했다. 동생들도 마찬가지였는지 분위기가 약간 무거워졌다. 그런 분위기를 못 느끼실 부모님이 아니었기에 아버지가 먼저 입을 열었다.

"무슨 일이 있나 본데? 이런 분위기로 식사하면 체할 거 같으니까 먼저 얘기를 해 볼까?"
"아니에요. 아무 일도 없어요."
"저도요."

대답을 한 태진과 태민이 동시에 태은을 봤고, 태은은 두 형의 시선을 모르는 체하고는 입을 열었다.

"아, 그냥 물어본다? 계속 숨기면 다 힘들어져."
"뭘? 뭘 물어봐?"
"아빠."
"응?"
"아빠, 회사 그만뒀어?"
"어? 어떻게 알았어?"
"진짜 그만뒀어? 그럼 맨날 출근한 건 뭐야. 비둘기 밥 주러 다녔어?"

아버지는 당황한 얼굴로 형제들을 차례대로 쳐다봤고, 태은은 그런 아버지에게 말을 이었다.

"그런 걸 왜 말 안 해. 회사 다니다가 잘릴 수도 있고 그런 건데. 아빠 편하게 놀아. 내가 먹여 살릴게."
"뭐?"
"그동안 맨날 회사 다니느라 힘들었을 거 아니야. 내가 책임질 테니까 마음 편하게 놀아! 살다 보면 회사 잘릴 수도 있고 그런 거지!"
"잘린 거 아니야. 아빠가 그만둔 거지."
"뭘 그만둬! 아빠 맨날 큰형아한테 아직 건재하다고 아빠 위치 넘보지 말라고 그랬잖아. 그런 사람이 회사를 그만둬?"

아버지는 여전히 당황한 얼굴이었고, 태은은 아버지의 약해진 모습에 울컥했는지 약간 격앙된 목소리였다. 그때, 어머니가 아버지 대신 입을 열었다.

"아빠 회사 그만두신 거 맞아."
"엄마도 알고 있었어?"
"그럼, 엄마가 말렸는데도 그만두신 거야. 사실 엄마 때문에 그래."

아버지는 걱정된 얼굴로 어머니를 쳐다보며 물었다.

"애들한테 말하기 싫다면서 괜찮겠어?"
"괜찮지. 우리 아들들한테 가족끼리 숨기지 말자고 해 놓고 내가 숨긴 게 좀 그래서."

태진은 무슨 일인가 싶어 부모님들의 얼굴을 번갈아 쳐다봤다. 그러자 어머니가 형제들의 얼굴을 보며 미소를 지은 채 말했다.

"사실 잘린 건 엄마야."
"커피숍이요?"
"응, 시에서 운영하던 게 개인에게 넘어갔나 봐. 그래서 나이 많은 사람을 쓰기는 싫은가 보더라고."

직장에서 해고된 건 아버지가 아니라 어머니였다. 태진은 어머니가 바리스타 자격증을 따고 얼마나 기뻐했는지 알기에 실망감이 더 컸을 거란 것이 느껴졌다.

"언제 그러셨어요?"

"4개월이나 됐어."

"말씀하시지 그러셨어요. 그럼 그동안 커피숍 가신다면서 어디 가신 거예요?"

"일자리를 좀 알아봤어. 엄마는 커피 만드는 게 좋더라고. 그런데 구하기가 쉽지가 않더라."

"집에서 만드셔도 되잖아요."

어머니는 미소를 지었다. 하지만 그 미소 속에 미안한 마음이 담겨 있었고, 형제들은 모두가 미소 속에 담긴 미안함을 느끼고 있었다. 그때, 아버지가 입을 열었다.

"엄마가 너희들 장가갈 때 보태 주려고 그러는 거야."

"안 보태 주셔도 돼요. 아직 결혼할 생각도 없고 저희들이 벌어서 하면 되죠."

"부모 마음은 안 그래. 그리고 엄마가 집에만 있으면 뭐 하니. 너희들 다 일하고 학교 가고 그러면 엄마 혼자 집에 있는데 얼마나 심심하겠어. 밖에 나가서 사람들도 구경하고 그러면 심심하진 않잖아."

태진은 한숨을 삼키고는 말을 이었다.

"그런데 아버지는 왜 회사 그만두신 거예요?"

"그런데 도대체 어떻게 안 거야? 나중에 얘기해 주려고 했는데."

"태은이가 회사에 전화해 봤대요."

"아! 그런 방법이 있었네. 휴대폰으로 전화할 거만 생각했지 그 생각은 못 했네. 역시 우리 아들들 똑똑해."

아버지는 분위기를 가볍게 만들려고 일부러 농담을 섞어 가며 말했다.

"엄마가 커피 만드는 거 좋아한다고 말했잖아."

"네."

"그래서 차라리 커피숍을 차리는 게 좋을 거 같더라고. 네 엄마도 남의 눈치 안 보고 편하게 일할 수 있잖아."

"아⋯⋯."

"아빠도 잘 알아보고 결정한 거야. 그래서 지금 가게 알아보러 다니고 있는 중이고. 가게 계약하고 나서 너희들한테 얘기하려고 했는데 우리 아들들이 눈치가 빨라서 걸려 버렸네."

그때, 태진의 머릿속에 예전에 아버지가 책을 보던 모습이 떠올랐다.

"아⋯ 그래서 바리스타 책 보고 계셨던 거예요?"

"그럼. 아빠가 그때 얼마나 놀랐다고."

"같이 하시려고요?"

"그렇지. 엄마가 종일 있는 건 힘드니까."

"알바를 구하면 되잖아요."

"네 엄마 성격에 그게 안 되지."

아버지는 어머니를 보며 자상한 미소를 짓더니 말을 이었다.

"말 안 했다고 너무 서운해하지들 마. 엄마가 너희들 걱정해서 그런 거야. 엄마가 나이 먹어 가면서 팔이 좀 아파 오나 봐. 괜찮았었는데 가끔씩 아파 오는 것 같아."

형제들은 놀란 얼굴로 어머니를 쳐다봤다. 예전 사고 때 다친 사람은 태진만이 아니었다. 태진은 그래도 정상적인 삶을 살고 있지만 어머니는 여전히 왼쪽 팔을 움직일 수가 없었다. 태진은 순간 머릿속이 정지된 듯한 기분이었다.

어머니도 힘들었을 텐데 그런 걸 생각해 본 적이 없었다. 그저 당연하게 받기만 했다. 왜 그걸 못 느끼고 있었던 건지 스스로가 한심했다.

태민도 같은 마음이었는지 표정이 굳어 있었다. 자기 때문에 일어난 사고라고 생각하던 녀석이기에 또다시 그렇게 생각하진 않을까 걱정도 되었다. 그때, 태은이 벌떡 일어나더니 어머니를 꼬옥 안았다.

"엄마, 많이 아파?"
"엄마 안 아파."
"어유, 우리 엄마. 아프지 마."

태은의 애교에 어머니는 활짝 웃으셨다. 그리고 방금까지만 해도 같이 걱정하던 태은은 이제 태진과 태민을 향해 적대적인 눈빛을 보냈다.

"자식 키워 봤자 소용없다는 말이 딱 맞아. 형아들 엄마 팔 좀 주물러 주고 해라. 어휴. 덩치는 산만 해서."

"왜, 형들도 엄마 걱정 많이 해 주는데. 그리고 엄마 괜찮아. 가끔 아픈데 아빠가 괜히 오버해서 얘기하는 거야."

"우리 엄마, 아프지 마."

태진은 웃음도 나면서 어머니께 죄송스러운 마음도 들었다. 그때, 태민이 굳은 얼굴로 아버지에게 물었다.

"그래서 가게 알아보셨어요?"

"알아보고 있지."

"퇴직금 받으시려고 그만두신 거예요?"

"그것도 있고, 엄마랑 시간도 같이 보내고 싶고 그래서 그런 거야."

"네… 가게가 잘 안 구해져요?"

"그렇지? 기왕 할 거 마음에 드는 데로 했으면 좋겠는데 아직은 마땅한 곳이 없네."

"사람 많은 곳이요?"

"그럼 엄마 힘들어서 안 되지. 조용하면서도 유동 인구도 적당한 곳을 알아보고 있어. 집도 가까워야 되고 조건이 좀 까다로워서 그런가 좀 걸리네."

"그동안 많이 보셨을 거 아니에요. 한 군데도 없었어요?"

"있긴 있는데 많이 비싸지."

그때, 태민이 목을 한 번 가다듬고는 입을 열었다.

"가게 비용은 신경 쓰지 마시고… 계약하세요. 비용은 해결할게요."

태민의 말에 가장 먼저 반응한 건 태은이었다.

"아… 지금 좀 멋있었어. 형 지금 재벌 2세 같았어."
"조용히 해라. 마음에 드시는 곳 있으면 바로 계약하세요. 아셨죠?"

부모님은 태민의 말만으로도 기분이 좋은지 환하게 웃었다.

"괜찮아. 네가 얼마나 힘들게 돈 버는 줄 아는데 어떻게 받니. 마음으로도 충분해. 그리고 우리 태민이도 장가가야 되는데 많이 모아 둬. 알았지?"
"저 그 정도는 충분히 해 드릴 수 있어요."

부모님께 얼마 버는지 얘기하지 않은 모양이었다. 부모님들은 정확히 모르는 듯 보였다. 그때, 태민이 휴대폰을 만지더니 부모님께 내밀었다. 그러자 어머니를 안아 주고 있던 태은이 가장 먼저 반응을 보였다.

"일, 십, 백, 천… 억… 9억? 형님!"
"이게 뭐야……?"

태민은 무덤덤한 표정으로 대답했다.

"일부 정산된 금액이에요. 앞으로도 더 들어올 거고요. 그러니까 비용은 걱정하지 마시고 계약하세요. 제가 투자한다고 생각하셔도 되고요."

"아니야! 이 녀석이……."

부모님들이 놀란 얼굴로 태민을 볼 때, 태은이 거들고 나섰다.

"엄마, 하는 게 좋을걸? 내가 세상에서 제일 존경하는 작은형님 성격 알잖아."

"세상에서……."

"엄마랑 아빠가 싫다고 하면 자기가 아무 데나 계약해서 '계약했습니다' 하실 분이잖아."

태민은 그 말이 맞다는 듯 고개를 끄덕거렸다.

"그러니까 투자받았다고 생각하고 해. 우리 작은형님이 저렇게 재벌이 된 데에는 엄마 아빠의 훌륭한 가르침이 뒷받침된 거니까 투자 정도는 받아도 돼. 그리고 안 망할 거잖아. 더 불려서 돌려주면 되잖아."

"그래도 이건 좀 그렇지."

"하라니까. 잘못하면 5층 이런 데 계약했다고 할 수도 있어. 저분은 그럴 분이거든. 엄마 아빠도 알잖아."

이번만큼은 태민도 아무 말 없이 태은을 응원했고, 태은은 계속해서 부모님을 설득했다.

"모자란 부분만 빌려 써도 되고. 얼마나 좋아. 이참에 아들 덕도 보고. 참! 그리고 커피숍에 우리 작은형님 작품들도 진열해서 홍보하면 상부상조잖아."

"그건 좋겠다."

"그 부분은 걱정하지 마. 인테리어는 나한테 맡겨. 우리 회사에서 인테리어도 하거든. 정확히는 세트 설치인데 이번부터 하기로 해서 인테리어도 부탁하면 할 거야."

"어이구, 태은이까지?"

"난 공짜로는 못 해 주고 작은형님한테 받아야지. 괜찮지 않습니까, 작은형님?"

태진은 태은의 속셈에 가볍게 웃었다. 그래도 두 동생들이 같이 한다고 하니 부모님도 조금은 넘어온 듯 보였다. 그리고 태진도 동생들과 더불어 도움이 되고 싶었다. 태민만큼은 아니더라도 충분히 보탤 수 있는 여력이 있었다.

"그렇게 하세요. 태민이도 자기 앞가림 잘하니까 걱정하지 않으셔도 돼요. 그리고 저도 좀 보탤게요."

"형은 됐어. 내가 할게. 나만 해도 충분해."

"그래, 큰형은 작은형님 말 들어. 우리만으로 충분해."

태진은 두 동생의 만류에 약간 섭섭한 마음도 생겼다. 그때, 어머니가 웃으면서 입을 열었다.

"너희 둘도 하면 큰형아도 같이 해야지. 그럼 태진이는 매출을 책임지면 되겠다."

"매출이요?"

"손님이 너무 많아도 곤란하니까 적당히 붙여야겠네."

"뭘 붙여요?"

"우리 이주 씨 사진이나 사인도 있고, 태진이하고 친한 연예인 사진 붙여 놓으면 좋잖아. 우리 막내가 만들어 준 공간에 태진이가 참여한 드라마 사진들도 걸고, 태민이 책도 놓고 그러면 좋겠다."

"아… 네! 사진 많이 찍어 올게요."

태진은 입술을 씰룩이며 가족들을 봤고, 가족들도 다들 미소를 지은 채 서로를 봤다.

"그럼 홍게부터 먹자!"

*   *   *

다음 날, 윤미숙과의 약속대로 태진은 상운대에 도착했다.

"스흡, 팀장님하고 이렇게 둘이 온 거 오랜만인데요?"

원래라면 현미와 함께였겠지만, 가면을 쓴 태진을 본 적이 없다 보니 돌발 상황이 생길 수 있기에 국현과 함께 온 것이었다.

"그런데 학교가 엄청 크네요. 어휴, 강의실까지 가는 게 문제 겠는데요."

"그러게요… 어휴."

주차장부터 강의실까지 가면을 쓰고 갈 생각을 하니 한숨부터 나왔다. 아니나 다를까 차에서 내려 강의실로 한 걸음 한 걸음 걸 어가는 동안 뒤따라오는 학생들도 점점 늘고 있었다. 가면맨을 알 고 따라오는 사람들도 있었지만, 알지도 못하면서 남들이 따라가 니까 자기도 따라오는 사람들도 많았다. 짐을 들고 있던 국현은 힘이 드는지 헤매기보다는 학생들에게 직접 물어보는 걸 택했다.

"피리 부는 가면맨인데요……. 어휴, 어디로 가야 돼. 저기, 죄 송한데 연극영화과 실습 강의실 가려면 어디로 가야 되나요?"

학생들의 대답 덕분에 제대로 방향을 잡았고, 어느새 강의실 이 있는 건물에 도착했다.

"여기인 거 같은데요? 그런데 강의 준비는 하셨어요?"

"윤미숙 배우님한테 대략 들어서 하긴 했어요."

"어떻게요?"

"1학년 수업이라서 앞으로 연기 어떻게 해야 하는지 방법이나 동기 부여 위주로 준비해 달라고요."

"그래서 이것도 다 수업 자료이신 거예요?"

국현은 들고 있는 박스를 가리키며 말했다.

"그런데 이게 뭔데 이렇게 무거워요?"
"그냥 간단한 대본이에요."
"우리 무브 대본이요? 그거 유출 금지인데."
"무브 대본 아니고 그냥 간단하게 만든 대본이에요."
"이야⋯ 대본도 만드시고⋯⋯. 이러다가 진짜 교수도 하시는 거 아니에요?"
"제 앞가림하기도 바쁜데 교수를 어떻게 해요."
"팀장님처럼 앞가림 잘하는 사람이 어디 있어요."

국현은 들고 있던 박스를 옆구리에 끼더니, 한 손으로 평소에 하지도 않던 태진의 어깨까지 주물렀다.

"그러니까 긴장 푸시고 하던 대로! 떠드는 애들 있으면 내쫓고 하세요!"
"하하. 어떻게 그래요."
"뭐 어때요! 가면 썼는데! 그런데 막냇동생분한테도 얘기하셨어요?"
"어제 했어요."
"아, 그렇구나."

태은에게 말을 해야지 돌발 상황이 생기지 않을 것이기에 어제 식사를 하면서 미리 얘기를 해 둔 상태였다. 태은은 별다른 동요가 없었지만, 오히려 태진이 걱정이었다. 태은 앞에서 이상한 가면을 쓰고 강의를 한다는 게 약간 부담이 되었다.

"저기네요."

그러는 사이 실습 강의실에 도착했고, 태진은 한숨을 크게 뱉고는 강의실 문을 열었다. 그러자 동시에 엄청난 수의 눈동자가 태진을 향했고, 태진도 약간 당황했다. 1학년 수업엔 30명 정도라고 들었는데 지금은 언뜻 봐도 30명이 넘어 보였다. 잠시 당황했지만, 이내 고개를 끄덕이고는 안으로 들어갔다. 그러고는 자신을 보는 학생들을 가만히 쳐다봤다.

"자료는 여기 놓고, 전 뒤에 있겠습니다."

국현은 박스를 내려놓고 뒤쪽으로 가 버렸다. 태진이 학생들 앞에 혼자 서 있게 되자 학생들은 신기해하며 태진을 쳐다봤다. 그때, 실실 웃고 있는 한 사람이 보였다. 바로 태은이었고, 혼자만 웃고 있다 보니 유독 눈에 띄었다. 태진은 태은의 시선을 피하고는 가볍게 손을 들어 올렸다.

"안녕하세요. 제 소개는 생략하겠습니다. 윤미숙 배우님한테 부탁을 받고 왔습니다."
"안녕하세요!"

태진의 인사에 그제야 학생들도 연습실이 떠나갈 정도로 우렁차게 인사를 했다. 너무 기대를 하는 듯한 모습에 부담감이 확 올라왔다. 이러다가 준비한 것도 못 하고 분위기에 말릴 수 있다는 생각에 태진은 잠시 눈을 감고 마음을 다잡았다.

"쉿, 환영은 여기까지. 그럼 바로 얘기를 해 봅시다."

특강이기에 좋은 말을 해 줄 줄 알고 기대했던 학생들은 별다른 인사도 없이 바로 수업을 하려는 태진의 모습에서 차가움을 느꼈는지 약간 당황한 듯 보였다. 뒤에서 욕은 하겠지만 이 편이 더 편했기에 태진은 준비한 대로 밀고 나가기로 했다.

"1학년들이라고 들었는데 수가 많네요?"
"청강하러 왔습니다. 같은 과 연극 전공입니다!"

태진은 고개를 끄덕이고는 입을 열었다.

"그래요? 그럼 준비한 게 부족하겠는데. 원래 수업 듣는 1학년들은 한 부씩 가져가고 나머지 학생들은 나눠서 보세요."

태진의 말이 끝나자마자 학생 몇몇이 나와 태진이 가져온 박스에서 자료를 들고 가 나눠 주었다.

"앞에 장은 얼마 전에 연극 프로젝트에서 공연했던 '옥탑방'이라는 작품의 일부분이고요. 두 가지 대사 중 하나만 준비하세요. 그리고 뒤에 장은 내가 따로 준비한 드라마 대본입니다. 나는 여러분들에게 해 줄 말이 딱히 없어요. 배우가 어떻게 되느냐, 연기를 잘하려면 어떻게 해야 되느냐 이런 부분이 궁금할 수도 있는데 그 전에 자신이 어떤지부터 아는 게 더 우선이라고 생각합니다. 그래야지 자신의 상황에 맞게 준비를 할 수 있을 테니까요. 그래서 대본을 가져왔고 시간은 10분 드릴게요. 읽어 보세요."

태진의 말이 끝나기 무섭게 학생들이 웅성거렸다.

"우리 지금 연기하라는 거야?"
"그러는 거 같은데?"
"갑자기? 우리 아직 한 번도 안 했었는데. 과대, 네가 말 좀 해 봐."

그때, 대표로 보이는 한 학생이 손을 들고 말했다.

"저기… 저희 신입생들이라서 아직 개론만 들었는데요……. 실기는 2학기 때부터 한다고 들었는데."
"그래요. 그건 들었어요. 그래서 안 하겠다고요? 여기 배우 하려고 모인 사람들 아닌가?"
"그건 맞는데……."
"하기 싫은 사람은 안 해도 돼요. 그런데 하는 게 좋을 텐데?"

불친절한 태진의 설명에 학생들은 서로의 눈치를 봤다. 안 하려고 아예 대본을 읽지도 않는 사람도 있었고, 재미있다는 표정으로 대본을 읽는 학생도 있었다. 그리고 마지못해 읽는 학생도 있었다.

주어진 시간이 지나자 태진은 큰 박수로 집중을 시켰다. 그러고는 가장 앞에 있는 학생 한 명을 가리켰다.

"그대, 나와 봐요."

"저……. 아직 못 외웠는데 보고 해도 되나요."

"네."

처음부터 안 한다고 하면 어떻게 하나 걱정을 했는데 대본을 보면서라도 하려는 모습에 안심이 되었다. 그렇게 학생의 연기가 시작되었다.

"하아, 빌어먹을 햇빛. 이게 무슨 집이야. 사우나지."

태진은 학생의 대사에 맞춰 상대역을 해 주었다.

"그러니까 에어컨 좀 틀자니까."

"저거 에어컨 아니야! 장식이야. 누르지 말라고. 누르지 말라니까! 야, 너 그럴 거면 나가!"

"나 여기 있는 동안 전기세 넬게. 틀면 안 되냐?"

"야, 그럼! 진즉에 얘길해야지! 빨리 틀어! 아, 개더워."

"얼마나 한다고 그걸 아껴."

"나라고 아끼고 싶어서 아끼는 줄 아냐? 밥 먹기도 힘드니까 그렇지. 내 꿈이 뭔지 알아?"

"뭔데?"

"에어컨 빵빵하게 틀고 오리털 이불 덮고 자는 거."

학생의 대사가 끝나자 태진은 고개를 끄덕이며 다른 학생들을 봤다. 그런데 다른 학생들은 의아한 얼굴이었다.

"연극 대본은 내용이 다 달라요."
"아!"

그제야 학생들은 이해했다는 듯 고개를 끄덕거렸고, 태진은 방금 연기한 학생에게 말하기 시작했다.

"그대 이름은?"
"박정운인데요……."
"좋네. 그대는 연기를 원래 했었나요?"
"아니요. 학원 다닌 게 다인데요……."
"음, 잘 배웠네. 대본 보면서 연기하는데도 동작은 크고. 연극이라는 게 드라마랑은 다르게 동작을 좀 크게 해야 되는데 딱 적당해요. 약간은 과장되어 보일 수도 있는데 객석에서 볼 때는 동작이 커야 전달이 잘되니까."
"감사합니다!"
"발성이나 연기는 배워 가면서 늘 테고, 그대는 발음만 조금 더 정확하게 들릴 수 있게 연습하면 되겠네요. 그럼 그 뒤에도 해 볼까요?"

학생은 태진의 말에 용기를 얻었는지 고개를 끄덕이며 뒷장에 있는 대본을 봤다.

"이건 드라마니까 카메라가 어떤 상황인지 다 담아 줄 거예요. 그러니까 조금 힘 빼고 동작보다 표정에 집중해서 해 봐요."

학생은 대본을 든 채 연기를 시작했다.

"저 자식, 촌놈 주제에 왜 저렇게 설치지?"
"쟤, 시골 출신이야?"
"그럼! 시골 출신이기만 하면 내가 말을 안 하지. 저거, 설계라고 는 해 본 적도 없는 놈인데 대표님한테 아부해서 들어온 거잖아."
"아닌 거 같던데? 대표님이 오히려 어려워하던 거 같던데?"
"내가 다 들었다니까. 고등학교도 안 나왔다더라. 그런 놈이 무슨 집을 설계한다고. 아, 진짜 급 떨어져."
"넌 왜 그렇게 강필두 싫어하냐?"
"낙하산이잖아! 내가 여기 얼마나 힘들게 들어왔는데!"
"네 말대로면 시골 출신인데 무슨 능력이 있어서 낙하산으로 들어와."
"그냥 다 마음에 안 들어! 저 깡패 새끼 저거!"

학생의 연기가 끝나자 태진은 천천히 고개를 끄덕거렸다.

"좋은데? 캐릭터 분석이 제대로인데?"

"이거… 제가 좋아하는 소설에 나오는 대사 같아서요."

"이거 봤어요?"

"네! 오직 주 아니에요?"

"맞아요."

"이 사람 술주정 부리다가 강필두한테 뚜드려 맞고 나서 앞에서는 겁나고 뒤에서만 이간질하고 뒷담화하는 그런 얄미운 캐릭터라고 기억해서요."

"알고 있어서 그런 연기를 했구나. 그대는 연극 연기도 괜찮았는데 방송 연기가 더 잘 어울리는데? 그래도 발음은 교정이 좀 필요하고."

태진의 칭찬에 학생은 기쁘다는 듯 고개를 꾸벅 숙여 인사했고, 태진은 가볍게 웃고는 고개를 쭈욱 내밀었다.

"김국현 씨."

태진이 갑자기 누군가를 부르자 다들 고개가 뒤쪽으로 향했다. 그리고 뒤쪽에 있던 국현은 어리둥절한 표정으로 손가락으로 자신을 가리켰다.

"네?"

"여기 이 친구 기억했다가 오디션 보세요. 그때 만약 발음 교정이 되어 있으면 캐스팅해도 될 거 같으니까."

"아, 네."

국현은 여기까지와서 일을 하는 태진의 모습에 헛웃음을 뱉었다. 강의를 핑계로 오디션을 보고 있는 중이었다.

"나하고 같이 온 분이 MfB 에이전트라서 부탁한 겁니다."

태진의 소개에 모든 시선을 받고 있던 국현은 환하게 웃으며 가볍게 고개를 숙여 인사했다. 그러고는 태진의 의도를 알았는지 곧바로 휴대폰을 꺼내 방금 연기한 학생의 사진을 찍었다. 그러자 다른 학생들의 눈빛이 달라졌다. 태진은 피식 웃고는 다시 학생들을 향해 말했다.

"할 사람?"

태진의 말이 끝나기 무섭게 거의 모든 학생들이 손을 들어 올렸다. 심지어는 아까 연기를 해 본 적 없다고 말했던 학생들까지 손을 들고 있었다. 그러던 중 또 태은이 눈에 띄었다. 태은을 중심으로 한 무리의 학생들이 있었고, 다들 기회를 잡으려고 손을 드는 중에도 그 무리만 유유자적한 표정으로 남의 일처럼 구경하고 있었다.

"그대."
"나?"
"나아?"
"아! 저요?"
"나와 봐요."

그사이에 또 친구들을 만들었는지 태은이 불려 나가자 학생들이 웃으면서 태은의 이름을 불러 댔다. 그런 친구들의 반응에 태진은 고개를 갸웃거렸다. 혼자서만 손을 안 드는 모습에 학교 생활을 잘 못하는 건가 싶어 부른 것이었는데 반응으로 보아 잘못된 생각인 듯했다.

"이 친구는 인기가 많네?"
"우리과 최고 인싸예요. 뭐야, 한태은답지 않게 떨고 있네!"

태은은 학교 생활을 태진이 아는 게 민망한지 어색한 표정을 짓고 있었다. 태진도 잘못 알고 부른 것이다 보니 어색했지만 이미 나왔기에 시킬 수밖에 없었다.

"그대도 한번 해 보지."
"꼭 해야 되나요……?"
"해야지?"
"저… 무대 연출 전공할 건데요. 아… 알았어요. 해 볼게요."

태은은 태진을 배려해서인지 입맛을 다시고는 곧바로 연기를 시작했다. 태은의 연기가 시작되자 태진은 순간 놀랐다. 생각보다 잘했다. 지금까지 봤던 학생들 중에 가장 나은 연기였다. 부족한 부분도 보이지만 캐릭터를 해석해서 표현하는 방법은 태진도 지적할 부분이 없었다.

"제발! 로또 한 번만 되자! 제발! 이 거지 같은 옥탑방 좀 벗어나자!

태은의 연기가 끝나자 태진은 연기를 보며 궁금했던 점을 물었다.

"그 동작은 뭐죠? 마지막에 하늘에 손 들고 움직이는 동작."
"아. 하늘이 아니라 천장 닦는 건데요. 제가 받은 대본은 겨울
이라서 온도 차로 집 안에 물방울이 생기잖아요. 그래서 곰팡이
필까 봐 물 닦는 거예요. 여기에는 안 나오는데 나중에 곰팡이
폈다고 그러는 장면이 있어요."
"봤나요?"
"네. 봤죠!"

태진은 가볍게 웃었다. 그렇게 한 부장이라고 소문내고 다니
더니 학교 친구들에게는 얘기하지 않은 모양이었다.

"그런데 무대 연출로 정했다면서 연기를 꽤 잘하네요?"
"연기를 알아야지 무대 연출도 하죠. 오히려 배우들보다 대본 더 잘
아는 사람들이 미술 팀인데. 전부 다 알아야지 세트도 만들잖아요."

모든 것이 무대 제작과 연관되어 있었다. 이런 걸 보면 반드시
제작으로 이름을 날릴 것 같다는 생각이 들었다. 그때, 눈치 빠
른 국현이 어느새 가까이 와 바람을 넣었다.

"아, 그게 맞죠! 대단한데요? 스태프가 얼마나 중요한지 모르는 사람도 많은데. 너무 마음에 든다. 이따가 연락처 좀 주세요. 제가 무대 제작하는 좋은 회사 소개해 드릴게요."

태은은 국현을 위아래로 훑어보더니 태진을 향해 무슨 상황이냐고 묻는 표정을 지었고, 태진은 가면을 썼음에도 어깨가 들썩거릴 정도로 웃었다. 하지만 국현이 바람을 넣은 덕분에 태은과 함께 손을 들지 않았던 학생들도 그 누구보다 적극적으로 수업에 임하게 되었다.

*   *   *

며칠 뒤, 태진은 윤미숙의 연기를 영상으로 볼 순 없었지만 마치 본 것 같은 느낌을 받았다. 현장에 같이 있던 팀원이나 채이주에게 수시로 듣고 있었기 때문이다.

특히 채이주는 선배와의 호흡을 걱정했었다. 극 중 엄마를 원망하다가 엄마가 자신을 버린 이유를 알게되는 장면이기에 연기만으로도 어려운데 대선배와 함께하다 보니 더 긴장을 했다고 했다.

하지만 쓸데없는 걱정이라는 듯 윤미숙이 오히려 채이주에게 맞춰주었고, 이주는 그 어느 때보다 편하게 연기를 했다고 했다. 둘이 겹치는 신이 무척 짧았지만 연기를 하는 동안 가장 편했다고 말했다.

"디테일이 진짜 소름이 돋았다니까요. 일부러 모질게 대할 때 목소리 떨리는데⋯ 그때 울면 안 되는데 하마터면 울 뻔했다니까요. 아직도 선배님 목소리가 기억에 남아요."

이주가 한 말이었다. 그러면서 자신도 나이가 들면 꼭 윤미숙 같은 배우가 되고 싶다고 할 정도였다.

태진도 강의를 다녀온 뒤 윤미숙에게 연락을 했다. 윤미숙은 평소 같은 목소리로 촬영장 분위기가 너무 좋아서 촬영이 빨리 끝났다고 했다. 이주를 제외한 다른 배우들은 보진 못했지만 분위기만으로도 좋은 드라마가 나올 것이라고 응원해 주었다.

지금 보는 영상만 봐도 윤미숙의 연기는 참 훌륭했다. 태진이 지금 보고 있는 것은 드라마 촬영본이 아니라 얼마 전에 이창일과 함께 출연했던 예능프로그램의 일부 영상이었다. 얼마 전 선공개로 나갔던 영상이 본방송에 송출된 것이다.

이창일과 윤미숙이 단우를 언급하는 장면이었는데 이창일은 연기가 아니라 진심이었지만 윤미숙은 태진이 보기에는 연기였다. 그런데 그 연기가 너무 자연스러웠다.

이창일의 입에서 단우의 얘기가 나올 때는 너무 자연스럽게 공감하는 표정을 지었고, 그 덕분에 보는 사람들로 하여금 이창일의 말을 믿게 만들었다. 그때, 영상을 보던 수잔이 입을 열었다.

"팀장님, 이거 반응이 너무 좋은데요? 우리 단우 씨도 이런 데 출연하면… 재미없겠죠?"

"단우 씨 은근히 재미있어요."

"단우 씨가요?"

"필 씨하고 같이 있으면 되게 재미있어요."

"에이… 그런데 윤미숙 배우님이 되게 잘 도와주셨는데요? 이창일 선생님이 말할 때마다 리액션이 진짜 좋으시네. 단우 씨하고 그렇게 친하지도 않을 텐데."

"반응은 좋죠?"

"그럼요. 지금 이창일과 윤미숙이 인성 보장한 배우라는 댓글 엄청나요. 요즘은 착해야 먹히는 시대니까."

수잔의 말처럼 SNS가 활발해지면서 과거에 문제가 있으면 언제든지 발목이 잡히게 되어 버렸다. 하지만 단우는 그런 일들을 스스로가 만들지 않았기에 전혀 문제 될 일이 없었다. 다만 지금의 일로 착하다는 이미지가 생겨 단우에게 부담이 될 수는 있었다. 하지만 그 부분은 팬들이 알아서 해결을 해 주고 있었다.

―저렇게 사람들한테 잘하니까 자기 욕하지 말라고 그랬지 ㅋㅋ

―맞네 ㅋㅋ그때 개웃겼는데 ㅋㅋㅋㅋㅋㅋ

―자기 욕은 하지 말고 팬 욕하래 ㅋㅋㅋ

―ㅈㄴ 잘생겨서 그런가 삶의 여유가 있네

예전에 연극을 하면서 단우의 부담을 덜어 주기 위해 했던 일들이 좋은 방향으로 돌아오는 중이었다. 그리고 그게 예능프로그램에서 언급된 일과 시너지를 발휘해 무브에까지 영향을 미치고 있었다. 단우의 팬이 늘면서 기대하는 사람들도 점점 많아지는 듯했다.

태진이 씨익 웃고는 이창일과 윤미숙에게 다시 감사 인사를 해야겠다고 생각할 때, 전화가 울렸다. 다름 아닌 윤미숙이었기에 태진은 반가운 마음으로 통화 버튼을 눌렀다.

"네, 배우님. 안 그래도 연락드리려고 했어요."

―나한테요?

"저번에 예능 출연하신 거 잘 봤습니다."

―아, 그거. 나도 얘기 들었어요. 그거 때문에 전화한 게 아니라 도대체 우리 애들한테 뭘 하고 갔어요?

"네?"

갑작스러운 질문에 태진이 자신이 강의를 잘못한 부분이 있나 생각할 때, 윤미숙의 말이 이어졌다.

―애들이 너무 바뀌었어요. 너무 열정적이야. 지금까지 나 찾아오지도 않던 학생들도 찾아와서 발음 교정 어떻게 하는 게 좋을지 물어보더라고요. 그게 끝이 아니에요. 어떤 학생들은 오디션 정보들 가지고 와서 오디션 봐도 되는지 물어보기도 해요.

"아."

―애들이 너무 열정적으로 바뀌어서요. 원래 지금쯤이면 자기들끼리 친해져서 술 먹고 놀기 바쁜데 너무 서두르는 것 같아서 걱정돼서 물어봤죠. 그랬더니 MfB에서 연기 잘하는 친구들 연락처 받아 갔다고 하더라고요.

"그게 캐스팅이 아니고 저희가 준비를 하고 있는 게 있는데 학생들한테 오디션 볼 기회를 주려고 연락처를 받았어요. 그 부분이 문제가 되면 저희가 따로 연락을 할게요."

—아! 그럼 헛바람 들게 한 게 아니라 정말 오디션 기회를 주려고?

"네, 맞아요."

—그럼 됐지! 난 괜히 동기부여 한다고 헛바람 들게 하면 그거만큼 실망스러운 게 없잖아요. 애들은 기다리면서 준비할 텐데.

윤미숙은 안도의 한숨을 뱉었다. 태진은 그 한숨에서 윤미숙이 정말 학생들을 위한다는 것이 느껴졌다.

"캐스팅 확정은 아니고 기회만 주는 거라서요. 그리고 역할들도 좀 작고요."

—그것만으로 충분하죠. 얼마나 좋은 경험이 되겠어요. 저번에 보니까 현장 분위기 엄청 좋던데 그거 한 팀장이 만들었다면서요.

"제가요?"

—본인은 모르네. 한 팀장이 모은 사람들이다 보니까 구심점이 있어서 그런지 다들 엄청 친하던데. 그래서 분위기가 엄청 좋던데요. 다음 작품도 한 팀장이 준비하면 비슷한 분위기일 거아니에요. 그럼 애들도 좋은 분위기 느끼고 그런 분위기 속에서 좋은 연기가 나오니까 많은 도움이 되겠죠.

태진은 과한 칭찬에 부담과 머쓱함이 동시에 들었다.

—미안해요. 그렇게 신경 써 줬는데 확인하려고 전화해서.

"아닙니다. 제가 미리 말씀을 드릴 걸 그랬어요."

—참, 말도 예쁘게 해. 아무튼 고마워서 그러니까 다음에 식

사나 한번 해요. 우리 딸도.

"따님이요……?"

―이주 말이에요. 잠깐이지만 딸을 한번 했으면 계속 딸이죠.

"아! 알겠습니다."

―신경 많이 써 줘서 고마워요. 그리고 나 필요하면 언제든지 불러요. 한 팀장 일이면 무조건 도울게요.

그렇게 윤미숙과의 통화를 마쳤다. 태진은 '오직 주'를 잘 만들고 싶어서 한 일이기도 했지만, 강의로 인해 미래의 배우들에게 좋은 영향이 되었다는 것이 왠지 뿌듯했다. 다만 윤미숙으로부터 무조건 도와준다는 말을 듣는 순간 누군가의 얼굴이 떠올랐다.

'오랜만에 연락드려 봐야겠네.'

바로 플레이스의 이창진이었다. 오직 주를 맡게 되면 플레이스의 배우들도 필요할 수 있기에 미리 관리를 해 두는 편이 좋았다.

"실장님, 안녕하세요."

―어, 이게 누구야! 한 팀장 아니야! 무슨 일이에요?

"그냥 인사차 연락드렸어요. 잘 계시죠?"

―에이, 얘기 들었구나? 대외비라고 하더니 다 알고 있네!

"무슨 말씀이세요?"

―에이! 능청이 늘었네. 우리 백상 예술 대상에서 연극 부분 공로상 받는 거 얘기하는 거 아니에요.

"정말요?"

—진짜 모르는 일? 그럼 왜 전화했대?

"진짜 인사차 연락드렸는데요?"

—뭐야! 못 들은 걸로 해요. 아, 뭐 갑자기 전화해서 아는 줄 알고 얘기했네!

태진은 이창진의 당황하는 목소리에 가볍게 웃고는 말을 이었다.

"상 받으세요?"

—못 들은 걸로 하라니까… 이 사람이. 어휴, 내가 바보지.

"하하. 아니에요. 그런데 한 달 넘게 남지 않았어요?"

—그렇죠. 그런데 우리 꼭 상 주고 싶었는지 연극 부분 공로 상 만들었다고 알려 주던데요.

"그럼 저희도 같이 받는 거예요?"

—그러니까! 그래서 알고 있는 줄 알고 얘기했지! 아, 진짜 알 은척하지 마요.

"네, 입 다물고 있을게요."

—꼭이에요. 같은 회사 사람들도 입 다물고 있는데 나한테 그런 얘기들었다고 해 봐요. 사람들이 날 얼마나 입이 싸다고 생각하겠어요.

"하하. 알겠어요. 아무튼 축하드려요."

—하아. 고맙긴 한데 사실 어찌 보면 한 팀장이 만든 거나 다름없는데. 우리 대표님이 알지도 못하는 한 팀장 칭찬 얼마나 한다고요. 나중에 밥이나 해요.

"네, 조만간 연락드릴게요."

태진은 웃으며 전화를 끊었다. MfB에서 진행을 했다면 하는 아쉬움도 들었지만, 이미 지나간 일이기도 했거니와 플레이스가 맡았을 때만큼 깔끔하진 않았을 것 같았다. 플레이스야 극장도 보유하고 있다 보니 최고의 조건이었다. 그때, 눈치 빠른 국현이 물었다.

"이창진 실장님이세요? 필요하신 거 있으시면 저한테 말씀하시지."
"아니에요. 오랜만에 안부 전화했어요."
"그런데 좋은 일 있으시대요? 목소리가 휴대폰 밖에까지 들리는 거 보면 엄청 신나신 거 같은데."
"그런 거 없는데……."

말을 할까 했지만 이창진이 신신당부를 했기에 태진은 애써입을 닫았다. 나중에 알게되면 섭섭할 수도 있지만 연극 프로젝트를 국현도 함께 기획한 것이다 보니 기뻐할 것이었다.

'우리가 기획한 걸로 상도 받고…….'

모든 방송 프로그램이나 연극 등을 통틀어서 주는 상이었기에 국내에서는 누구나 꿈꾸는 상이었다. 태진은 뭔가 뿌듯한 마음과 동시에 주연 삼인방도 내년에는 그 자리에 있었으면 하는 바람이었다.

"아! 맞다!"

백상 예술 대상에 대해 생각을 하던 태진은 뭔가를 놓쳤다는 표정으로 급하게 자리에서 일어났다.

"어디가세요?"
"1팀에 잠깐 다녀올게요."

태진의 급한 모습에 다들 의아한 표정을 지켜봤고, 태진은 다른 사람들의 시선을 아랑곳하지 않고 곧바로 계단으로 뛰어 내려갔다. 1팀에 도착하자 연극 프로젝트가 끝나서 다들 사무실에 자리하고 있었다.

"강경애 팀장님. 잠깐 시간 되세요?"
"네? 아, 네."

1팀장인 경애를 불러낸 태진은 곧바로 구석진 곳으로 갔다. 그러고는 사람들이 있는지 없는 두리번거리자 경애도 태진을 따라 두리번거렸다.

"왜 그러세요?"
"아! 그게 백상 예술 대상 때문에 궁금한 게 있어서요."
"어? 저희 상 받는 거 어떻게 아셨어요? 이거 완전 비밀인데. 이거 노미네이트 자체가 없어서 지정된 방식으로 상 받는 거라서 비밀 유지해야 되는데… 혹시 이창진 실장님한테 들으셨어요?"
"그거 말고요."

경애는 순간 아차 싶다는 표정이었다. 하지만 태진은 그런 경애의 표정에도 관심없다는 듯 곧바로 질문을 던졌다.

"정만 씨요. 이번에 야차 성적 엄청 좋았잖아요. 정만 씨 신인상이나 최우수상 받아요?"

"아! 그거요? 저희도 기대하고 알아봤는데 집계 기간에서 걸리더라고요. 그래서 올해 아니고 내년에 기대해 봐야 될 거에요. 올해가 좋긴 한데 집계 기간하고 딱 걸리더라고요."

"아… 그렇구나."

"그것 때문에 오신 거예요?"

"그냥 신경이 쓰여서요. 제가 조언도 해 줬는데 관심 없는 것처럼 보이면 서운해할까 봐요."

"이러니까 정만 씨가 한 팀장을 좋아하지."

아마 상을 받더라도 신인상이 될 것이었다. 하지만 신인상이 작은 상이 아니었다. 지금까지 신인상을 받은 배우들을 보면 지금까지 활발히 활동하고 있었다. 그만큼 사람들에게 인정을 받고 연기력으로도 인정을 받는 그런 상이었다.

"만약에 내년에 정만 씨 노미네이트 되면 말씀드릴게요."

"감사해요."

"그런데… 내년 되면 팀장님 곤란하실 수도 있겠는데요?"

"제가 왜요?"

"야차는 지금 성적 보면 노미네이트 될 거 같고, 그리고 팀장님 지금 담당하는 무브도 성적 좋을 거 같던데. 그러면 집안싸움 할 거 같은데요?"

"아!"

방금까지만 해도 내년으로 넘어간 것에 대해 안심을 했던 태진의 표정이 굳어 버렸다. 만약 무브의 성적이 좋게 나오면 단우가 후보에 오를 테고, 그렇게 되면 정만과 단우가 경쟁을 하게 될 것이었다. 정만과 단우가 서로를 라이벌로 생각하고 있기에 두 사람 다 상에 대한 욕심이 생길 것은 확실했다. 누가 되더라도 기쁜 일이지만 한 사람이 어떻게 나올지 예상할 수 없다 보니 벌써부터 머리가 지끈거렸다. 그때, 경애가 환하게 웃으며 말했다.

"저 요즘 너무 좋아요."

"네?"

"MfB 오길 정말 잘했다고 생각 들어요. 이런 배부른 걱정도 할 수 있고. 어떤 회사에서 집안싸움을 상상해요! 이러다가 대상까지 쭈욱 집안싸움 하는 거 아닌가 모르겠어요."

다른 사람들이 보기에는 확실히 배부른 소리였다. 태진은 피식 웃고는 신인상을 넘어 대상까지 서로 이끌어 주는 두 사람을 상상하니 마음이 뿌듯했다. 그때까지 누구하나 떨어지는 사람 없도록 만들고 싶다는 생각에 태진의 입술이 살며시 떨렸다.

세 달 뒤, 드디어 무브의 첫 방송 날이 되었다. 그와 동시에 무
브의 마지막 촬영 날이기도 했다. MfB의 주연 삼인방이 한 장소
에서 촬영하기에 태진도 촬영장에 와 있는 중이었다. 그리고 촬
영은 어느새 막바지에 다다른 상태였다.

"에이! 빌어먹을. 뭔 놈의 한숨을 그렇게 쉬는 거야! 내가 오늘
결단을 내야겠어!"

이창일의 연기였고, 태진은 단우와 함께 그런 이창일을 지켜
보는 중이었다.

"선생님 연기 되게 좋죠?"
"네, 할아버지 저런 모습 처음 보는 거 같아요. 저 어제 얼마
나 놀랐다고요."
"저도 처음 보고 조금 놀라긴 했어요."
"할아버지한테도 많이 물어보고 해야겠어요. 연기 선배님이라
기보다는 그냥 할아버지라고만 생각했는데… 그게 아니더라고요."

단우는 이창일의 연기를 보며 정말 감탄한 듯한 얼굴이었고,
태진이 보기에도 그의 연기는 굉장히 좋은 느낌이었다. 그렇게
한 장면의 촬영이 끝나고 다음 신 촬영 준비가 이어졌다. 로비
신이었는데 그것을 보고 있던 태진은 약간 의아함을 느꼈다. 보

통 이런 경우 촬영 동선을 최소화하기 위해 병실 신을 모두 찍은 다음에 다음 장소에서 촬영이 진행되는 편이었다. 그렇게 촬영한 뒤 편집으로 붙이는 게 보통이었는데, 지금은 대본의 순서대로 촬영을 진행하고 있었다.

"그런데 평소에 촬영할 때도 이렇게 대본 순서대로 찍었어요?"
"아니요?"
"그런데 오늘은 왜 이렇게 찍어요?"
"아! 그거 감독님이 이주 누나 배려해 주신 거예요."
"네?"
"무브에서 가장 중요한 장면이라고, 부분 부분 따서 촬영하는 거보다 흐름대로 이어 가는 게 이주 누나 감정선 끌어올리기 좋을 거 같다고 이렇게 하자고 하신 거예요."
"아······."
"그래서 야외 촬영은 다 찍어 두고 이 부분만 몰아서 찍는 거예요. 세트장도 하나라서 이동 안 해도 되니까 문제없다고 하시던데요."

태진도 그런 부분까지 신경 써서 촬영을 할 줄은 몰랐다. 감독의 배려 덕분인지 촬영을 준비하러 온 이주도 약간은 편안한 표정이었다. 그렇게 곧바로 촬영이 진행되었고, 이주가 엘리베이터에서 내리는 장면부터 시작되었다.

"그래, 샀다니까? 꿀물 샀다고! 너, 친하지도 않은 사람까지 챙기는 거, 그거 호구야. 그리고 그런 걸 챙길 거면 네가 챙겨야지 나한테 부탁하는 게 말이 돼?"

오름을 찾아 헤매는 이주의 모습이 안타까워 오름이 비밀로 해 달라고 했던 걸 지키지 못하고 두 사람을 만나게 해 주려는 장면이었다.
이창일이 오름에게 병문안 온 것이 시끄럽다고 하는 장면이었고, 그런 이창일에게 단우가 꿀물을 사다 준다고 약속한 내용과 이어졌다.

"아무튼 샀다고! 그럴 거면 네가 지리산 가서 꿀벌 키워서 직접 꿀을 따 와! 아무튼 진짜 주고만 온다? 이름이 뭐라고? 알았어. 아! 병실을 안 물어봤네!"

무척 짧은 신이었지만 혼자 통화를 하는 장면이기에 어색할 수도 있는데 이주는 자연스럽게 소화했다. 그래서인지 NG도 없이 한 번에 OK 사인을 받았다. 그리고 곧바로 다음 신으로 이어졌다.
병원 로비에서 이창일이 간호사에게 병실을 바꿔 달라고 투정 부리는 상황이었고, 거기에 이제 이주가 등장하는 신이었다. 투덜거리는 장면은 이미 촬영을 했는지 카메라 대부분이 이주에게 향해 있었다. 이주는 이창일을 못마땅한 표정으로 본 뒤 이내 관심 없다는 듯 간호사에게 물었다.

"이남진 씨 보러 왔는데 몇 호실인지 알 수 있나요?"

이주의 말이 끝나기 무섭게 이창일 대사를 뱉었다.

"내가 이남진인데?"

첫인상이 별로 좋지 못했기에 이주의 표정이 약간 찡그러진 것도 잠시, 이내 잘됐다는 표정으로 입을 열었다.

"아, 그러시구나. 자, 이거 받으세요. 꿀물이고요. 전해 드렸습니다."
"잠깐만! 이걸 누가 나한테 보냈는가?"
"윤혁이라고 모르세요?"
"처음 듣는 이름인데."
"하아… 엄청 잘생긴 애 있는데."
"아! 그 친구! 한숨만 뱉는 놈 찾아왔던 친구. 사람이 됐네, 됐어."
"아무튼 전해 드렸어요."
"이걸 어떻게 들고 가라고! 병실까지 같이 가. 가서 한 병 마시고 가."
"아니에요. 집이 양봉장 해서요. 많이 드세요."
"어떻게 그냥 보내."

태진은 이주의 연기에 웃음이 나왔다. 뻔뻔하게 거짓말을 하는 연기를 참 잘했다. 다만 여기에서 갑자기 감정 변화를 잘 해 낼 수 있을지 약간 걱정도 되었다. 그렇게 이주가 이창일에게 끌려가는 것으로 촬영이 끝났고, 바로 다음 장면으로 넘어갔다.

이창일이 이주를 왜 병실까지 데려가는지에 대한 이유가 나오는 장면이었다. 병실로 온 이창일은 누워 있는 차오름을 향해 말했다.

"네가 시끄럽게 한 만큼 나도 시끄럽게 할 테니까 그렇게 알게. 나도 면회 오는 사람이 있다, 이 말이야. 들어오게⋯⋯."

자신 있게 말을 하던 이창일이 이주의 시선이 향해 있는 곳을 따라갔다. 그곳에는 등을 돌린 오름이 있었다. 이창일은 두 사람을 번갈아 보더니 나지막한 한숨을 뱉었다.

"옘병, 남 좋은 일만 시켰네."

이 대사가 이창일의 마지막 대사였다. 그렇게 이창일이 촬영장에서 빠지게 되었고, 이주의 감정을 유지하기 위해 촬영이 빠르게 이어졌다. 이주에게 감정을 유지하게 한 뒤 곧바로 차오름부터 촬영을 시작했다. 등을 돌리고 있는 장면이기에 태진은 오름의 연기를 보기 위해서 김 감독의 뒤로 자리를 옮겼다. 그러고는 모니터를 통해 오름의 연기를 봤다.

대사가 있는 것은 아니었다. 그저 갑작스럽게 만나게 된 상황이 당황스러워 피하고 싶기도 하면서, 오랜만에 보는 이주가 반갑기도 한 그런 마음을 몸으로 표현해야 했다. 굉장히 어려운 연기였기에 다들 아무런 소리도 내지 않은 채 오름이 연기에 집중할 수 있도록 만들어 주었다. 감독은 이주에게 감정을 끌어낼 수 있게 하려는지 모니터 옆으로 이주를 불렀다. 그러고는 이주와 함께 모니터를 보며 신호를 보냈고, 오름의 연기가 시작되었다.

오름은 심각한 얼굴로 입술을 입안으로 만 상태로 등 뒤로 고개를 돌리고 싶은지 눈동자만 이리저리 움직이고 있었다. 그런데 그 표정이 묘하게 슬프게 보였다. 독백 연기는 뛰어나지만 이런 디테일이 있는 연기는 완벽하진 않은 배우라고 생각했는데 지금은 오름의 표정만으로도 몰입을 하게 만들었다. 마치 태진이 오름이 된 것 같은 기분이었다. 그때, 감독이 입을 열었다.

"오케이! 미안해요. 내가 빠져들어 버렸네. 너무 좋아."

태진만 그런 것이 아닌 듯했다. OST도 없고 아무런 촬영 효과도 없이 그저 연기만으로도 사람들을 몰입시켜 버렸다. 함께 본 이주 역시 큰 도움이 된 모양이었다. 지금의 감정이 변하기 전에 빨리 촬영하고 싶은지 벌써 자리를 잡은 상태였다.

그렇게 촬영이 다시 이어졌고, 이주는 천천히 걸음을 옮겼고, 걸음을 옮길 때마다 이주의 눈에 눈물이 차올랐다. 그러고는 오름의 침대에 가까이가 손을 내밀었다. 망설여지는 듯 잡지는 못하고 허공에서 손을 떠는 모습이 애처로워 보이기까지 했다.

시간이 정지된 것처럼 한참이나 그 상태를 유지하던 이주의 눈에 눈물이 또르륵 흘러내렸다. 그와 동시에 이주의 입이 열렸다.

"우리… 어디서 본 적 있나요……?"

이주의 대사에 차오름이 흠칫하는 모습을 보였고, 이주는 이제는 눈물을 뚝뚝 흘리며 흐느끼며 말했다.

"우리 어디서 본 적 있죠……?"

그 대사에 오름이 힘겹게 등을 돌렸다. 오름의 눈에 마찬가지로 눈물이 고여 있었다. 하지만 애써 눈물은 참으며 미소를 지었다. 그와 동시에 이주가 오름을 껴안아 버렸다.

"왜! 왜! 왜 그랬어! 내가 얼마나 찾았다고! 왜 그랬냐고!"

오름의 손도 천천히 올라가며 이주를 안아 주었다. 그렇게 잠시 포옹하는 모습이 이어졌다. 태진은 볼에 올라온 소름을 진정시키기 위해 볼을 쓰다듬었다. 분명히 연기인데도 두 사람이 서로를 애타게 기다렸다는 것이 느껴졌다. 그래서인지 행복한 장면임에도 두 사람의 마음이 느껴져 울컥하기까지 했다.

그때, 오름이 이주를 살며시 떼어 내고는 입을 열었다.

"오랜만이야……."

오름의 대사에 모든 사람들이 숨을 죽이며 지켜봤다. 그래서인지 이쯤이면 한 번 끊고 갈 만도 한데 모든 것을 두 배우에게 맡긴 것처럼 감독 역시 심각한 표정으로 지켜보기만 했다. 그때, 오름이 대사가 이어졌다.

"너무 보고 싶었어……."

그와 동시에 이주가 거의 통곡하는 수준으로 무너져 내렸고, 모든 스태프들은 소리를 내지 않기 위해 손으로 입을 가렸다. 그리고 태진 역시 엄청 큰 충격을 받았다.

'연기가 아니었구나……'

이 부분만큼은 연기가 아니었다. 드라마가 아닌 다큐멘터리에 더 어울리는 실제 상황이었다. 지금까지 연기와 실제 모습이 구분되어 있다고 생각했는데 처음으로 실제 모습으로도 연기가 가능하다는 것을 깨달았다.

오름의 사정을 알고 있는 태진은 오름이 어떤 생각으로 연기를 하는지 알 수 있었다. 이주를 통해 죽은 아내에게 하고 싶었던 말을 하고 있었다. 그러다 보니 당연히 진심이 묻어 나오게 되었고, 이 탓에 이주 역시 진심으로 울고 있었다.

"오케이……"

드라마의 성공 여부와 상관없이 이 장면만큼은 많은 사람들에게 회자될 것이 틀림없었다. 태진은 아직 촬영이 남아 있기에 감정을 추스르고 있는 이주에게 다가갔다. 이주는 쉽게 감정에서 헤어 나오지 못하는지 계속 눈물을 흘리고 있었다. 태진은 그런 이주의 등에 손을 올렸다.

"잘했어요."

"이이이. 진짜 나 어떻게 해."

"다시 찍을 필요 없어요. 정말 잘했어요."

"하아. 흡, 저렇게 하는 게 어디 있어. 완전 반칙이지… 같이 연습할 때 하지도 않던 거 갑자기 하니까… 하아…….."

이주는 감정이 쉽게 추슬러지지 않는지 큰 심호흡을 몇 번이나 이어 갔다. 마지막 촬영은 이주의 손동작만 찍는 것이기에 스태프들도 재촉하지 않고 기다려 주고 있었다.

"진짜 잘했어요. 스태프분들 중에 같이 우신 분들도 있더라고요."

"이… 흡, 휴, 진짜 못됐어."

"오름 씨요?"

"내가 이거 잘할 수 있나 걱정돼서 어제 영상통화로 연습했거든요. 팀장님이랑 하던 것처럼."

"아, 그러셨어요?"

"그때 이렇게 하지도 않고 괜히 아내 얘기만 하더니 이러려고 그랬어! 내 연기 제대로 하지도 못했어요…….."

"충분히 좋았어요. 지금까지 본 이주 씨 연기 중에 제일 좋았어요."

"그게 더 싫어. 이잉, 완전 홀려서 연기한 거잖아요. 후흡."

이주는 싫다는 말과 다르게 눈물을 훔치고는 김 감독 쪽을 봤다. 어떻게 연기가 나왔는지 궁금한 모양이었다. 이주는 양손으로 눈을 벅벅 닦기 시작했다.

"화장 지워져요."

"괜찮아요. 어차피 손만 나오는 것만 남았어요. 후, 저 모니터 좀 하고 올게요…… 흑."

"조금이라도 고치고 가요."

태진은 웃으며 매니저 현수를 봤고, 현수가 곧바로 스타일리스트를 불러와 이주의 화장을 고쳤다. 그러자 이주는 곧바로 김 감독에게 가 버렸고, 태진은 가볍게 웃고는 고개를 돌려 오름을 봤다.

이주와는 다르게 울고 있진 않지만, 연기의 여운은 남아 있는 듯 보였다. 태진은 가볍게 미소를 짓고는 오름에게 다가갔다.

"수고하셨어요."

"아이고, 아니에요. 너무 과하게 나온 거 아닌가 모르겠네."

"다들 엄청 좋아하셨어요."

"다행이네요."

오름은 미소를 보였지만, 태진이 보기에는 이주보다 더 캐릭터에서 빠져나오지 못한 것처럼 보였다. 그리고 그 상대는 오름의 죽은 아내일 것이었다. 태진은 그런 오름을 보며 입을 열었다.

"아마 지켜보셨다면 엄청 좋아하셨을 거예요."

"네?"

"사모… 아니, 형수님이요."

"아, 알고 있었네요. 티 많이 났나요……?"

"네, 그런데 오히려 더 좋게 보였어요. 형수님이 마지막 장면 잘하라고 도와주셨나 봐요."

오름은 양손으로 얼굴을 가린 채 꾸욱 눌렀다. 그 자세를 잠시 유지하더니 손을 떼고는 입을 열었다.

"그러네요. 아내도 같이 했네요……. 이렇게 또 옆에 있었네요."

오름은 크게 한숨을 뱉고는 태진을 봤다. 그러고는 옅은 미소를 지은 채 입을 열었다.

"한 팀장님이 저 캐스팅하러 왔을 때 했던 말대로네요. 촬영하는 동안 예전 아내 얼굴이 생생하게 떠오르더라고요. 정말 너무 보고 싶었거든요. 그래서 정말 행복하게 촬영했어요. 감사합니다."
"이렇게 잘해 주셔서 저희가 더 감사하죠. 진짜 최고였어요."

오름은 태진에게 가볍게 고개를 숙여 인사했고, 태진 역시 자신이 캐스팅한 오름이 훌륭한 연기를 보였기에 뿌듯한 표정으로 고개를 숙였다.

*　　　　　*　　　　　*

이틀 뒤. OTN에서 무브의 2화까지 방영되었다. 태진과 지원팀, 그리고 4팀 역시 모두 최고의 드라마라고 하며 기뻐했는데 정작 1화의 시청률은 예상과 달랐었다. 드라마의 성적표인 시청률이 평가에 뒤따라오게 되는 건 당연했고 태진도 당연히 신경을 쓸 수밖에 없었다. 게다가 1화의 시청률이 나온 뒤 멀티박스에서는 MfB에 원인을 돌리느라 바빴다.

—그거 봐요! 내가 뭐라고 했어요! 적어도 주연 한 명은 S급으로 해야 된다고 했죠? OTN 하면 적어도 작품성이 있다는 건 인정받아서 어느 정도 시청률이 나오는데! 고작 3%입니다! 아, 진짜! 좀 오른다고 쳐요! 근데 시작이 이래 버리면 올라도 거기서 거기지!

케이블 시청률임을 감안해도 상당히 낮은 수치였다. 태진이 볼 때는 정말 잘 만든 드라마고, 배우들의 연기도 태진의 마음에 쏙 드는 드라마였는데 강 이사의 말 때문인지 캐스팅이 문제인 건가 생각이 들기도 했다.

거의 뜬눈으로 밤을 지샌 태진은 침대에 누운 채 2화 시청률이 전달되길 기다렸다. 6시 30분이 되자 바로 시청률이 나왔고, 태진은 떨리는 마음으로 시청률을 확인하려 했다. 그때, 확인하기도 전에 국현에게 전화가 걸려왔다.

—팀장님! 일어나셨어요?
"네, 일어났어요. 아침부터 무슨 일 있으세요?"
—시청률 보세요! 대박! 우리 9%예요! 6%가 껑충 뛰었다고요!
"진짜요? 잠시만요."

태진도 잠깐 휴대폰을 떼고 바로 확인을 했다. 그러자 정말 1등의 자리에 무브가 자리하고 있었다.

1. OTN 무브 〈본〉 9.743%

"진짜네요……."
—미쳤어요! 4등도 무브예요.

4등을 확인하자 정말 무브가 자리하고 있었다. 〈본〉이라는 글자가 없는 걸 보면 재방송이었고, 재방송이라고 해 봤자 1화뿐일 텐데 시청률이 꽤 높았다. 거의 1화 때 본방 시청률과 비슷한 수준이었다.

—이게 맞지! 원래 이래야 되는데! 그 Y퀴즈 때문에!
"그럼 다음 주도 또 이렇게 되는 거 아니에요?"
—아마… 다음 주까지는 그럴 것 같던데요.
"다음 주도요?"
—그게 다 빌 러셀 씨랑 후 때문이에요.
"빌 러셀 씨에다가 후요? 가수 후?"
—네! 이번 주에 Y퀴즈에 빌 러셀 씨 나와서 가뜩이나 관심 많은데! 거기에 후도 나왔대요. 후는 5분밖에 안 나왔는데도 Y퀴즈 역대 최고 시청률 찍은 거래요. 그거 잠깐 보려고 계속 Y퀴즈 보고 있었던 거죠! 저도 이해가 안 돼서 찾아보니까 기사들이 어마어마하더라고요. 우리 무브에만 정신 팔려서 그런 것도 모르고!
"그럼 다음 주도 나온다고요?"

―네, 후 특집으로… 그래서 다음 주도… 목요일은 기대하면 안 될 거 같아요. 한국 들어와서 방송에 처음 나오잖아요. 그래서 그런지 다들 엄청 보나 봐요.

라온 소속의 후라는 가수는 우리나라에서뿐만 아니라 전 세계적으로 가장 영향력 있는 가수였다. 이유를 알고 나자 태진은 어이가 없었다. 국현이 말한 대로 너무 무브에만 집중한 탓에 원인을 제대로 보지 못한 스스로가 바보 같았다.

―후라면 그럴 만하죠. 지상파에 나왔으면 다른 것들도 죄다 밀렸을 거예요.

"아… 다행이다."

방금까지는 초조해서 잠이 오지 않았는데 이제는 마음이 들떠서 잠이 오질 않았다.

―그래도 재방 시청률도 어마어마해서 아마도 무브 난리 날 거 같습니다! 이제야 잠 좀 푹 자겠다!

"국현 씨도 못 주셨어요?"

―잠이 와야죠! 계속 머릿속에 시청률… 시청률… 막 이러고 떠다니는데. 아무튼 팀장님도 이제 좀 쉬세요!

"저도 그랬는데. 저도 이제 좀 쉬려고요. 그럼 월요일에 봬요."

통화를 마친 태진은 다시 시청률을 확인했고, 보는 내내 입술이 떨렸다. 보고 있는 것만으로 뿌듯하고 행복한 느낌이었다. 그렇게 한참이나 시청률 집계를 확인하고 나서야 기사들을 검색했다.

「찰떡 캐릭터! 윤혁 역의 권단우. 2화 만에 여심을 사로잡다!」
「권단우와 채이주 미친 미모로 시청률 급상승」
「마음을 파고드는 목소리. 균형을 잡는 차오름」

아직까지는 MfB와 멀티박스에서 돌린 보도 자료들이 대부분이었다. 그러던 중 태진과 국현의 대화를 들은 것 같은 기사 제목이 보였다.

「후에게 밀린 김정연의 무브」

"아이 참, 기사 제목을……."

김정연이 본다면 기분 나쁠 수도 있는 제목이었지만, 사실이기도 했다. 하지만 어떤 드라마를 데려오더라도 온 국민에게 사랑받는 후에게 밀릴 건 확실했다. 그 정도로 대단한 가수였다. 태진은 씁쓸해하며 기사를 클릭했다.

「비록 '후'가 출연한 'Y퀴즈'에 밀렸지만, 앞으로의 무브의 행보도 기대해 볼 만하다. 첫 화가 방영된 뒤 시청자들의 반응도 매우 긍정적이었다. 커뮤니티에서는 벌써부터 캡처된 무브의 장면들이 올라오는 것을 확인했다.」

대부분이 후에 대한 얘기였고, 무브에 대한 언급은 고작 저 정도가 전부였다. 하지만 나쁜 내용은 아니었고, 태진도 충분히 이해가 되는 내용이었다.

"후가 대단하긴 대단하네."

데뷔부터 지금까지 단 한 번도 따라 할 수 없는 그런 가수였다.

*　　　*　　　*

주말임에도 태진의 휴대폰은 쉴 새 없이 울렸다. 시청률을 확인한 사람들이 계속 연락을 해 왔고, 어제까지만 하더라도 실패의 원인을 캐스팅 탓으로 돌렸던 강 이사까지 연락을 해 왔다.

─시청률 보셨죠? 하하.
"네, 아침에 확인했어요."
─좋아요. 진짜 좋네요. 여기서 1%만 더 올려도 OTN 드라마들 중 최고 시청률 나올 거예요. 그래서 OTN에서 다음 주부터 재방 편성해 준다고 먼저 연락이 왔어요. 하하, OTN에서도 시기가 안 좋았던 걸 인정하더라고요.

어제까지만 해도 욕을 뱉을 것 같더니 지금은 목청이 터져라 웃고 있었다. 사람이 참 간사해 보이긴 해도 작품을 위해서 최선을 다하고 있기에 태진은 그냥 웃어넘겼다. 그렇게 강 이사와의 통화뿐만이 아니라 어제까지만 해도 잠잠했던 주변 사람들에게서 연락이 쏟아졌다.

플레이스의 이창진부터 해서 레몬의 박 대표까지 모두 드라마 성공에 대한 것을 축하해 주었다. 그중 곽이정의 메시지는 태진을 웃게 만들었다.

[축하해요. 이번 작품으로 캐스팅의 중요성을 알게 되겠네요. 그리고 다음에 캐스팅을 맡게 되면 우리 8A도 열심히 보컬 트레이닝 중이니 한 번쯤은 고려해 보길 부탁합니다.]

아쉬운 소리를 하는 사람이 아니다 보니 이런 메시지를 보내기 위해 얼마나 고민을 했을지가 느껴졌다. 그리고 곽이정이 부탁하지 않더라도 8A의 목소리가 필요하면 신인 여부와 상관없이 태진이 먼저 부탁을 할 것이었다.

"후우. 다 확인들 했나 모르겠네."

지금까지는 태진이 전화가 왔지만, 이제는 태진이 전화를 할 차례였다. 태진은 주연 삼인방 중 가장 먼저 오름에게 연락했다.

―네, 한 팀장님!
"어디 나가셨어요?"
―네, 강릉 왔어요.
"병원 가셨어요?"

―네, 매니저가 당분간 일 없다고 휴식하라고 해서 잠깐 왔어요. 다들 영상까지 찍어서 응원해 주셨는데 인사는 드려야죠.

"아."

―그런데 어쩐 일이세요? 저 내일이나 올라가는데.

"별일은 없고요. 시청률 확인하셨나 해서요. 시청률 잘 나왔거든요."

―확인은 못 했는데 잘 나왔을 거 같더라고요. 지금 보는 분들마다 다음 화 어떻게 되냐고 계속 물어보고 있어요. 아이고, 아버지는 직접 보라고 했다고 좀 삐지셔서 그거 풀어 드리느라고 고생 좀 했어요.

태진은 가볍게 웃었다. 여전히 한결같이 남을 위하는 사람이었고, 그 점이 멋있게 느껴지는 사람이었다.

"피곤하지는 않으세요?"

―매니저가 지금도 혼자 못 나가게 하는데 앞으로 알아보는 사람 많으면 더 심해질 거 아니에요. 그래서 얼굴 덜 알려졌을 때 온 거예요.

"나중에도 시간 되시면 가서도 되요. 그러니까 너무 무리하지만 마세요."

―정말이요?

"그럼요. 그 부분은 제가 매니저 팀에 말해 놓을게요."

―역시 한 팀장님! 감사합니다!

그 부분은 좋은 이미지를 만들 수 있는 일이기에 억지로 말릴 필요가 없었다. 태진은 가볍게 웃고는 곧바로 이주에게 전화를 걸었다.

"이주 씨, 집이세요?"

―네, 아우, 진짜.

"무슨 일 있으세요?"

―엄마 때문에요. TV 같이 보는데 진짜 계속 연기 그렇게 하는 거 아니라고! 다 칭찬하는데 엄마만 계속 지적하니까 스트레스받아서요! 어우, 스트레스! 시청률이 괜히 10% 가까이 나오는 게 아닌데!

"알고 계셨어요?"

―그럼요! 엄마가 알려 줬죠! 어제 3% 나왔을 때는 단우 욕도 했다니까요. 그것도 단우랑 통화할 때 바로 옆에서! 연기 연습 열심히 하라고 그러면서! 모두 까기 엄마예요!

여전히 어머님이 열정적인 듯했다. 이주가 약간 들떠서 말하는 건 보면 딱히 싫어하는 건 아닌 것 같았다. 아니나 다를까 이주가 하소연하듯이 말했다.

―지금은 내가 봐도 연기가 는 거 같은데 예전에 밟 연기 할 때는 지적하고 싶었던 걸 얼마나 참았을까 그런 생각도 들더라고요.

"어머님도 좋으셔서 그러신 걸 거예요."

―알죠. 아니까 참죠. 그리고 엄마가 팀장님이랑 회사 식구분들도 초대하고 싶대요. 못난 딸! 잘 보살펴 줘서 고맙다고! 못난 딸! 을 강조했어요!

"하하. 알겠습니다."

걱정과 달리 이주 역시 기분 좋은 주말을 보내고 있었다. 통화를 마친 태진은 마지막으로 단우에게 전화를 걸었다.

—네……. 팀장님…….

무슨 일이 있는지 굉장히 피곤해하는 목소리였다. 오름과 이주처럼 이미 시청률에 대해서 알고 있을 테니 그런 문제는 아닌듯했다.

"뭐 하고 계세요?"
—아… 저… 대본 읽고 있어요.
"대본이요? 무슨 대본이요? 매니저 팀에서 뭐 맡겼어요? 들은 거 없는데."
—그게 아니고요……. 에이바가 통역할 수 있게 글을 읽어 주고 있어요.
"네? 누구한테요?"
—러셀 씨한테요…….
"음……?"
—저 촬영 끝나자마자 기다렸다고 그러면서 며칠째 이러고 있어요.
"무슨 소린지 잘 모르겠는데요. 다시 정확히 좀 말씀해 주세요."

단우는 기운이 없는 목소리로 차분하게 얘기하기 시작했다.

—맞다. 그거 팀장님 동생분 작품이요.

"오직 주요? 그게 왜요?"

―그거 읽고 있어요. 러셀 씨가 꼭 봐야 된다고 그러면서 어떤 느낌인지 감정까지 넣어서 읽으라고 하고 있어요. 에이바가 못 읽는 한글이 있어서…… 하아…….

"갑자기 왜요?"

―거기에 출연한다고요. 제가 한 팀장님한테 말하는 게 빠를 거라고 했는데도 작품부터 알아야 된다고……. 거기에 또 외국인 한 명 나오잖아요. 강필두 좋아하는 외국 건축가. 그 역할 자기가 찜했다고 무조건 한다고 그러고 계세요.

태진은 그동안 러셀이 출연한 영화와 방금 말한 캐릭터를 떠올려 보았다. 러셀에게 미안하지만 어울리는 느낌은 아니었다. 그때, 단우의 말이 이어졌다.

―러셀 씨가 그동안 안 해 본 느낌이라서 미리 캐릭터를 연구해야 된다고……. 기회는 꿈꾸는 자들한테 온다고 그 말만 계속하고 있어요. 팀장님이 나중에 오디션 보라고 해 주세요.

태진은 약간 놀랐다. 러셀도 월드 스타라고 불리는데 자신을 정확히 알고 미리 준비를 한다는 것 자체가 놀라웠다. 아직 딱히 생각해 놓은 배우가 없기에 러셀에게 오디션 기회를 주는 것도 나쁘지 않아 보였다. 게다가 예전에 태진이 했던 말을 아직까지 기억하고 있는 모양이었다.

태진은 가볍게 웃고는 말을 이었다.

"그래서 힘들어서 그래요?"

―그렇죠……. 거기다가 에이바까지…….

"에이바는 왜요?"

―그동안 많이 봤는데 TV에서 저 보니까 다르게 보였나 봐요. 갑자기 1호 팬이라고……. 밥도 먹여 주고 막 그래서요. 무브가 재밌긴 했나 봐요. 참, 조각가들 형들이랑 누나들한테도 재밌게 봤다고 연락 많이 왔어요. 통화 좀 제대로 하고 싶은데……. 러셀 씨가 계속 눈치 줘서……. 저도 재밌기는 한데 그냥 조용히 읽고 싶은데 계속 말로 하니까…….

"하하. 그런데 러셀 씨는 오직 주 어떻게 아셨대요?"

태진은 자신이 말하지도 않았는데 태민의 작품을 찾아보는 모습이 신기하면서도 혹시나 자신 때문에 알고서 읽는 건가 하는 마음에 질문을 했다. 그런데 단우의 입에서 전혀 예상하지 못한 말이 들려왔다.

―아, 그거요. 러셀 씨 Y퀴즈 출연하신 거 아시죠?

"네, 보진 못했는데 듣긴 했었어요."

―그때, 러셀 씨 다음에 후 촬영이 이어졌대요. 근데 에이바도 팬이고 해서 구경하셨다네요. 그런데 거기서 취미 얘기하다가 후가 요즘 만화 보는 게 취미라고 그랬다고 하던데요.

"그게… 오직 주예요?"

―네, 그랬대요. 그러면서 MC가 드라마에 출연하는 거 기대

해도 되냐고 그랬는데 후가 연기는 못 하고 기회 되면 OST 참여하고 싶다고 그랬대요. 그거 다음 주에 나올걸요?

태진은 너무 놀란 나머지 통화 종료 버튼을 눌러 버렸다.

만약 단우에게 들었던 내용이 방송에 나온다면 지금도 인기가 많은 '오직 주'의 주가는 하늘로 치솟을 것이 틀림없었다. 그만큼 후의 영향력은 대단했고, 사람들은 후의 노래를 듣기 위해서라도 드라마를 볼 것이었다. 그리고 그만큼 많은 제작사들이 '오직 주'를 만들고 싶어 할 터였다.

태진은 한참이나 지나서야 진정이 되었다. 그러고는 곧바로 TV를 켜고는 얼마 전 방송했던 Y퀴즈를 결제하고 빌 러셀이 나오는 부분을 찾아서 보기 시작했다. 빌 러셀도 인기가 많은 스타이다 보니 꽤 많은 분량을 차지하고 있었지만, 그의 입에서는 오직 주에 대한 내용이 나오지 않았다.

그저 한국 드라마의 세계적인 인기를 확인시켜 주려는지 신품별에 출연한 소감과 앞으로 한국에서 활동 여부에 대한 질문들이 오갔다. 빌 러셀은 한국에서 활동을 이어 나가고 싶다고 했고, 몇몇 작품들은 미국으로 가져가 리메이크를 하고 싶다고까지 밝혔다.

Y튜브에도 소위 국뽕이라고 말하는 한국의 위상을 보여 주는 채널들이 인기가 있듯이, 빌 러셀의 발언도 그와 비슷했기에 분위기가 굉장히 좋게 마무리되었다.

"이래서 러셀 씨 기사도 많았구나."

그리고 잠시 뒤, 후가 나오기 앞서 소개 영상이 시작되었다. 그런데 소개 영상만으로도 1분이 넘어갈 정도로 굉장히 길었다. 하지만 전혀 지겹지가 않았다. 오히려 이미 봤던 장면들인데도 더 보고 싶다는 마음이었다.

잠시 뒤 소개 영상이 끝나고 후가 얼굴을 비췄다. 예능에서는 보기 힘든 얼굴이기에 태진도 굉장히 반갑기까지 했다. 그리고 그가 어떤 인터뷰를 할지 지켜볼 때, 인터뷰가 아닌 후의 노래가 시작되었다.

데뷔곡인 '늙고 싶어'라는 곡이었고, 가볍게 기타를 연주하며 노래를 부르는 데도 따라 할 엄두가 나지 않았다. 보통 이런 경우는 따라 할 수 있을 것 같다는 마음이 생기기도 하는데 후는 달랐다. 가만히 노래를 듣다 보니 벌써 방송이 끝날 때였고, 후의 마음이 담긴 자막이 나오기 시작했다.

―말을 잘 못해서 노래로 대신할게요. 다음 주에 만나요.

후의 마음에 제작진도 한 발 걸친 그런 자막이었다. 노래만 들었는데도 굉장히 좋았다. 태진도 다음 주가 기다려지는데 다른 사람들은 오죽할까 싶었다. 아마 무브가 3%는커녕 1%만 나와도 선방할 것 같은 그런 생각이 들었다.

'이런 후가… 오직 주 재밌다고 했다고……'

태진은 헛웃음과 함께 이러고 가만히 있으면 안 될 것 같다는 생각이 들었다.

며칠 뒤. 출근한 태진은 곧바로 팀원들을 불러 모았고, 그동안 준비했던 것과 주말 내내 짜 왔던 계획들을 설명했다. 제작사가 아니다 보니 MfB가 할 수 없는 것들이었는데도 이렇게 준비해 온 것에 팀원들은 다들 놀란 얼굴들이었다.

"먼저 가장 중요한 게 건축가분들이에요. 이건 유명한 건축가분들하고 인테리어 업체들이 리스트고, 그분들한테 참여할 수 있는지 답을 받아야 해요. 문제는 촬영 기간이 언제가 될지 모르고 지금 진행하고 있는 일이 아니라서 작품을 노출하면 안 된다는 거예요. 건축에 관한 프로그램이 있는데 거기에 참여할 수 있는지 정도로만 확인해야 하는 거죠."

"기간이 꽤 걸릴 텐데요……."

"그것도 얘기해야죠."

그때, 국현이 고개를 갸웃거리며 물었다.

"스흡, 그런데 팀장님……. 집들을 CG가 아니라 직접 짓겠다고요?"

"그 부분은 얘기해야 되는데 제 생각에는 그게 나을 거 같아요. CG로 만들어도 건축가분들의 조언이 필요하기도 하고요."

"직접 지으면……. 준비 기간만 해도 어마어마할 텐데. 그리고 제작비도 엄청날 텐데."

"제작비는 아마 제작사들이 다 감당하려고 할 거예요."

"아! 하긴… 작품도 좋은데 후도 참여하고 싶다고 했으니까……."

이미 후에 대한 얘기부터 했기에 팀원들도 다 이해하는 표정이었다. 그래도 국현은 문제점이 보이는지 입을 열었다.

"그래도 여기 이 건축가분들 다 섭외했다고 해도 문제가 생길 거 같은데요."

"어떤 문제요?"

"오직 주 보면 강필두가 점점 발전하잖아요. 그러면 처음에 설계했던 분하고 마지막에 설계하는 분하고 차이가 생겨 버리잖아요. 그럼 꺼려 하지 않을까요?"

"그래서 한 사람한테 맡기는 게 아니라 팀을 짜야 돼요. 그러면 팀으로 참여해서 만든 거니까 문제 될 게 없잖아요."

"아… 그래서 리스트가 이렇게 많은 거였구나……."

"진짜 시간이 별로 없어요. 빨리빨리 준비해야 돼요. 다음 주에 방송 나가면 그때는 이미 늦을 거라서 미리 준비하고 한태민 작가 만나야 돼요."

"아… 그렇겠네요. 어? 그런데 우리가 안 것처럼 후가 참여하고 싶어 한다는 거 아는 회사들도 있지 않을까요?"

"그래서 더 빠르게 해야 돼요. 자, 그러면 서둘러서 연락해 보고 미팅 잡고 하세요."

태진은 말이 끝나기 무섭게 국현과 수잔을 중심으로 일을 분

배했고, 곧바로 전화를 돌리기 시작했다. 그리고 태진은 현미를 데리고 자리에서 일어났다.

"현미 씨는 저 따라오세요."

사무실을 나온 태진은 서둘러 걸음을 옮겼다. 그러자 현미가 궁금하다는 듯 입을 열었다.

"저도 연락 돌리고 해야 되는 거 아닐까요?"
"현미 씨는 저랑 조율해야 돼요."
"조율이요……?"
"회사 부서끼리 조율이요. 이게 우리끼리만 할 수 있는 게 아닐 거 같아서요."

현미는 의아해하며 태진을 봤고, 태진은 신경 쓸 시간도 없다는 듯 급하게 걸음을 옮겼다. 태진이 도착한 곳은 4팀이었다. 태진이 4팀에 들어서자마자 4팀원들이 인사를 건넸다.

"한태진 팀장님! 축하드려요!"
"지금 무브 반응 장난 아니에요!"
"시청률 9.7 찍은 거 보셨죠?"

무브의 캐스팅을 4팀과 함께했다 보니 다들 반갑게 맞이했다. 태진은 가볍게 고개를 끄덕이며 인사를 받고는 곧바로 스미스의 자리로 향했다.

"내가 올라가려고 했는데. 지금 반응 확인하는데 거의 역대급으로 좋아요. 캐스팅이 신의 한 수라는 말까지 나오고 있어요."
"아, 네. 그거 때문에 온 게 아니고 부탁을 좀 드릴 게 있어서요."
"부탁이요?"

태진은 들고 온 자료를 넘겨 주었다.

"이분들 좀 알아 봐주세요."
"이게 뭔데요? 배우들 리스트?"

태진은 다시 무브에 대한 얘기를 해 주었고, 스미스는 바로 이해를 했다.

"그러면 시간 얼마 없겠는데요? 그럼 이거 스케줄은 아니겠고, 출연료랑 작품에서 했던 연기 반응들 시청자 선호도 이런 거?"
"네, 맞아요. 일단은 보여 줄 게 필요해서요."
"리스트 꽤 많은데. 언제까지 해 주면 돼요?"
"내일모레까지요."
"너무 빠른데?"
"모레 회의 때 부사장님한테도 보여 줄 게 필요해서요. 원래는 먼저 말하고 하는 게 맞는데 시간이 없어서요."
"아, 오케이. 알았어요. 그럼 이번에도 같이하는 거?"

"그럼요."

스미스의 수락에 태진은 마음이 한결 가벼워졌는지 가볍게 한숨을 뱉고는 다시 걸음을 옮겼다. 이번에는 바로 옆 사무실 3팀이었다. 3팀에서는 4팀보다 더 태진을 반겼다. 성과급의 효과가 어마어마했다. 그런 팀원들의 환영을 받으며 자 팀장에게 자리했고, 자 팀장에게도 마찬가지로 상황을 설명했다. 다만 해외 업무 전담 팀 이다 보니 약간 의아한 듯한 분위기였다.

"그런데 이번 건 우리 팀에 말하시는 이유가……."
"말씀드렸듯이 후가 OST 참여하면 해외 활동이 당연해지잖아요."
"아! 그러네요. 어……? 근데 그건 라온에서 알아서 할 텐데. 그리고 후 해외 활동 할 때 우리 MfB 본사하고 일하니까 우리가 낄 자리가 없을 텐데요."
"그렇지 않죠. 드라마 캐스팅을 우리가 맡게 되면 우리가 주도해야죠. 그리고 후만 활동하는 게 아니라 드라마 홍보도 해야죠."
"아… 후를 이용해서 어떻게 해외에 홍보할지 기획해 보라?"
"맞아요. 그럼 본사에서 도움을 받긴 해도 3팀이 주도하게 되는 거잖아요."

자 팀장은 갑작스러운 일에 고민이 되면서도 된다고만 하면 에이드의 경우처럼 업적을 만들 수도 있다는 생각에 고민을 하는 듯 보였다.

"라온하고는 얘기 된 건 아니죠?"

"아직이요. 이따 만나 보려고요."

"음… 가능성은요?"

"긍정적인 얘기를 한다고 해도 나중에 가서 스케줄이 안 맞을 수도 있어서 확실하진 않아요. 그런데 만약에 후 씨가 아니더라도 준비해야 하긴 할 거예요. OST 전부를 후 씨가 담당할 순 없으니까요."

"그렇긴 하죠. 그래도 후가 있을 때랑 없을 때랑 준비 차례가 달라지는데. 그럼 두 가지를 준비해야 되는데……."

자 팀장은 쉽게 결정을 내리지 못하겠는지 팀원들을 쳐다봤다. 사무실에서 대화를 하다 보니 3팀원들도 대화 내용을 듣고 있었다. 그중 태진의 사수였던 진이 입을 열었다.

"저희, 하죠?"

"괜찮겠어? 오래 걸리는 일인 데다가 시간도 촉박한데."

"그래도 하는 게 좋을 거 같은데. 그러다가 나중에 MfB 본사에서 맡으면 우리 또 따까리처럼 뒤에서 구경만 해야 되잖아요. 에이드 씨 맡았을 때도 내가 뭐 하고 있는지, 뭐 하러 따라다니는 건지 좀 그랬었는데. 막 눈치 주고!"

"음."

"안 되면 그냥 고생한 셈 치고. 되면 어깨 좀 펴고! 그러다 또 성과급 받을 수도 있고!"

역시 성과급의 위력이 어마어마했다. 다른 팀원들도 눈을 반짝이며 자 팀장을 봤고, 자 팀장도 팀원들의 반응을 보며 고개를 끄덕거렸다.

"오케이. 그런데 회의 때까지는 다 못 하고 틀 정도만 준비할게요."
"그거면 충분하죠."
"오케이. 그럼 우리도 한 팀장 믿고 하는 겁니다? 후 꼭 섭외하는 걸로 알고?"

태진은 가볍게 웃고는 자리에서 일어났다. 그리고 이번에도 바로 옆 사무실인 2팀으로 향했다. 2팀에는 그렇게 사이가 좋은 편이 아니기에 걱정이 되긴 했다. 그렇다고 나쁜 사이도 아니었다. 같은 회사지만 다른 부서들과 달리 접점이 없던 부서였다. 그런데 2팀에 들어서자 태진의 예상과 다른 반응이 보였다.

팀원들 전부가 태진이 온 것을 궁금해하며 굉장히 반겨 주었다. 태진은 약간 의아해하며 2팀장인 1호에게 갔고, 1호 역시 다른 팀장들보다 더 태진을 반갑게 맞이했다.

"아이고, 한 팀장이 우리 사무실까지 어쩐 일로 왔어요."

너무 부담스러울 정도로 친근하게 태진을 맞이했다. 태진은 어색했지만 2팀의 도움도 필요했기에 자리에 앉아 다른 팀에서 했던 말을 그대로 꺼내 놓았다.

"그러니까 우리가 세트장 설치가 되는 부지를 알아봐 달라는 거네요?"

"네, 맞아요. 규모가 좀 있어야 할 거예요. 그러려면 오직 주부터 파악하셔야 할 거고요. 이건 여유가 좀 있긴 해요."

"그럼 촬영 지역부터 우리가 알아봐야겠군요. 그다음에 그 지역에서 도움을 받을 수 있는 알아보고 혹시 안 될 수도 있으니 땅값부터 용도 변경이 되는지도 다 알아봐야겠네요. 으으음⋯⋯. 오케이. 일단 오직 주부터 보고 시작해도 되는 거죠? 그걸 좀 봐야지 배경도 알고 하니까."

바로 결정을 내릴 줄은 몰랐기에 태진은 약간 의아했다. 그때, 1호가 환하게 웃으며 입을 열었다.

"맨날 좋은 건 다른 팀하고만 해서 좀 서운했어요. 어떻게 보면 채이주 씨 연결해 준 것도 우리 팀인데. 앞으로도 좋은 거 있으면 같이해요."

2팀원들도 1호와 같은 생각인지 웃으며 고개를 끄덕이고 있었다. 그동안 2팀은 이렇다 할 성과를 내지 못했다. 대부분 태진과 함께 일하던 다른 부서들만 성과를 내는 중이었다. 그러다 보니 태진이 먼저 손을 내밀기를 기다리고 있었던 모양이었다. 그래서 태진을 반긴 듯했다.

가장 어려울 거라 생각했던 2팀의 일도 해결이 됐고, 태진은 한결 편안해진 마음으로 1팀으로 향했다. 1팀에 도착하자 다른 팀들과는 또 다른 분위기였다. 다들 자신을 반겨 줬는데 1팀만은 태진을 어려워하며 눈을 피하기까지 했다. 태진을 꺼려 하는 그런 느낌이었다.

"오셨어요?"

태진을 발견한 경애는 다른 팀원들과 다르게 반갑게 태진을 맞이했고, 태진은 1팀원들을 한번 쳐다보고는 경애에게 향했다. 그러자 경애가 피식 웃으며 말했다.

"사람들 하고는."
"왜요?"
"다 한 팀장님 눈 피하잖아요. 잘못 걸릴까 봐."
"제가 왜요?"

경애는 팀원들을 보며 콧방귀를 끼더니 태진에게 속삭였다.

"팀장님한테 저 사람들 비리 파일 있다면서요?"
"어? 그걸 어떻게 아셨어요?"
"내가 지원 팀하고 일하는 거 꺼려 할 때부터 이상했어. 우리는 도움만 받은 건데 왜 그렇게 싫어하는지 내가 겨우 알아냈죠. 그랬더니 곽이정 대표님이 협박하고 갔대요. 똑바로 하라고! 그렇게 일하다가 쫓겨난다고! 한 팀장님은 성격상 지켜보고 나서 안 된다 싶으면 매장할 사람이라고 그랬대요. 자기도 걸려서 쫓겨나는 거라고, 너희까지 쫓겨나지 말라고 했대요!"

"제가요……?"

태진은 어이가 없다는 표정으로 1팀원들을 쳐다봤다. 그러자 무슨 대화를 하는지 궁금함에 태진을 지켜보던 1팀원들이 빠르게 고개를 돌려 태진의 눈을 피했다. 이런 걸 보면 곽이정의 말이 통한 듯했다.

"어쩐지 나를 되게 잘 따라 줄 때부터 이상했어. 그런데 뭐 부탁하실 일 있으세요?"

태진은 헛웃음을 뱉고는 온 이유를 설명했다. 그러자 한참을 듣던 경애는 문제 될 게 없다는 듯이 고개를 끄덕거렸다.

"알겠어요. 연기력 좋은 단역 배우들 있는 플랫폼들 미리 선점하라는 거죠? 그러면 일반 플랫폼은 영향력이 적으니까 우리도 하나 만들고 플레이스나 다른 회사들한테도 부탁해야겠네요. 그러면 우리는 확정되고 해야 겠네요? 다른 데에서 알면 좀 그러니까?"
"네. 맞아요."
"알겠습니다. 그렇게 할게요. 안 그래도 연극 배우들한테도 일거리 주고 싶어서 고민했는데 우리가 플랫폼을 제작하는 것도 괜찮겠네요. 주선하고 수수료도 챙길 수 있고. 아무튼 더 좋은 방향으로 생각해 보고 연락드릴게요."

경애는 바로 확답을 주었고, 태진은 웃으며 고개를 끄덕거렸다. 곽이정이 왜 경애에게 팀장을 맡긴 건지 또다시 수긍이 되었다.

며칠 뒤, 에이전트부의 모든 팀들이 회의실에 자리했다. 보통의 회의는 각 팀에서 새롭게 기획한 걸 보고하거나 각 팀에서 그동안 진행했던 일들을 보고하는 자리였다. 그런데 지금은 팀별로 나눠진 것이 아니라 하나의 목표를 가지고 부서 전체가 움직이고 있었다.

가만히 회의 내용을 확인하고 있던 조셉은 미소를 지은 채 태진을 봤다. 태진에게 눈이 갈 수밖에 없었다. 보고를 하는 팀장들 전부가 부사장 자신이 아닌 태진의 반응을 살피는 상황이었다. 게다가 각 팀마다 다른 팀들에 밀리지 않기 위해 준비도 잘해 왔다. 맡기만 한다면 분명 MfB가 성장할 수 있는 그런 기획이었다.

준비 기간이 짧은 만큼 MfB에서 맡지 못한다고 해도 타격도 적고 만약에 MfB에서 맡는다면 무브에 이어 굉장한 성과가 될 터였다. 사실 MfB 본사에서도 짧은 기간 안에 이렇게 한국에서 자리를 잡을 거라고 예상하지 못했기에 상당히 놀라고 있는 상태였다.

잠시 뒤, 마지막으로 1팀의 보고가 끝나자 조셉은 고개를 끄덕이며 박수를 보냈다.

"좋네요. 특히 2팀이 상당히 좋아요. 제작사가 정해진다면 얘기를 해야겠지만, 분명히 혹할 만한 내용이네요. 부지 선정을 좀 외곽으로 하면 지역구에서 도움도 받을 수 있겠군요. 그럼 비용도 확 낮춰지고, 또 중심가에는 재개발이 필요한 사람들의 신청을 받아서 자연스럽게 촬영 장소를 섭외하고. 거기에 더해 홍보까지 하자는 내용도 참 좋네요."

"감사합니다."

"이건 이번 기획이 아니고 다른 기획에서도 쓸 수 있는 아이디어네요. 그리고 1팀도 상당히 좋네요. 우리 회사에서 자체적으로 플랫폼을 제작하겠다. 이건 당장은 얻는 게 적겠지만 캐스팅을 좀 더 수월하게 할 수 있게 되겠네요. 이것 역시 장기적인 프로젝트가 될 것 같고요."

조셉은 전체적인 평가를 내놓고는 웃으며 태진을 봤다.

"전체적으로 굉장히 훌륭하네요. 딱 내가 원하는 상황이에요. 서로에게 도움을 주면서도 그 안에서 경쟁이 이루어져 발전이 되는 상황. 아주 좋네요."

회의 때마다 웃는 얼굴로 딴지를 거는 조셉이 이번만큼은 칭찬 일색이었다. 그러다 보니 팀장들이나 같이 참석한 팀원들의 얼굴에 미소가 지어졌다. 특히 이렇다 할 활약이 없던 2팀장은 활짝 웃는 얼굴로 태진에게 엄지를 치켜세우는 중이었다. 그런 모습에 회의에 함께 참석한 국현이 고개를 숙인 채 조용히 속삭였다.

"스흡, 이거 진짜 팀장님 본부장 되시는 거 아니에요……?"

"그렇진 않죠. 다들 저보다 경험이 많으신데요."

"경험 적다고 못 할 거 없죠. 능력이 쩌는데. 그리고 경험 때문이면 팀장님이 지원 팀 맡은 것도 말이 안 되죠. 그때 신입이었는데. 만약에 가시더라도 저 데리고 가셔야 돼요?"

"그럴 일 없다니까요."

국현이 장난스럽게 웃으며 태진의 소매를 꽉 쥐었고, 태진은 그런 국현의 모습에 가볍게 웃었다. 그때, 조셉의 말이 들려왔다.

"전체적으로 이제 자리가 잡혀 가는 것 같네요. 지금 거의 6개월 동안 인사이동이 없었죠? 아, 1팀장의 경우는 인원 보충이니 제외하고, 다른 팀원 이동을 말하는 겁니다."

어느 정도의 기간을 두고 팀원들의 이동이 있었는데 언젠가부터 팀원들의 이동이 없었다.

"그런 거 보면 호흡이 맞아 가는 것 같네요. 그럼 이제 에이전트 부서 내에서도 본부가 필요할 것 같은데요? 그동안은 본부 역할을 경영 팀에서 관리했는데 사실 경영 팀이 관리할 일이 아니죠. 일이 점점 많아지니 힘들어지는 것도 사실이고요."

다들 기다리던 말이었다. 다들 본부장이 되기 위해서 경쟁하던 것이다 보니 관심이 생길 수밖에 없었다. 하지만 네 명의 팀장은 자신들 모르게 인정을 하고 있는지 태진을 보고 있는 중이었다.

"분위기가 다들 인정하고 있는 거 같은데요?"

대상이 빠져 있는 말이었지만, 경애를 시작으로 3팀장이 먼저 고개를 끄덕거렸다. 그러자 조셉은 2팀장과 스미스를 쳐다봤고, 스미스 역시 좀 늦긴 했지만 고개를 끄덕였다.

"한태진 팀장이면 찬성입니다. 같이 일해 보니까 엄청 편하긴 했죠……. 말도 안 된다고 생각한 것도 까고 나면 황금 알이었고……. 전 좋습니다."
"저는 뭐… 대세에 따라야죠."

2팀인 1호까지 인정하자 4팀의 스미스가 웃으며 태진을 봤다. 이런 상황을 예상하지 못했던 태진은 표정을 지을 수 없음에도 눈빛에서 당황하고 있다는 것이 보일 정도로 놀란 상태였다. 그때, 조셉이 피식 웃으면서 말을 이었다.

"의중만 듣고 싶었던 건데 이렇게 일치할 줄은 몰랐네요. 하하."

팀장들은 스스로의 입에서 태진의 이름이 나오도록 유도당했다는 걸 알았지만, 딱히 기분 나빠하진 않았다. 그만큼 태진을 인정하고 있었다.

"다들 한태진 팀장을 추천하지만 결과는 알 수 없죠. 그래도 경영 팀에서도 이 점을 염두에 두고 고민하겠습니다. 그럼 다음 회의 때 뵙죠."

끝까지 경쟁을 하게 만든 뒤 조셉은 웃으며 회의실을 나갔다. 그러자 분위기가 약간은 어색해졌다. 그때, 경애가 먼저 입을 열었다.

"본부장님 되시겠는데요? 축하드려요."
"아직 결정된 거 아니잖아요."
"전 된 거 같은데요. 그런데 진행은 어떻게 되고 있어요?"

경애의 질문에 정리를 하던 다른 팀장들도 전부 태진을 봤다.

"다들 준비해 주신 거 정리해야 돼서 내일로 미팅 잡았어요."
"가능성은요? 높은 거죠?"
"확답은 드릴 수 없어요."
"그런데 한태민 작가님이 팀장님 동생분이신데 가능성 높지 않을까요?"
"제 동생이기는 하지만 동생도 회사에 소속되어 있으니까요. 그리고 가족이라고 맡기라고 하는 것도 좀……."
"팀장님은 공과 사를 구분 안 짓는 거 같으면서도 이럴 때 보면 되게 칼같으세요."

그때, 스미스가 웃으면서 입을 열었다.

"내가 저거에 넘어갔지."

그러자 3팀장도 웃으며 맞장구쳤다.

"그렇죠. 공과 사가 확실하죠. 그리고 맡은 일 성공시키려고 다른 팀에 먼저 부탁도 하고. 난 처음에 부탁할 때 며칠 동안 의심했었다니까요."

"그렇죠. 확실히 보는 눈도 좋고. 난 차오름 씨 추천할 때 추진력에 놀랐죠. 긴가민가하면서 불안해했는데 지금 차오름 얘기 나오는 거 보면 내가 보지 못하는 걸 보는구나 싶기도 하고."

세 사람의 칭찬에 태진은 민망하기만 했다. 그저 맡은 일을 성공시키려고 한 일들을 저렇게 봐 줄 줄은 몰랐다.

"아무튼 축하드려요. 본부장님. 앞으로도 1팀 많이 도와주세요!"

"나도 축하는 하는데 배는 좀 아프네. 본부장님이라고 불러 드려야 되나?"

"하하. 저는 얼마든지 불러 드릴 수 있는데 나중에 본부 팀 따로 꾸리게 되면 우리 3팀 인원은 빼지 말아 주세요."

아직은 별다른 관계가 없던 2팀장만 어색해하며 상황을 지켜봤고, 태진은 그저 머쓱한 마음에 정리가 다 된 서류만 연신 뒤적이고 있었다. 그렇게 다른 팀장들도 회의실을 빠져나가자 국현이 그제야 의자에 쓰러져 버렸다.

"저 팀장님……."

"네?"

"아까는 좀 빈말이기도 했는데… 진짜 저 버리시면 안 돼요?"

"안 버려요."

"아니! 진짜로요! 아까 자 팀장님이 본부 팀 꾸린다고 말했을 때 가슴이 덜컹 내려앉았더라고요!"

태진은 동의한다는 듯 고개를 끄덕이며 말했다.

"저도 그 말 듣고 좀 놀라긴 했어요."

"뭐 남의 얘기처럼 말하세요! 지금 약속하세요. 저 데리고 간다고."

"그런데 본부장 되면 일이 달라져요?"

"그럼요. 전체적으로 조율하고 분배하고."

"지금도 그렇게 하고 있잖아요."

"…그렇네요?"

태진은 눈을 동그랗게 뜬 국현을 보며 가볍게 웃고는 말을 이었다.

"만약에 진짜 본부장 시키면 얘기를 해야죠."

"어떻게요?"

"그냥 지원 팀 이름만 바꾸면 되지 않겠어요? 사실 안 바꿔도 될 거 같긴 한데. 그냥 지금처럼만 하면……. 일이 좀 많아지려나."

"아… 그럼 팀장 겸임 본부장?"

"그냥 전 지금 하고 있는 게 재미있고 좋아요. 달라지는 건 없을 거 같아요."

"그러니까 저 안 버리신다는 거죠?"

태진은 짐을 챙겨 일어나며 피식 웃었다.

"국현 씨만이 아니라 수잔도 그렇고 우리 팀 전부 같이 해야죠."

국현은 그제야 활짝 웃으며 자리에서 일어나 태진에게 따라붙었다.

"그럼 지원 팀 이름은 뭐로 바꿀까요? 한태진 본부장님과 아이들? 이런 거?"
"하하. 그런 것 좀 하지 마세요."
"마음에 안 드세요? 본부장과 충신들?"
"그냥 지원 팀으로 해요! 이상한 거 의견 내지 말고! 소문도 내지 말고! 그거 소문내는 순간 저 혼자 갈 거예요. 아니지 수잔만 데리고."
"와… 본부장 되신다고 협박도 하시고 서운해요."

국현은 오히려 자기가 더 기쁘다는 얼굴로 웃으며 쉴 새 없이 말을 뱉었다.

*   *   *

다음 날. 태진은 김정연과 자리했다. 그곳에는 당연히 태민과 그림 작가도 함께 자리를 하고 있었고, 김정연 미디어의 직원 몇 명도 함께였다. 태진은 그들 앞에서 준비한 내용들을 전부 설명했다. 태민은 이런 경험이 없다 보니 무척 신기해하는 얼굴로 고개만 끄덕였다.

게다가 직원들도 이렇게까지 준비를 해 온 것을 보며 굉장히 놀라워했다. 다만 김정연의 표정이 그다지 좋지 않았다. 설명을 마친 태진은 어떤 부분이 문제가 된 건가 되짚어 가며 생각했다. 하지만 좀처럼 말이 안 되는 부분이 없었다. 부족한 부분은 아직 제작사가 정해지지 않았기에 생기는 부분이었고, 김정연도 그런 건 잘 알 텐데 지금은 뭔가 굉장히 마음에 안 드는 얼굴이었다. 그때, 김정연이 태진을 노려보며 말했다.

"너무한다."

"네?"

"진짜 좀 섭섭하려고 그래."

김정연은 태진을 쳐다보지도 않았고, 함께 온 현미는 걱정이 되는지 어떻게 해야 되냐는 얼굴로 태진을 봤다. 태진도 이유를 모르기에 어떻게 할지를 몰랐다. 그때, 김정연이 태민에게 말했다.

"한 작가 형 너무한데? 동생 작품이라고 이렇게 준비를 많이 해 왔어. 우리 무브 할 때는 이런 자료 하나도 없이 말로만 설명하고 그래 놓고! 이렇게 할 줄 알면서! 너무 서운한데?"

"아… 형이 제 작품이라서 그런 게 아닐 거예요. 대표님 작품 맡았을 때도 집에서 보기 힘들 정도로 바쁘게 준비했었어요."

"그랬어?"

김정연은 태진을 힐끔 쳐다봤고, 그제야 이유을 안 태진은 머쓱하게 웃으며 말했다.

"그때는 제가 처음이라서 부족한 부분이 있었어요. 서운하셨다면 죄송해요."

"사과 들으려고 한 건 아니고. 그래서 이제 경험이 쌓여서 이렇게 할 수 있었다? 내가 경험을 쌓게 해 준 거네?"

"그렇죠. 항상 감사하게 생각하고 있습니다."

"그럼 다음에 내 작품 맡을 때는 이거보다 더 준비가 잘되어 있겠네요?"

태진은 약간 놀란 얼굴로 김정연을 봤고, 김정연은 그제야 장난이었다는 듯 피식 웃었다.

"당연하죠. 최선을 다해서 마음에 드시도록 준비할게요. 한 작가님이 서운해할 정도로 준비할게요."

"뭘 또 그렇게 선을 그어요. 한 작가가 한 팀장 동생인 거 다 아는데. 그냥 우리끼리는 편하게 해요."

"그래도 저희가 답을 듣는 자리라서……."

김정연은 피식 웃더니 태민에게 말하라는 듯 고갯짓을 했다. 그러자 태민이 약간 긴장된 얼굴로 태진에게 말했다.

"형이 캐스팅 맡아 줘… 제작사까지 전부 다 형이 정해 줘."

"아……."

이렇게 해도 되는 건가 싶은 마음에 태진은 선뜻 기뻐할 수가 없었다. 그때, 태민이 옆을 가리키며 말했다.

"나 혼자 생각한 게 아니라 영수 형이 그렇게 하길 더 원했어."

태민의 말에 김정연이 고개를 저으며 헛웃음을 뱉었다.

"뭐 둘이 똑같아. 뭐가 그렇게 어려워. 나한테 얘기 듣고 박 작가한테 얘기해 준 게 한 작가잖아. 시도 때도 없이 한 팀장이 어떻게 했냐고 물어보더니 뭘 영수가 그렇게 하길 원했대. 어휴, 어휴. 그리고 여기저기서 지금 갑자기 연락 엄청 오는데 그거 다 트집 잡아서 깠잖아."

태민은 멋쩍은 얼굴로 고개를 숙이고 있었다. 그런 태민의 모습에 김정연은 피식 웃으며 말했다.

"이렇게 준비해 오는 형이나 형한테 맡기고 싶어서 형이 한 일 소문내는 동생이나."

태진도 머쓱함에 코를 훔칠 때, 그림 작가인 영수가 입을 열었다.

"태민이가 말을 해서 그런 게 아니라 저도 무브를 진짜 너무 재밌게 봤거든요. 제가 그거 보고 드라마 팬 됐어요. 만약에 오직 주가 드라마가 되면 배우들 연기가 꼭 그렇게 살아 움직였으면 좋을 거 같았어요⋯⋯. 대표님한테 듣기로 전부 팀장님이 배우들 섭외하신 거라고 들었어요. 저희 작품도 무브처럼 만들어 주셨으면 해서요."

차라리 태민보다 그림 작가와 얘기하는 게 더 마음이 편했다. 그러다 보니 기획한 것들을 더 자세히 설명을 했고, 그림 작가는 대체 태민에게 어떤 말을 들었는지 그저 찬성하기 바빴다. 그렇게 한참이나 지나고 더 이상 할 말이 없어졌다.

"그럼 저희가 다시 계약서를 작성해서 찾아뵙겠습니다. 더 자세한 내용은 그때 조율하면 될 거 같네요."
"네, 네."

미팅이 마무리가 되자 태민이 조용하게 입을 열었다.

"형, 나 약속 지켰다."

태민은 뭔가 뿌듯해하는 얼굴로 태진을 봤고, 태진은 그런 태민을 보며 입술을 떨었다.

"형도 약속 지킬 수 있게 열심히 할게."

* * *

며칠 뒤, 태진은 저녁 식사를 마친 뒤 거실 소파에 자리했다. 태민은 말할 것도 없었고, 태은 역시 선우 무대가 여전히 바쁜지 늦은 시감임에도 집에 들어오지 않고 있었다.

"신기하네. 우리 큰아들만 이렇게 집에 있으니까?"
"다들 바쁜가 봐요. 그런데 가게는 알아보고 계세요?"
"그렇지. 네 엄마가 태민이가 보태 주는 거 미안한가 계속 우리 선에서 하려고 하더라고."
"나중에 돌려주시면 될 거 같은데……. 아니면 태민이한테도 지분을 주시든가."
"걱정 마, 아빠가 잘 꼬시고 있어."

그때, 어머니가 여러 가지 서류들을 들고는 거실로 나왔고, 아버지는 별 얘기도 안 했는데도 비밀이라는 듯 검지를 입에 댔다.

"둘이 비밀 얘기 했어? 원래 부자끼리는 그런 게 좀 있다더니 너무 보기 좋은데?"

아버지는 김이 샌다는 듯 헛웃음을 뱉었다.

"네 엄마는 너무 관대하단 말이야. 그게 매력이긴 한데."
"하하. 별 얘기 안 했어요. 그런데 그건 다 뭐예요?"

어머니는 테이블에 서류를 내려놓으며 대답했다.

"이제 아빠랑 둘이 해야 되니까 조금 더 잘해야 될 거 같아서 공부 좀 하려고."

"지금이요?"

"응, 해야지. 사실 엄마는 잘 모르겠는데 네 아빠는 머리가 좋아서 그런지 엄청 잘 배우더라고. 엄마가 물어봤던 걸 다 기억하고 있어. 그래서 옆에서 질문하려고."

"아… 그럼 저 들어가서 볼게요."

"아니야. 괜찮아. 오랜만에 아들하고 TV 보면서 하면 돼. 오늘 무브 하는 날이잖아. 그거 같이 보려고 나와 있는 거 아니었어? 엄마도 엄청 기다렸는데."

태진은 머쓱한 마음에 이마를 긁적이며 말했다.

"Y퀴즈 보려고요."

"어? 왜? 거기에 아들이 캐스팅했던 사람이 나와?"

"아니요. 그건 아니고요. 중요한 사람이 나와서요."

"그래도 무브를 봐야 되는 거 아니야? 시청률 조금이라도 올려야 되는 거잖아."

"저희 집은 시청률하고 상관없어요. 그게 선정되고 패널미터라는 걸 설치하고 그래야지 시청률에 반영되는 거라서요."

"그랬어?"

"무브는 이따가 보려고요."

"누가 나오길래 아들이 이렇게 기다릴까."

태진은 머쓱하게 웃으며 채널을 돌렸고 마침 Y퀴즈가 시작하기 전이었다. 몇 개의 광고가 끝나자 바로 시작되었고, 그동안 예고했던 대로 가수 후 특집임을 강조하기 위해 후가 그동안 활동했던 장면들을 편집해서 내보내고 있었다.

"후였어? 엄마도 정말 좋아하는데."
"엄마도 좋아하세요?"
"그럼. 가슴을 아리게 만들더라고."

그때, 아버지가 큭큭거리며 웃었다.

"네 엄마 예전에 후 콘서트하는 영상 TV로 보면서 울었어."
"너무 노래를 잘하니까. 후가 엄마가 일찍 돌아가셨다면서. 그래서 그런지 엄마에 대한 부를 때 너무 짠하더라고. 후가 나와서 보는구나. 우리 태진이도 후 좋아했어?"
"좋아하기도 하고 일 때문에 봐야 되기도 하고 그래서요. 섭외해야 하거든요."
"아, 그랬구나."

어머니도 좋아한다는 말에 다시금 대단한 사람이라는 게 느껴졌다. 팬 연령층 폭이 넓어도 너무 넓었다. 보통의 가수라면 팬층이 나이별로 나뉘어 있는데 후는 남녀노소 다 좋아하고 있었다.
그사이 후가 나오기 시작했고, 저번 주에 이어 노래로 시작이 되었다. 얘기를 하는 걸 기다렸지만 노래 듣는 것도 굉장히 즐거웠다. 그렇게 콘서트처럼 노래를 불렀고, 한참이나 지나서야 기타를 내려놓았다. 그러고는 대화가 시작되었다.

알고 있는 얘기도 있었고, 이 방송을 통해서 처음 듣는 내용도 있었다. 뭐가 되었든 빠져들게 만들었다. 그러다 보니 걱정이되는 건 어쩔 수 없었다. 태진도 이렇게 빠져드는데 다른 사람들은 안 봐도 뻔했다.

'1%는 나오려나……'

아마 모든 사람들이 이 방송을 보고 있을 것 같았다. 한국인 최초로 미국의 4대 음악 시상식을 휩쓴 사람이었다. 그것이 한 번으로 끝난 것이 아니라 5년 동안 세 번이나 모든 시상식에서 최고의 상을 받고 있었다. 한국의 보물이라는 수식어를 가지고 있는 사람이니 당연한 것이었다.

잠시 뒤, 근황에 대해서 얘기가 나왔다. 이런 경우 새 앨범이 나왔을 때 홍보를 하러 나오는데 후는 그런 것이 아니었다. 오랜만에 한국에 와서 인사를 하기 위해 출연했다고 했다.

"어쩜 저렇게 말을 참 예쁘게 해."

어머니의 말처럼 방송을 보고 난 사람들은 더욱더 후에게 빠질 듯했다. 그리고 그때, 태진이 기다리던 말이 나왔다.

—그럼 한국에 오셔서 쉬고 계실 텐데 저희 Y퀴즈도 좀 보셨나요?

—그럼요. 자주 봐요. 저번에 재진이 형 나올 때도 봤어요.

—이야, 영광이네요!

MC들은 물론이고 자막까지 호들갑을 떠는 게 느껴졌다.

—그럼 쉬는 동안 주로 뭐 하고 계세요?

—곡 쓰고 노래 부르고 그러고 있죠.

—새 앨범 준비를 하고 계시는 건가요?

—그건 아니고요. 그동안은 제 노래들이 전부 제 경험으로 만든 노래들이거든요.

—눕고 싶어도요?

—제가 눕는 걸 좋아해서요.

—하하, 하긴 눕는 거 싫어하는 사람 없죠! 그럼 노래 만들기 위해서 경험을 쌓고 계시는 중인 건가요?

—그건 아니고 회사 대표님이 책을 통해서도 간접적으로 경험할 수 있다고 하더라고요.

아직 오직 주에 대한 내용이 나오지 않았음에도 태진은 심장이 터질 것처럼 긴장되었다. 부모님은 태민에 대한 얘기가 나올 거란 걸 모르기에 후에 말의 동의하며 고개를 끄덕이고 있었다.

—그런데 제가 책을 잘 안 읽거든요. 좀 어렵기도 하고 그래서.

―하하하. 엄청 솔직하신데요? 이런 얘기 하셔도 되는 거예요?

―괜찮아요. 요즘은 보고 있어서요.

―책 읽는 재미를 아셨구나.

―그건 아니고요. 도저히 눈에 안 들어오길래 같이 일하는 형들이 그럼 만화나 보라고 하더라고요. 그래서 만화를 봤는데 그건 너무 재미있더라고요.

―만화요? 웹툰 말씀하시는 건가요?

―네! 맞아요. 웹툰. 종류도 엄청 많더라고요. 그래서 뭘 볼까 하다가 그냥 1위부터 보자 해서 봤는데 진짜 너무 재밌는 거예요. 자다가 생각나서 일어날 정도로 재미있더라고요.

―하하하. 웹툰에 빠져들면 헤어 나올 수가 없죠. 저도 스케줄 있는데도 다음 내용이 궁금해서 밤샌 적도 있다니까요.

―어! 맞아요! 그런데 아직 완결이 안 됐더라고요. 그걸 매주 기다리는 것도 너무 힘들고 그래서 찾아보니까 소설이 있더라고요.

―소설을 웹툰으로 만든 거 였구나!

―네! 그래서 봤는데, 웹툰으로 시작해서 그런지 책인데도 읽히더라고요. 그래서 보기 시작했는데 벌써 4번이나 읽었어요.

―아! 네 번이나요?

―볼 때마다 그냥 지나쳐 갔던 장면들이 다시 보일 때가 있더라고요. 그게 너무 재밌었어요.

―어떤 소설인지 끝나고 저도 좀 알려 주세요.

아쉽게도 오직 주에 대한 직접적인 언급은 없었다. 하지만 네티즌 수사대들이 알아서 추측할 것이었기에 이것만으로도 충분하긴 했다. 그런데 그때 후의 말이 이어졌다.

─그럼요! 제가 댓글도 남겼는데요.
─후가 댓글을 남겼다고요? 뭐라고 남겼는데요?
─너무 재미있다고요. 책 읽는 동안 많은 멜로디들이 떠올랐다고 그렇게 남겼죠.

그렇게 소설에 대한 대화가 끝났고, 태진은 곧바로 휴대폰을 꺼내 들고는 파이온 소설 플랫폼에 접속했다. 그때, 뒤에 있던 아버지가 이상함을 느꼈는지 태진에게 물었다.

"혹시 말이야. 지금 얘기 한 소설이… 우리 태민이 얘기인 거야?"
"네, 맞아요. 태민이가 쓴 소설 얘기한 거예요."
"아이고……."

아버지는 물론이고 어머니까지 얼마나 놀랐는지 양손으로 입을 가렸다.

"정말? 1위 한다고 해서 좋아하기는 했는데 베스트셀러 순위 보면 우리 태민이 이름이 없길래 그 정도는 아니구나 생각했는데……."
"책보다 플랫폼으로 보는 사람들이 많아서 그래요. 그리고 한 편으로 끝나는 게 아니라서 아마 10권 이렇게 넘는 건 기본이라 나눠어져서 그래요. 그래도 장르소설 분류해서 보면 1등이더라고요."
"그런 거였어? 그럼 더 늘 수도 있다는 거네?"

"그럼요."

입이 계속 벌어져 있던 아버지가 나지막히 입을 열었다.

"이럴 줄 알았으면 더 크게 자랑할 걸 그랬네. 자랑이 부족했네……."

태진은 가볍게 웃고는 다시 휴대폰을 봤다. 완결 난 지 오래됐음에도 여전히 1위였다. 태진은 댓글을 눌러 들어갔다. 댓글이 얼마나 많은지 9,999+로 더 이상 집계가 되지 않고 있었다. 그중에서 후가 남긴 댓글을 찾을 수 있을까 걱정되었지만, 그런 걱정을 할 필요가 없었다. 이미 태진보다 빠르게 찾은 사람들이 댓글에 좋아요와 대댓글을 달다 보니 베스트 딱지가 붙어 있었다.

─너무 재미있게 봤어요. 강필두가 어떤 감정인지 전부 느껴졌어요. 책 읽는 동안 멜로디가 떠올라 머리가 아플 정도로 재밌게 봤어요. 감사합니다.
─이거 후가 남긴 댓글임?
─어! 후도 보는 오직 주! 쩐다!
─떡상 각 오지게 잡혔네.
─이미 꼭대기인데 뭔 떡상. 후도 나랑 같은 거 본다는 게 신기하다.
─난 후보다 한 번 더 봄 ㅋ

새로고침을 하면 시간이 걸릴 정도로 대댓글이 어마어마하게 늘고 있었고, 그와 동시에 좋아요도 늘며 후가 남긴 댓글이 점점 위로 올라오고 있었다. 이 정도면 방송에서 언급한 것이나 다름없었다.

*   *   *

다음 날. 태진은 거의 잠을 못 잔 채 출근했다. 오직 주의 반응을 살피기 위한 것도 있었지만, 무브의 반응 때문이기도 했다. 다시보기로 무브를 본 뒤 반응을 살폈다. 참패를 할 줄 알았는데 생각보다 반응이 좋았다. 멀티박스에서 보도 자료를 내보낸 것일 수도 있지만, SNS나 커뮤니티에 올라온 글들을 보면 꽤 많은 사람들이 무브를 본 듯했다. 그러다 보니 시청률이 기대되었기에 잠을 설친 상태였다.

"팀장님! 커피 드세요. 디카페인입니다!"

"감사해요. 이게 어디서 난 거예요?"

"스흡, 제가 기분이 너무 좋아서 사 왔죠. 걱정 마세요. 팀원 숫자대로 사 왔으니까! 하하."

국현에게 받은 커피를 마신 태진은 팀원들의 표정을 살폈다. 다들 자신처럼 피곤해 보이면서도 굉장히 밝은 얼굴들이었다. 그때, 수잔이 웃으며 말했다.

"어제 진짜 걱정했는데 아침에 시청률 보고 기절하는 줄 알았다니까요."

"저도 진짜 놀랐어요."

"1% 나오면 다행이다 싶었는데 5%나 나왔어요! 나도 모르게 소리 질렀다니까요."

"어젯밤부터 기사들도 엄청 많더라고요."

"그러니까요. Y퀴즈랑 우리만 살아남고 나머지는 전부 0점대더라고요."

수잔의 말처럼 Y퀴즈와 같은 시간대에 방송된 프로그램 중 무브만이 살아남았다. 그러다 보니 후에게 밀리지 않았다며 탄탄한 매니아층을 형성한 드라마라는 기사가 쏟아지고 있었다. 다만 아쉬운 점은 주연 삼인방의 이름이 아닌 김정연이 화제의 중심이 되었다는 것이었다.

김정연의 이름이 그만큼 높은 것도 있었고, 그렇다고 아예 없는 것은 아니었기에 시청률 선방을 했다는 것만으로도 만족스러웠다. 이제 회차가 점점 진행될수록 주연 삼인방의 이름도 거론될 것이었다.

"스흡, 1등과 2등이 전부 우리가 진행하는 일이라니… 살다 보니까 이런 일도 있네요."

태진은 가볍게 웃고는 다시 사람들의 반응을 보기 위해 인터넷에 접속했다. 여전히 후에 대한 기사들이 넘쳐 났고, 중간 중간 무브에 대한 기사도 보였다. 다만 후가 인터뷰한 내용이 많다 보니 기사들의 방향이 나뉘어져 있었다. 그러다 보니 오직 주에 대한 기사는 그렇게 많은 편은 아니었다. 그럼에도 기사의 양과 다르게 플랫폼에서의 반응은 굉장히 뜨거웠다. 그때, 태진의 휴대폰이 울렸다. 처음 보는 번호에 태진은 고개를 갸웃하며 통화 버튼을 눌렀다.

―한 팀장님! 나 김정연이에요!
"네, 작가님. 안녕하세요."

전화를 건 사람은 김정연이었고, 번호가 달라지긴 했어도 어제 방송 때문에 전화했다고 생각했다. 그런데 김정연의 입에서 예상과 다른 말이 튀어나왔다.

―얘기를 제대로 해 줘야지! 너무하네!
"네?"
―후 말이에요! 그렇게 대놓고 재밌다고 할 줄 몰랐는데! 지금 난리도 아니에요. 내 휴대폰에 전화부터 메시지 계속 와서 아예 전화 걸 수도 없고! 회사 전화도 지금 터지기 일보 직전이에요!
"어제 보셨어요……?"
―당연하죠! 내 드라마는 다시보기로 봤으니까 이상하게 생각하지 말고! 아무튼 여기저기서 계속 연락 와요. 일단 오직 주에 대한 전화는 MfB로 넘길 거니까 그렇게 알아요.
"네, 알겠습니다."
―아, 진짜. 파이온에서도 자기들이 먼저 이벤트 해 준다고! 후조차 감탄시킨 오직 주! 라고 배너 띄워 준다네요. 그럼 어떻게 될지 알죠? 그렇게 되기 전에 다 가져가요. 알겠죠?

"네, 알겠습니다."

—가뜩이나 바쁜데!

김정연과 통화 중임에도 회사 전화기들이 동시에 울리기 시작했다.

제2장

—

월드 스타 후

며칠 동안 수많은 제작사들과의 미팅이 잡혔고, 실제로 미팅을 가진 제작사도 있었다. 하지만 그중에 세부적인 계획을 세우고 온 회사는 없었다. 대부분이 어떻게든 선정이 되기 위하여 입바른 소리만 하다가 미팅이 끝났다. 방금 전에 한 미팅에서도 비슷했다.

"스흡, 다들 이상하게 찔러보는 거 같네."

태진도 국현과 동감이었다. MfB의 생각을 알아보기 위한 것도 있었지만, 이런 관심이 쏟아지게 된 것이 후 덕분이었기에 후의 참여 여부에 관심을 더 보였다. 물론 오직 주가 굉장한 호평을 받고 있더라도 성공 여부는 장담을 할 수 없었다. 그런데 후가 참여한다면 그 확률이 훌쩍 올라가기에 그 부분이 궁금한 듯했다.

"후 씨 만나고 결정되면 좀 달라지겠죠."

"그런데 후는 왜 미팅을 안 한대요?"

"저도 잘 모르겠어요. 오늘 만나면 알지 않겠어요?"

"자기가 먼저 말 꺼내 놓고 이상한 사람이네. 그래도 이종락 부장님이랑 미팅이니까 얘기 잘되겠죠?"

"잘됐으면 좋겠는데… 워낙 스타라서 잘 모르겠네요."

라온과 미팅을 잡기는 했지만 후가 아닌 이종락과의 미팅이었다. 그 부분이 아쉽긴 해도 이종락이라면 그동안 친분도 쌓아 놓았기에 오히려 편하기도 했다. 그리고 이종락이 라온의 살림꾼이라고 불리다 보니 이종락의 마음에 든다면 후도 섭외가 가능할 것 같았다.

"팀장님, 바로 가실 건 아니죠?"

"네, 시간이 좀 남아서 사무실에 일 좀 보고 가야죠."

사무실로 도착한 태진은 라온에서 설명할 자료를 검토하기 시작했다. 그때, 수잔이 담당하는 직원들이 수잔에게 무슨 말을 하는 것이 보였고, 수잔은 의아한 표정으로 그 얘기를 듣고 있었다. 한참을 듣던 수잔이 직원에게 말했다.

"팀장님한테 직접 말해 보세요. 팀장님."

신입 직원은 약간 의아한 얼굴로 입을 열기 시작했다.

"저희가 어제부터 경기도에 있는 건축 사무실에 연락을 돌리고 있는데… 좀 이상해서요."

"뭐가요?"

"드라마 자문 및 설계로 담당자를 찾았거든요. 그래서 담당자가 전화를 받았는데 대뜸 준비를 잘하고 있다고 그러면서 반장님 바쁘시냐고 그러더라고요."

"반장님이요?"

"네, 저도 무슨 소리인가 싶었는데 전화 온 곳이 저희가 아니고 다른 데인 줄 알았나 보더라고요."

"아, 그래요? MfB라고 말 안 했어요?"

"말했죠. 그런데 신기한 게 저만 그런 게 아니라 윤정 씨하고 진아 씨도 같은 일이 있었다고 하더라고요. 똑같이 반장님이라는 사람 안부 묻고 그랬다고 해서 좀 이상해서요."

"음……."

태진도 의아했다. 우연은 아닌 듯 보였다.

"경기도에 있는 건축소 연락할 때만 그랬어요?"

"네. 그래서 뭔가 조합 같은 게 있나 해서 알아봤는데……. 딱히 그런 건 없어 보이더라고요. 저희가 지도 위치랑 대표 건축가 이력도 살펴봤는데 접점도 없고요."

"신기하네. 그래서 대답은요?"

"대답은 긍정적이기는 했고요. 확정이 되면 다시 얘기하자고 하긴 했어요."

"그래요?"

가만히 생각하던 태진은 반장이라는 직급을 가진 선우 무대의 김 반장이 떠올랐다.

'에이, 아니겠지.'

반장이 선우 무대의 김 반장만 있는 것도 아니기에 애써 생각을 떨쳐 내려 고개를 저었다. 하지만 괜히 신경이 쓰였다. 이렇게 혼자 고민을 하는 것보다 김 반장에게 연락을 해서 직접 물어보는 게 빠를 듯했다. 태진은 곧바로 휴대폰을 꺼내 김 반장에게 전화를 걸었다.

"안녕하세요. 김 반장님."

ㅡ어이고, 한 팀장님. 오랜만에 연락 주셨네요.

"잘 계셨죠?"

ㅡ그럼요. 저희야 분야 넓혀 가는 중이라서 바쁘죠. 안 그래도 연락드리려고 했는데.

김 반장의 말에 태진의 눈이 가늘어졌다. 왠지 건축 사무실에서 말한 반장이 김 반장인 듯했다.

"혹시 드라마 때문에 그러세요?"

ㅡ어? 어떻게 아셨어요? 한 부장이 얘기했어요? 그건 아닐 텐데.

"태은이요?"

ㅡ네. 한 부장이 극비로 하고 진행하자고 했는데.

"혹시… 오직 주 말씀하시는 거 맞죠?"

ㅡ네, 맞죠.

"그래서 건축 사무실에 연락 돌리고 계셨어요?"

ㅡ어… 어… 떻게 알았어요?

김 반장은 말까지 더듬었고, 태진은 동시에 여러 가지 생각에 머리가 복잡해졌다. 선우 무대가 마음에 드는 건 사실이었다. 하지만 이번 드라마가 건축 위주이다 보니 선우 무대로서는 벅찬 감이 있었다. 태은이 소속되어 있긴 하더라도 드라마의 완성도를 높이기 위해서는 선우 무대로 부족하다는 생각이었다. 그때, 김 반장의 말이 이어졌다.

ㅡ도대체 어떻게 아신 거지?

"저희도 미리 섭외를 하려고 연락드리고 있다가 알게 됐어요."

ㅡ그래요……? 직접 섭외를 하시는구나…….

"그런데 연락을 왜 돌리고 계셨던 건지…….

ㅡ연락을 돌린 건 아니고 원래 알고 있던 사람들이에요. 예전에 인테리어 할 때 같이 일했던 사람도 있고, 이 일 하면서 알고 지냈던 사람도 있고 그래요. 그냥 좀 물어볼 게 있어서요.

그때, 김 반장이 결연한 목소리로 말을 이었다.

ㅡ저희 선우 무대가 부족해 보일 수 있는데 프레젠테이션 할

수 있는 기회만이라도 주셨으면 합니다.

　그동안의 관계도 있다 보니 선을 긋기가 참 힘든 것도 있었지만, 그보다 준비를 하고 있었다는 게 태진의 마음을 약간 움직였다. 그동안 아무런 준비도 안 된 제작사들만 만나다 보니 신선하다는 느낌이 들 정도였다.

"언제 시간 되세요?"
—이틀 뒤에 찾아뵈도 될까요? 미흡한 부분을 좀 만지고 싶어서요.
"제가 선우 무대로 갈게요."
—저희가 가야죠.
"아니에요. 제가 갈게요. 그럼 시간 보내 주시면 제가 가겠습니다."

　태진이 통화를 마치자 수잔이 눈을 동그랗게 뜨며 물었다.

"진짜 그 반장이 김 반장님이셨어요?"
"수잔도 생각했었어요?"
"저는 반장이라고는 김 반장밖에 모르니까 자연스럽게 김 반장님이 떠오르더라고요. 그런데 진짜 김 반장님이라니 좀 놀라운데요?"
"음……."
"그런데 좀 안 맞긴 하죠……? 너무 좋으신 분들인데 좀 죄송할 거 같은데……."
"그건 제가 잘 말할게요."

팀원들에게 대신 말한다고는 했지만, 벌써부터 미안한 마음이 생겼다.

*   *   *

라온에 도착해 이종락과 만난 태진은 예상대로 좋은 분위기에 만족해하며 설명을 시작했다. 이종락도 이미 마음을 열어 두고 있던 상태였는지 태진의 설명에 호응까지 해 주었다. 그렇게 한참이나 설명을 한 뒤 본격적인 말을 꺼냈다.

"후 씨가 메인 OST를 맡아 주셨으면 하거든요. Y퀴즈에서 말씀하신 걸 보면 직접 쓰고 싶어 하시는 거 같던데 혹시라도 스케줄이 바쁘시면 저희가 곡을 준비할 수도 있습니다."

"그 부분은 걱정하지 않으셔도 되죠. 딱 한 곡만 하는 거 맞는 거죠?"

"네, 당연하죠."

"오케이. 윤후도 하고 싶어하니까 그렇게 하시죠."

분위기가 좋다고 하더라도 이렇게 시원한 대답을 들을 줄 몰랐던 태진은 어리둥절하기까지 했다.

"정말 참여해 주시는 거죠?"

"그렇다니까요. 제가 한 입으로 두 말 하는 거 보셨어요?"

"아니요. 그렇진 않은데 너무 쉽게 해결이 되는 거 같아서요."

"그럼 어렵게 해 드릴까요? 하하. 우리도 윤후가 한다고 하니까 수락하는 거예요. 그동안 OST 의뢰가 수도 없이 왔는데 다 거절했었는데 자기가 먼저 하고 싶다고 할 줄은 몰랐어요. 아무튼 윤후한테도 얘기하고 각본 된 거 보내 주시면 맞춰서 작업하라고 할게요."

"아… 감사합니다."

"감사는요. 우리 다즐링 애들이 도움받은 게 있는데 당연한 일이죠."

확답을 듣자 그제야 마음이 놓였다. 그래서인지 시야가 넓어지기 시작했고, 이종락의 표정도 눈에 들어왔다. 방금까지는 되게 좋은 분위기라고 생각했는데 지금 보니 이종락이 뭔가 초조해하는 것처럼 보이기도 했다. 말을 하다 말고 태진의 뒤를 보기도 했고, 입술을 깨물기도 하며 대화에 집중을 못 하는 듯했다. 그에 태진은 고개를 돌려 뒤를 봤다. 그러자 사무실 유리창문 밖으로 손을 모아 안경처럼 만들어서 안을 쳐다보는 사람이 보였다.

'뭐야, 왜 저러고 있는 거지?'

태진은 다시 이종락을 봤고, 문 쪽을 향해 손을 젓고 있던 이종락의 표정이 더욱 어색해진 채 손을 슬그머니 내렸다.

"바쁘신 거 같은데 전 그만 일어나 볼게요. 각본 된 거는 바로 찾아뵙고 설명드리고 할게요."

"아니에요. 안 바빠요. 좀 앉으세요."

"네?"

이번에도 이종락의 눈은 뒤쪽에 향해 있었고, 태진은 자신도 모르게 뒤쪽에 있던 사람을 쳐다봤다. 이번에는 유리창에 입김을 불고는 거기에 글을 쓰고 있었다. 실내이다 보니 입김이 금방 사라졌다. 그리고 태진의 눈에 그 사람의 얼굴이 보였다.

"어?"

태진은 자신이 제대로 알아본 것이 맞는지 이종락을 쳐다봤고, 이종락은 굉장히 어색한 얼굴로 고개를 끄덕거렸다.

"왜 저러고 있는 거야. 후 맞아요."

그와 동시에 태진은 벌떡 일어나 창밖에 있는 후에게 고개를 숙여 인사했고, 창에 붙어 있던 후도 고개를 숙였다.

떠엉.

창에 가까이 붙은 채 고개를 숙이다 보니 유리 창문에 부딪혀 버렸고, 얼마나 세게 부딪쳤는지 소리가 크게 울렸다. 그러곤 후가 머리를 부여잡고 쪼그려 앉았다. 그와 동시에 이종락과 라온 직원들이 뛰어나가며 후를 부축해 안으로 들어왔다. 이렇게 만나게 될 줄 몰랐던 태진은 이 상황이 우습기도 하면서 신기하기도 했다.

"너 왜 그러냐. 머리 봐 봐. 괜찮아? 진주 씨, 애 물 좀 가져다 줘."

후는 머리를 몇 번 문지르며 대답했다.

"괜찮아요. 유리창 깨질 뻔했네."
"유리창이 문제야? 참 진짜. 알아서 잘한다니까 뭐가 그렇게
궁금해서."

통증이 가셨는지 후는 그제야 태진에게 다시 인사를 했다.

"안녕하세요."
"아… 아! 안녕하세요. MfB 한태진이라고 합니다. 이렇게 뵙게
될 줄은 몰랐는데……. 팬이에요."
"감사해요."
"저 때문에 죄송해요."
"네? 뭐가요?"
"이마요… 빨개지셨는데요."
"아. 괜찮아요. 제가 부딪친 건데 왜 죄송해요?"
"제가 먼저 인사해서……."

너무 갑작스럽게 만나다 보니 태진은 자신이 무슨 말을 하고 있는
건지 모를 정도로 긴장이 되었다. 그때, 후가 환하게 웃더니 말했다.

"진짜 괜찮아요. 부장님하고 얘기는 잘된 거예요?"

"아, 네. 감사합니다."

그때, 이종락이 급하게 대화에 끼어들었다.

"잘했다니까. 윤후야, 너 이제 가서 쉬고 있어라."
"아까 보니까 들어 보지도 않고 그런 거 같아서요."
"야야야야!"
"들려줬어요?"
"야아!"

태진은 순간 이종락과 후를 번갈아 쳐다봤다. 얘기를 들어 보면 이미 노래를 완성해 놓은 상태인 듯했다. 태진은 이종락에게 섭섭한 마음보다 어떤 노래를 만들었을지 너무 궁금한 마음에 빠르게 대답했다.

"아직 안 들어 봤어요. 들어 보고 싶어요."

태진의 말에 이종락은 울상인 채 이마를 부여잡았고, 후는 신이 난 얼굴로 말했다.

"그럼 2층으로 가죠."

태진은 곧바로 후를 따라 내려갔고, 뒤따라오던 이종락은 어색한 얼굴로 태진에게 말했다.

"섭섭한 거 아니죠?"

"아니에요."

"말투가 섭섭하고만. 내가 말을 안 하려고 한 게 아니라… 그런 이유가 있어요."

"아니에요. 참여해 주시는 것만 해도 감사하죠."

"하아……."

실제로도 참여해 준다고 했기에 크게 섭섭한 마음은 아니었다. 그렇게 2층에 도착하니 노래방 같은 문들이 수두룩했다.

"여기가 작업실이구나."

태진의 혼잣말에 이종락이 미안했는지 친절하게 설명했다.

"요즘은 여기서 작업 잘 안 해요. 여기서 나온 노래들이 많아서 내버려 두고 있는 거지 수원 본사에 더 잘되어 있어서 거기서 다 작업하죠. 여기는 후만 주로 써요."

가 보진 않았지만 수원의 라온 본사는 부지만 해도 어마어마하다는 얘기를 들었다. 그런데 이곳도 나빠 보이진 않았다. 그중 후는 태진에게 손짓하고는 끝에 있는 방으로 들어갔다. 생각보다 좁은 작업실이었고, 마치 레몬 기획의 박 대표의 작업실과 비슷했다.

"이거 쓰고 앉으세요."

태진은 후가 건네주는 헤드셋을 썼다. 아쉽게도 라이브는 아닌 듯했다. 그때, 후가 태진의 헤드셋을 살짝 올리며 말했다.

"지금부터 들려 드릴게요. 분명히 좋을 거예요. 아! 오직 주 보셨죠?"
"그럼요. 당연히 봤죠."

작가가 동생인 건 모르는지 후는 환하게 웃더니 잡고 있던 헤드셋을 놓았다. 그리고 그와 동시에 태진의 귀에 음악이 들려왔다.

"어……?"

굉장히 웅장한 음악이 들려왔다. 잠깐이지만 가슴까지 두근거리게 만들면서 오직 주의 강필두가 떠오르기까지 했다. 그런데 OST라고 보기에는 너무 짧았다. 너무 좋아서 짧게 느껴진 것이 아니라 실제로 엄청 짧았다. 고작 10초에서 15초 정도밖에 안 되는 듯했다. 태진은 헤드셋을 살짝 올린뒤 후를 보며 물었다.

"이게… OST인 건가요……?"

그러자 후가 환하게 웃었고, 그와 동시에 이종락은 머리가 아프다는 듯 이마를 부여잡았다.
태진은 의아한 얼굴로 웃고 있는 후를 봤고, 후는 어린아이 같은 미소를 지은 채 입을 열었다.

"이 음악은 강필두가 도서관에서 빠져나오고 첫발을 디딜 때 나오는 노래예요."

"네……?"

"그러니까 배경음이라고 생각하시면 되는데, 다시 들어 보실래요?"

태진은 놀란 것도 잠시 자신이 봤던 소설 속 장면을 떠올렸다. 그리고 헤드폰으로 들려오는 노래와 겹쳐지자 발목부터 시작된 소름이 얼굴까지 올라왔다. 얼마나 잘 어울리는지 태진이 소설 속 구조 현장에 들어가 있는 듯한 느낌까지 받았다. 그리고 거기서 당당하게 나오는 강필두까지 보이는 듯했다. 그러다 보니 강필두의 얼굴이 너무나 궁금해졌다.

'누가 좋을까…….'

정만과 단우를 시작으로 알고 있는 모든 배우의 얼굴을 넣어 상상하던 때 헤드셋이 살짝 열렸다.

"어떠세요?"

"아… 최고인데요?"

"그것 보세요. 좋다고 했잖아요. 부장님은 소설 안 읽어서 이상하게 들린 거라니까요."

태진의 감탄 섞인 대답에 후는 이종락을 보며 말했고, 이종락은 어색한 얼굴로 뒷머리를 긁었다.

"진짜 괜찮아요? 제가 시간이 없어서 보진 못했는데 설명은 들었거든요. 그런데 이게 구조되는 장면인데 노래가 너무 웅장한 느낌이던데."

"그래서 더 좋아요. 상황상 구조이기는 한데 왕의 귀환 이런 느낌도 드는 장면이라서 정말 잘 어울리는 거 같아요."

"아… 그래요……?"

후는 태진의 대답에 만족스러워하며 약간 신이 난 듯 말했다.

"제가 말했잖아요. 네 번이나 봤다고. 그거 보면서 만든 거라니까."

"아… 네 실력을 의심하진 않지. 그런데 이건 좀 달라서 그랬지. 네가 드라마를 많이 보는 것도 아니고 책을 보는 것도 아닌데 갑자기 거기에 나오는 음악들을 다 만들었다고 그러면 당연히 걱정되지. 네 이름값이 높은 만큼 신중해야 돼. 노래 이상한데도 네 이름값만 믿고 했다가 드라마 흥행 실패하면 어떡할 건데."

"안 이상하다니까요? 진짜 열심히 만들었다니까요."

이종락이 왜 후를 숨겨 두었는지 알 것 같았다. 후를 위한 배려이기도 했지만, 태진을 위한 배려이기도 했다. 태진은 가볍게 웃고는 후를 봤다. 방송에서 볼 때와는 많이 다른 느낌이었다. 방송에서는 말이 별로 없었기에 이런 줄 잘 몰랐는데 지금은 약간 어린아이 같은 천진함이 느껴졌다.

'천재는 좀 다르구나.'

후는 서번트증후군을 극복한 천재라고 불리고 있었고, 딱 천재다운 괴짜스러움이 보였다. 그때, 후가 이종락에게 하는 말이 들렸다.

"그럼 이거 다 들려 줘도 되는 거죠?"
"하아……."

이종락은 포기했다는 듯 고개를 끄덕이더니 태진을 보며 물었다.

"시간 괜찮으세……."
"많습니다."
"아하… 그래, 마음대로 들려 드려."

태진은 기대감이 가득한 얼굴로 후를 보며 물었다.

"이런 곡이 많아요?"
"좀 많아요. OST 12곡에 중간에 OST 일부분 따와서 만든 것도 꽤 되고요. 아예 장면을 위해서 새롭게 만든 것도 있고요."
"벌써 다 만들어 놓으신 거예요……?"
"그럼요. 원래 회사에서 앨범 내자고 했는데 남의 소설 보고 만든 거라 도둑질하는 느낌이라서요. 아빠가 남의 것 훔치는 게 가장 나쁘다고 그랬거든요."

"아… 네… 그렇죠. 그럼 들어 볼 수 있을까요?"

후는 웃으며 고개를 끄덕거렸고, 이종락은 시계를 한 번 보더니 한숨을 뱉었다.

"그럼 다 듣고 전화 주세요."

*   *   *

태진은 피곤해도 너무 피곤했다. 좁은 연습실의 컴퓨터 앞에 오랜 시간 앉아 있었던 이유도 있지만 노래 하나하나가 너무 좋다 보니 저절로 집중이 되어서였다. 천재라는 수식어에 걸맞게 어떤 곡도 버릴 수가 없을 정도로 전부 다 좋았다. 그래서인지 머리가 지끈거리기 시작했다. 태진은 이마를 살짝 누르고는 마저 노래를 들었다. 그렇게 또 한 곡이 끝나자 후가 약간 실망한 듯한 표정으로 물었다.

"지겨우세요?"
"아니요. 아니요! 전혀요. 제가 두통이 좀 있어서요."
"아, 그래요? 그럼 쉬었다 들을까요?"
"아니에요. 괜찮아요."

다시 밝아진 후의 모습에 태진은 피식 웃음이 나왔다. 그러던 중 또다시 노래가 들려왔다. 처음 들었던 웅장한 느낌을 길게 만든 곡이었고, 태진의 입이 저절로 벌어졌다.

"이게 후 씨가 부를 노래네요."

"어? 어떻게 아셨어요?"

"가장 잘 어울릴 거 같아서요."

"그래요? 음, 우리 회사 사람들은 좀 안 어울린다고 했는데. 교향곡 같다고."

"그렇게 들리기도 하는데 리듬이 후 씨 노래들 느낌하고 비슷한 느낌도 있던데요."

"어? 신기하다. 정확히 어떤 부분이요?"

"제가 음악은 잘 몰라서⋯ 같은 멜로디라도 앞에는 느릿하게 들리는데 뒤에는 빠르게 들릴 때도 있고."

후는 진짜 놀랐다는 듯이 혀를 내밀고는 태진을 빤히 쳐다봤다.

"와, 짱이다."

"네⋯⋯?"

"랩 안 넣고 노트 수 변화 주려고 그렇게 한 거거든요. 그래야지 끝까지 재밌게 들려서. 우리 식구들 말고 알아보는 사람 처음 봤어요."

"아, 그렇구나⋯⋯. 그냥 저는 이게 제 일이라서 그런가 봐요."

"노래도 하세요?"

"노래는 안 하고 라온에 A&R 팀 있잖아요. 그런 것처럼 에이전트 하고 있어요. 아! 후 씨 미국 활동 할 때 MfB하고 일하시죠? 저 그 한국 MfB에 있어요."

"아! 그렇구나. 조셉 아저씨네 회사."

"부사장님도 아세요?"

"미국에서 봤죠."

후는 아까보다 더 반갑다는 얼굴로 태진을 보며 말을 이었다.

"그럼 혹시 말이에요. 여기 OST 내가 다 불러도 되는 거예요?"

"네?"

"내가 다 부르고 싶은데 부장님이 OST를 한 사람이 다 부르는 게 어땠냐고 그러더라고요. 그래서 가장 부르고 싶은 걸 나한테 맞게 만들었거든요."

"아……."

후가 대단하긴 하지만 모든 음악을 후의 목소리로 채울 순 없었다. 그렇게 되면 드라마가 아닌 뮤직비디오가 되어 버릴 것이었다. 후의 기분도 신경 써야 했기에 대놓고 얘기하기도 난감했다. 때문에 태진은 최대한 돌려서 얘기하기 시작했다.

"후 씨가 부르는 것도 좋긴 한데 아까 들었던 곡은 다른 가수가 더 어울릴 거 같은데요. 제목이 이장송."

"그건 가제예요."

"아, 네. 이장 테마곡이면서 OST 이건 좀 음침하고 그래서요."

"나도 잘하는데."

"물론 후 씨도 잘하시는데 같은 회사 분인 제이 씨 어떠세요?"

후는 깜짝 놀란 얼굴로 태진을 위아래로 훑어봤다.

"어떻게 알았어요?"

"네?"

"부장님이 OST는 한 곡만 참여하는 거라고 빡빡 우겨서 나 아니면 제이 형이 부르라고 만든 곡인데. 혹시 부장님한테 들었어요?"

"아니요. 그런 부분은 듣지 못했고 그냥 제이 씨 목소리가 잘 어울릴 거 같아서요. 예전에 제이 씨 앨범 중에 이런 비슷한 노래 있었잖아요."

그때 태진과 후의 입에서 동시에 같은 말이 나왔다.

"그늘이라고요."

"그늘!"

후는 너무 신기하단 얼굴이었다. 그것도 잠시 마음이 통했다고 생각하는지 점점 의자가 가까워지기 시작했다.

"와! 이렇게 말 잘 통하는 사람 오랜만이에요."

"아, 감사해요. 노래가 너무 좋아서 누구라도 그렇게 생각했을 거예요."

"아무도 그렇게 생각 안 했는데."

후는 신이 났는지 아까 들었던 곡을 다시 틀어 주더니 눈을 반짝이며 태진을 봤다.

"이 곡은요? 이건 누가 불렀으면 좋겠다라는 생각 안 하고 쓴 곡인데."

"이건… 너무 달달한 게 혹시 AL이라는 그룹 아세요?"

"알죠. 우리 회사 다즐링 라이벌인데."

"거기에 데이라는 멤버하고 잘 어울릴 거 같은데요."

"어? 걔는 래퍼인데."

"래퍼이기도 한데 노래도 하거든요. 예전에 예능에 나와서 후씨 눕고 싶어 불렀는데 그때 목소리하고 지금 이 노래하고 되게 잘 어울릴 거 같아요."

정식으로 앨범을 낸 것도 아니고 예능에서 잠깐 부른 것이기에 다른 사람이 듣는다면 말도 안 된다고 치부하겠지만, 후는 이미 태진에게 마음을 열었는지 기대된다는 얼굴이었다. 그러다 보니 태진도 두통만 빼고는 그 어느 때보다 마음이 편하게 생각한 것을 전부 얘기할 수 있었다.

"너무 궁금하다! 이거 생각보다 어려운데 잘할 거 같아요?"

"눕고 싶어도 되게 어렵잖아요."

"그거보다 더 어려운데."

태진은 잠시 고민을 했다. 두통이 있는 지금이라면 AL의 데이 목소리로 노래를 부를 수 있을 것 같았다.

"이거 몇 번 더 들어 봐도 되죠?"

"노래 좋죠?"

"네, 너무 좋아요."

태진은 멜로디를 외울 겸 속으로 데이의 목소리로 노래를 불렀고, 몇 번이나 부른 뒤 고개를 끄덕거렸다. 완벽하진 않지만 중요한 부분은 데이 목소리를 낼 수 있을 것 같았다.

"제가 한번 데이 씨 목소리로 불러 볼게요. 비슷한 느낌이니까 참고만 해 주세요."

후는 의아해하면서도 음악 얘기라면 항상 열려 있는지 재밌겠다는 듯 고개를 끄덕거렸다.

"우리 녹음실 가서 부를래요?"

"아니요. 그렇게 거창한 건 아니고 여기서 간단하게 부를게요. 참고만 해 주세요."

"스튜디오 가서 부르는 게 더 좋은데. 알았어요. 그럼 AR만 틀어 주고 가사는 여기!"

노래 부르기 편한 환경을 만들어 주고는 태진을 뚫어져라 쳐다봤고, 태진은 가볍게 웃고는 노래를 시작했다. 후가 너무 살갑게 다가와서 그런지 일을 한다는 느낌이 아니라 친구와 함께 노래방에라도 온 것 같은 느낌이었다.

"너를 보면 자꾸만 내 얼굴이 고장이 나. 내 맘대로 움직여지질 않아. 근데 그게 시작인 줄은 나도 몰랐네. 이제는 심장까지 두근두근."

그렇게 한참이나 노래가 이어졌고, 노래가 끝난 태진은 웃으며 후를 봤다. 보통 이런 경우 놀란 표정을 짓게 마련인데 후는 너무나도 신이 난다는 표정이었다.

"짱이다."
"비슷했어요? 이런 느낌이에요."
"너무 좋아요! 나 같은데?"
"그 정도는 아니에요."
"노래 말고 표정! 나도 표정 없어서 처음에 되게 고생했는데."
"아… 전 사고로 표정을 지을 수가 없어서요."
"그렇구나."

후는 별문제아니라는 듯 고개를 끄덕이더니 질문을 이어 갔다.

"데이 팬이라서 성대모사 잘하는 거예요?"
"그건 아니고요. 흉내를 좀 잘 내요."
"다른 사람도 돼요?"
"네, 되긴 하는데."
"저도 돼요?"

"엄청 노래 잘하는 분은 잘 안 돼요……."

"그럼 연습하세요."

전혀 예상할 수 없이 대화가 흘러갔다. 태진이 가볍게 웃을 때, 후가 말을 이었다.

"그럼 아까 제이 형 목소리는 돼요?"

"네, 그건 가능할 거 같아요."

잠시 뒤, 태진은 제이의 목소리로도 노래를 불렀고, 후는 연습실이 떠나갈 듯 물개 박수를 치며 좋아했다.

"와! 되게 비슷하다! 되게 부럽다."

"후 씨는 엄청 잘 부르시잖아요."

"그건 그런데. 그렇게 똑같이 부르면 내가 어떤 가수 노래 듣고 싶을 때 직접 부르면 되잖아요. 되게 부럽다! 나도 연습해야지. 어떻게 하는지 나도 좀 알려 줄 수 있어요?"

후는 진짜로 곧장 연습할 기세였고, 이에 태진은 웃으며 말했다.

"얼마든지 알려 줄 수 있어요. 그런데 노래부터 다 듣고 앞으로도 많이 만나야 할 것 같은데 그때 알려 드릴게요."

"진짜요?"

후는 뭐가 그렇게 대단한 일이라고 손뼉까지 치며 좋아했고, 그런 모습을 보자 지금껏 방송에서 왜 얼굴을 보기 힘들었는지 이해가 되었다. 이런 이미지를 본다면 후가 불렀던 노래들에 괴리감이 생길 것 같았기에 라온에서 필사적으로 막았을 것이 뻔했다. 그렇다고 후의 이미지가 나쁘다는 건 아니었다. 먼저 마음을 열고 다가와서인지 태진도 그 누구보다 마음을 열고 대화를 나누게 되었다.

"이건 이렇게 제이 씨한테 부탁하고, 이건 데이 씨한테 부탁하고, 그리고 이건 후 씨가 부르고."

"알아서 하셔도 될 거 같은데요."

"그래도요. 불렀으면 좋겠다고 생각한 가수 알려 주시면 저희가… 아!"

"왜요?"

"이 곡 다 써도 되는 거예요? 부장님하고 얘기해야 되겠죠?"

"좋아할걸요? 이거 잘되면 회사 돈 버는 거니까."

"아하. 그래도 이따가 말씀드려야겠네요."

"아마 되게 좋아할 거예요. 그럼 제가 생각한 가수만 알려 주면 되는 거죠?"

"네."

"그럼 제가 적을 동안 노래 듣고 계세요."

후는 성대모사를 연습할 생각 때문인지 그 자리에서 리스트를 작성했고, 태진은 웃으며 헤드셋을 통해 흘러나오는 노래를 들었다. 이번에는 굉장히 강렬하면서도 시원시원한 느낌에 랩까지 가

미되어 있는 노래였고, 노래 키가 높은 게 여자 가수를 생각하고 만든 듯했다. 태진은 노래를 가만히 듣고 있다 보니 문득 떠오르는 가수가 있었다. 그런데 그 가수를 후가 알 것 같진 않았다.

"혹시 이 노래도 생각해 놓은 가수분 계세요? 같이 활동하시던 루아 씨하고는 안 어울리는 느낌이라서요."

"맞아요. 이것도 장면만 생각하고 만든 곡이에요."

"이건 혼자 부르는 것보다 나눠서 부르는 게 좋을 거 같은데……."

"나도 그 생각하면서 만들긴 했어요. 어울리는 가수 있어요?"

태진은 입술에 침을 바르고는 씨익 웃었다.

*　　　　*　　　　*

헤븐의 곽이정은 스케줄을 진행하고 있는 8A를 보며 흐뭇한 미소를 지었다. MfB를 나오고 자리를 잡기까지 꽤 긴 시간이 걸릴 거라 예상했는데 태진 덕분에 뜻하지 않은 보물을 선물받았다. 덕분에 완벽하진 않더라도 바로 자리를 잡는 데 성공을 했다. 지금 스케줄도 굉장히 먼 기간까지 잡혀 있었다. 기업 행사에서도 8A를 찾아 주었고, 멀리는 아직 한참 남은 대학 축제들까지 스케줄이 잡혀 있었다. 활동하는 곡은 한 곡뿐이었지만 원래 댄스 팀이었다 보니 보여 줄 게 많았기에 찾는 곳도 늘고 있었다.

하지만 이제 앞으로의 성장이 남아 있었다. 신규 회사이다 보니 연습생도 없이 소속 연예인인 8A뿐이었다. 그만큼 8A에게 모든 것을 쏟아부을 수도 있었지만, 한편으로는 8A가 성과를 내지 못하면 그만큼 위험하기도 했다. 지금은 8A가 헤븐의 모든 것이었다.

그때, 무대가 끝이 났다. 예정보다 길게 진행되었지만 8A 멤버들은 가볍게 숨을 고르며 내려오고 있었다. 체력만큼은 곽이정도 인정하는 바였다.

"고생했어요. 장수 씨는 스태프들 데리고 오고, 8A는 내가 데리고 갈게요."

직원들까지 새로 뽑았지만, 여전히 곽이정이 현장까지 나와 있었다. 원래는 혼자 하려고 했지만 멤버가 많다 보니 소홀해지는 부분이 있었기에 매니저 몇 명을 채용한 것이었다.

"가죠."

뚫려 있는 쇼핑몰이다 보니 인파를 뚫고 주차장으로 가야 했고, 8A 멤버들은 자신들을 향해 환호해 주는 팬들에게 손을 흔들며 뒤따라왔다. 그렇게 차에 올랐고, 운전석에 앉은 곽이정이 웃으며 말했다.

"오늘도 좋았어요. 식사는 숙소 가서 하는 걸로 하죠."

멤버들도 이제는 곽이정이 익숙해졌는지 다들 편안한 자세였다. 그러던 중 단장에서 리더가 된 다래가 입을 열었다.

"그런데 대표님."

"네, 말씀하세요."

"저희는 식단 관리 같은 거 안 해요?"

"하고 싶나요?"

"그건 아닌데… 저희들이 듣던 거랑 좀 달라서요……."

곽이정은 눈썹을 씰룩거리며 룸미러를 통해 멤버들을 쳐다봤다. 그러자 멤버들 모두가 곽이정의 대답을 기다리는 눈빛으로 쳐다보고 있었다.

"뭘 어떻게 들었죠?"

"그런 거 있잖아요. 연애 금지도 있고……. 마음대로 먹지도 못하고……. 사생활 관리?"

"음, 연애는 할 수 있을 때 하는 게 좋죠. 가장 아름다울 때 하지 못하면 손해니까요."

"진짜 해도 돼요?"

"해도 됩니다. 우리 컨셉이 실력 위주라서 크게 문제 될 건 없어요. 다만 연애를 하더라도 제대로 된 사람하고 하세요. 문제 소지가 있는 사람은 처음부터 걸러야겠죠."

"그걸 처음부터 어떻게 알아요?"

"나한테 먼저 말해 주시면 내가 보고 판단해 드립니다."

"뭐야… 결국 얘기하라는 거잖아요."

멤버들은 피식 웃으며 곽이정을 봤고, 곽이정 역시 MfB에서 보이지 않던 미소를 보였다.

"그리고 식단은 관리할 필요가 없어요. 그렇게 움직이는데 더
잘 먹어야죠."
"진짜 신기해."
"뭐가요?"
"트리스타 언니들은 박 대표님이 풀만 먹인다고 그러던데."
"풀 먹고 싶어요?"
"그런 게 아니라… 저희끼리 한 얘기인데 좀 걱정이 돼서요."
"어떤 부분이 걱정이 되죠?"

멤버들은 서로를 보며 민망해하더니 말을 꺼낸 다래에게 총대
를 메라는 눈빛을 보냈다.

"너무 자유로워서 짧게 보신 건 아닐까 해서요. 요즘 데뷔하고
해체하고 그런 그룹들 많잖아요."
"음, 그런 걱정을 왜 하죠?"
"너무 말씀도 없으시고 저희고 하고 싶은 거 다 하게 해 주시
니까……. 그리고 계속 거리도 두고 그러시는 거 같아서요."
"못하면 지적하고, 관리 못 하면 지적하고 하겠죠. 하지만 지
금 여러분들은 잘하고 있어요. 그리고 제 말투 때문에 그러는
거 같은데 버릇이라고 해 두죠."

곽이정은 멋쩍은 미소를 짓고는 말을 이었다.

"데뷔하자마자 성과를 낸 그룹을 회사가 먼저 계약 파기 하는 일은 없어요. 오히려 회사에서 더 키우려고 노력을 하고 잘해 줘야죠. 그래야 좋은 관계가 유지되면서 트리스타처럼 재계약을 하니까."

"아… 그런데 그런 거 저희한테 말씀해 주셔도 돼요?"

"되죠."

"저희 만약에 진짜 엄청 떠서 다른 회사 가면 어떡하시려고요?"

"난 다른 회사보다 더 잘해 줄 자신 있으니까요."

곽이정의 자신 있는 말에 멤버들은 자신들도 모르게 고개를 끄덕거렸다. 다른 데서 활동해 본 적은 없지만 안무를 짜며 연을 맺었던 다른 가수들에게 듣던 것과 달리 너무 편했다. 그렇기에 지금 같은 쓸데없는 걱정도 생긴 것이었다.

"그럼 저희 다음 활동도 하는 거죠?"

"당연하죠."

"그럼 스케줄은 어떻게 되는 거예요?"

"음악방송 활동은 다음 주면 끝나죠. 그러면 5월 축제 기간 스케줄 하기 전까지 휴식하면서 컨디션 관리만 하면 됩니다."

"아니, 그거 말고요. 다음 곡 활동 이런 건 얘기가 없으셔서요."

"지금 박 대표님하고도 얘기하고 있고, 다른 회사들하고도 얘기하고 있어요."

"말씀을 안 해 주시니까……."

"걱정 안 해도 됩니다. 일단 내가 먼저 추린 다음에 MfB에 의

뢰할 생각이니까."

"아! 한태진 팀장님이요?"

"네."

곽이정은 멤버들의 표정에 헛웃음이 나와 버렸다. 자신이 얘기할 때 안도를 하긴 했지만 믿음이 생긴 느낌은 아니었는데 태진의 이름이 나오자마자 멤버들이 의자에 몸을 기댈 정도로 편안해진 게 보였다. 그리고 그때, 태진에게서 전화가 걸려 왔다. 보통 때면 이어폰으로 받았겠지만, 방금 태진의 얘기가 나왔다 보니 곽이정은 멤버들이 태진의 목소리를 들을 수 있도록 이어폰을 빼고 전화를 받았다.

"네."

─안녕하세요. 저 한태진이에요.

"압니다. 말씀하세요."

─바쁘세요?

"지금 스케줄 끝나고 식사하러 가고 있습니다. 왜 그러시죠?"

─뭐 부탁드릴 게 있어서요.

"부탁이요?"

곽이정이 잘되었다는 듯 미소를 지을 때 태진의 말이 이어졌다.

─제가 부탁드리는 거지만 잘되면 대표님한테 도움 되는 일이니까 거래할 생각 하지 마시고요.

"크흠. 말씀해 보세요."

─내일모레 8A 스케줄 어떻게 돼요? 오후에 2시쯤? 2시면 되나요?

"옆에 누구 있어요?"

─아, 네. 2시면 가능하다는데 8A 스케줄은요?

"우리도 그땐 스케줄 비어 있는데 무슨 일이죠?"

─그럼 내일모레 8A 멤버들 전부 라온으로 좀 와 주세요.

"라온이요?"

곽이정은 태진이 무슨 말을 하는 건지 생각했지만, 딱히 떠오르는 건 없었다.

─저 이번에 드라마 또 담당하거든요. 그래서 OST 때문에 라온에 왔는데 8A가 부르면 좋을 거 같아서요.

"그건 압니다. 그런데 뭐 아직 정해진 것도 없는데 OST부터 제작을 했다고요? 그건 순서가 안 맞는데?"

─저도 좀 어리둥절해요.

"으음."

─제가 다 들어 봤는데 다 좋았어요. 그중에 8A가 생각나는 곡도 있어서 연락드린 거예요. 아직 확정은 아니고 소화가 안 되면… 부르진 못할 거 같아요. 그런데 제가 보기에는 잘 어울릴 거 같아서 연락드린 거예요.

곽이정은 룸미러를 통해 멤버들의 표정을 살폈다. 분명히 고마운 제안이었다. 하지만 한 회사의 대표의 입장이다 보니 멤버들의 자존감도 중요했다. 8A가 아무리 신인이라고 하더라도 드라마 OST의 경우 부탁이 들어오는 거면 모를까, 오디션을 통해 선정되는 일은 들어본 적이 없었다. 그러다 보니 약간은 차가운 목소리로 대답해야 했다.

"오디션입니까?"
—네, 비슷해요.
"한 팀장 의견은 아닌 거 같고. 작곡가 의견입니까?"
—네. 제 마음대로 할 수 있는 게 아니라서요.
"작곡가가 누굽니까?"
—후 씨예요.
"누구요?"
—후! 후 씨 모르세요?
"……."

후라는 이름에 곽이정은 숨이 턱 막혔다. 그와 동시에 뒤에서 8A 멤버들의 목소리가 동시에 들려왔다.

"후?"
"내가 아는 그 후님인 거예요?"
"아! 소름! 언니, 후래!"

몇몇 멤버들은 말도 하지 못하고 입을 가린 채 놀라고 있었다. 그때, 밖에서 요란한 소리가 들려왔다.

빠아아앙.

곽이정은 당황한 나머지 출발을 안 하고 있었고 그로 인해 뒤에 차들이 경적을 울려 댔다. 뒤 차들의 성화에 서둘러 차를 출발하긴 했지만, 지금 상태에서는 운전에 집중을 하지 못할 것 같았다. 다행히 고속도로가 아니었기에 곽이정은 서둘러 주변 상가 주차장으로 들어가 버렸다.

―운전 중이셨어요?
"아닙니다. 아닙니다. 잠시만요."
―나중에 전화 걸게요. 운전하세요.
"아니라니까? 주차 중!"

태진에게 처음으로 반말을 해 버릴 정도로 마음이 급했다. 겨우 차를 주차한 곽이정은 심호흡을 크게 한 뒤 입을 열었다.

"지금 말한 후가… 라온의 후 맞는거죠?"
―네, 지금도 옆에 있어요.
"그런데 왜 후랑 같이 있는 거죠……?"
―후 씨가 오직 주를 재밌게 보셨다고 해서 미팅하러 왔어요.

태진은 간단하게 설명을 해 주었고, 설명을 다 들은 곽이정은 두근거리는 가슴을 진정하며 상황을 정리했다.

"Y퀴즈는 나도 봤죠……. 그런데 거기서 했던 말 때문에 미팅을 했다고요."

─네.

"그런데 그게 진짜였고… 노래까지 만들어 놓은 상태였고요."

─맞다니까요.

"그중에 우리 8A한테 어울리는 곡이 있는 거고요?"

─저 지금 계속 그 설명 해 드린 거 같은데요. 잘 어울리는지 확인을 하고 싶다고 하셔서요.

"그러니까 후가요?"

─제가! 추천했고! 후 씨가! 들어 보고 싶다고!

계속된 확인에 태진은 말에 힘을 줘 강조했고, 곽이정은 그제야 고개를 끄덕거렸다.

"합니다! 무조건 합니다!"

─그럼 그렇게 알고 있을게요. 저는 그날 약속이 있어서 못 갈 거같거든요. 지금 후 씨도 통화 내용 다 들으셨으니까 알고 계실 거예요.

"바빠요?"

─저도 제 스케줄이 있어서요.

"하… 알겠습니다."

─제가 이 부장님한테도 말해 놓을 테니까 걱정하지 마시고 편하게 하고 오세요.

"네."

곽이정도 태진이 바쁘다는 말에 약간 걱정이 되는 걸 느끼고

는 어색하게 웃었다. 8A 멤버들만큼이나 자신도 태진을 믿고 있
는 마음이 큰 듯했다.

"고마워요."
—네?
"고맙다고요."
—어……? 누구세요?
"아, 참. 됐어요. 준비 잘해서 갈게요."

그렇게 통화를 마친 곽이정은 축 늘어진 자세로 한숨을 뱉었
고, 그와 동시에 뒤에 있던 8A 멤버들도 곽이정과 같은 한숨을
뱉었다. 그제야 곽이정은 뒤에 멤버들이 타고 있단 걸 깨닫고 바
로 자세를 고쳐 잡았다. 그러고는 평소처럼 흐트러짐 없는 모습
을 보이기 위해 애쓰며 말했다.

"다 들었죠?"
"네……."
"아주 좋은 기회가 생겼어요."
"저희가 잘할 수 있을까요……?"

곽이정은 8A 멤버들보다 더 결연한 표정으로 말했다.

"잘해야죠. 이틀밖에 안 남았으니까 오늘은 숙소가 아닌 연습
실로 가죠."

이틀 뒤, 선우 무대에 도착한 태진은 시간을 확인했다. 그때, 현미가 태진을 보며 말했다.

"좀 일찍 왔는데 기다렸다가 갈까요?"
"네? 왜요?"
"자꾸 시간 보시는 거 같아서요."
"아, 시간이요. 신경 쓰이는 게 좀 있어서요."

선우 무대의 약속 시간도 2시였고, 8A와 후의 약속 시간도 2시였다. 그러다 보니 자꾸 신경이 쓰였다.

'곽 대표님이 어련히 잘하겠어.'

곽이정이다 보니 그런 믿음이 생길 수 있었다. 태진은 8A에 대한 걱정을 떨쳐 내기 위해 고개를 젓고는 차에서 내렸다. 지금은 선우 무대의 일에 신경을 써야 했다. 어떤 준비를 했을지 기대가 되면서도 예전과 같은 선우 무대의 규모를 보니 걱정도 되었다. 태진은 숨을 크게 들이마시고는 걸음을 옮겼다.

"올라가죠."

현미와 함께 선우 무대에 도착하니 내부가 예전과 많이 달라져 있었다. 직원들도 많이 늘어 있어서 제법 회사 느낌이 나고 있었다. 그러던 중 태진을 발견한 김 반장이 반가운 얼굴을 하며 다가왔다.

"일찍 오셨네요."

"맞춰서 왔는데 차가 안 밀리더라고요. 제가 너무 일찍 왔나요?"

"아니에요. 준비는 다 했습니다. 프레젠테이션 하기 전에 잠깐 목 좀 축이세요."

"어, 식혜네요?"

"하하. 우리 한 부장이 귀띔해 주더라고요."

태진은 식혜를 보며 가볍게 웃었다. 그렇게 좋아하는 편은 아니지만 예전에는 커피를 안 마시다 보니 집에서 어머니가 식혜를 주시곤 했는데 그것을 말한 모양이었다.

"그런데 태은이는 없네요?"

"아! 오늘 수업이 있어서요. 원래는 오늘 프레젠테이션도 한 부장이 거의 주도해서 했는데 아쉽게도 없네요."

"태은이가요?"

"그럼요. 기획도 한 부장이 짰는걸요. 이제는 진짜 부장이에요."

"진짜 부장이요……?"

"일을 잘하니까 부장 해도 되죠. 최연소 부장!"

태진은 가볍게 웃고는 사무실을 둘러봤다. 그러자 김 반장의 옆자리가 비어 있었고, 그곳에는 부장 한태은이라는 명패까지 놓여 있었다.

"하하하. 저건 누가 만들었어요?"
"아, 저거. 곽 대표가 쇼케이스 고맙다고 선물로 저거 주더라고요."
"곽이정 대표님이요?"
"놀리려고 준 거 같은데 우리 한 부장은 너무 좋아하던데. 하하."

태은이라면 그럴 만했다. 태진은 가볍게 웃고는 김 반장을 보며 말했다.

"그럼 들어 볼 수 있을까요?"

선우 무대의 직원이 늘다 보니 지금 설명하는 사람도 처음 보는 사람이었다. 그런데 프레젠테이션 경험이 많은지 능수능란하게 설명을 이어 갔다. 하지만 신뢰감이 생기는 말투로 설명을 잘하긴 하는데 내용이 너무 허무맹랑했다.

"우리 선우 무대에서 미리 파악한 내용을 기본으로 설계가 진행될 겁니다. 건축은 세트 제작이 아닌 실제 건축 사무실과 연계를 해서 진행이 될 예정이고요. 지금 보여 드리는 리스트는 답을 받은 건축 사무소들입니다. 그렇게 유명한 곳들은 아니지만 저희가 파악한 대로 진행을 해야 하기에 최대한 열려 있는 사무실들이 필요해서 이런 사무소를 선택했습니다. 그렇다고 실력이 부족한 사무실들은 아니고, 꽤 오랜 기간 사무실을 유지하고 있는 그런 곳들입니다."

태진도 여러 건축가들을 하나의 팀으로 만들기를 원했는데 선우 무대도 같은 생각인 듯했다. 하지만 그 부분을 제외하고는 태진의 마음을 움직이지 못했다. 태진은 아쉬운 마음에 손을 들었다.

"네, 말씀하세요."

"그런데 선우 무대는 예전에 인테리어를 했다고 듣긴 했는데 이건 다른 분야가 아닌가요?"

"저희 팀에도 실제 건축 일을 하신 분들도 많습니다. 하지만 부족한 부분이 있다는 것도 알고요. 그래서 건축소의 도움을 받으려고 하는 겁니다."

"그럼… 저희가 직접 건축 사무실하고 직접 일을 하는 게 더 낫지 않을까요?"

아무리 생각해도 선우 무대가 낄 일이 아니었다. 그때, 설명하던 사람이 미소를 지으며 입을 열었다.

"그래서 그 부분을 지금 설명드리려던 참입니다. 스크린을 보시면, 이건 소설을 토대로 저희가 임의로 만든 3D 건축물입니다. 도서관에서 나온 뒤 집에 돌아갔을 때 자신의 낡은 집을 보고 직접 수리를 하고 리모델링을 한 그 집이죠."

스크린에 나오는 3D 건축물을 본 태진의 입이 동그랗게 모아졌다. 소설 속에서 괴기스럽다고 표현했는데 딱 그런 느낌이었다. 그때, 현미의 감탄사가 터져 나왔다. 현미라면 오직 주의 광팬이기에 누구보다 잘 알 것이었다.

"어때요?"

"와… 웹툰에서 나왔던 그림이랑 되게 비슷해요."

"그래요?"

그때, 설명하던 사람이 웃으며 말했다.

"웹툰은 저희도 확인했습니다. 확실히 비슷한 부분이 있다는 건 인정합니다. 하지만 내부 설계는 완전히 다릅니다. 웹툰은 내부에 대한 얘기가 아직은 없죠. 그래서 소설을 토대로 설계를 했고요. 단면도부터 보여 드릴게요. 규모는 커지는데 여기 가운데가 뻥 뚫려 있잖아요."

건축에 대해서 잘 모르는 태진도 이해할 수 있도록 자세한 설명이 이어졌다.

"작았던 집이 외관상 보기에는 굉장히 크게 보이게 되는데 그게 기존에 있던 창고와 본집을 연결해서 마당인 부분을 집에 넣어서 그렇게 보이는 겁니다. 그리고 이 마당의 건축이 사실상 백미라고 판단했습니다. 지붕을 받치는 기둥들도 직접 만들었는데 그 기둥들이 로마시대의 건축 양식을 토대로 만든 겁니다."

"아……."

"그런데 또 기둥들이 전부 다르죠. 도서관에 갇혀 있는 동안 보고 배운 것들을 실제로 만들어 보는 것이죠. 그래서 고대 그리스 건출 양식들인 투스카, 도리아, 이오니아 이런 식으로 점점 시대에 따라 기둥의 모양도 다르고 조각 양식도 다르게 되죠. 그리고 이 마당뿐만이 아니라 창고와 집 역시 건축 양식의 흐름이 녹아 들어가 있습니다."

직원은 일부분을 확대해 가며 설명을 이었다.

"옆에 이렇게 벽돌로 확장을 하고 그 표면에 석재를 붙이면서 로마네스크부터 비잔티움, 고딕식, 르네상스식 등 어마어마하게 들어가 있죠. 그래서 지붕에 탑 같은 것들이 굉장히 많아서 괴상해 보이기도 하고요. 그리고 해외 양식뿐만 아니라 전통 한옥의 건축법까지 들어가 있는 집이죠. 그래서 모르는 사람이 보면 괴상해 보이지만 건축을 알고 있는 사람이 본다면 경악할 만한 집을 만드는 거죠."

"이게 실제로 되나요?"

"됩니다. 건축 기술이 많이 발전하기도 해서 가능합니다. 실제로 자문을 받았을 때 가능하다는 답변을 받기도 했고요."

태진은 약간은 놀랐다. 다음 내용이 시골에 놀러 온 학생이 귀신의 집이라면서 SNS에 올리고, 그 유명세에 많은 사람들이 보러 오게 되면서 강필두가 사람들에게 알려지게 되는 것이었다. 그러던 중 그게 한 건축가의 눈에 들어왔고, 그 건축가의 삼고초려로 강필두가 건축 사무실에 들어가는 장면으로 이어졌다.

"이상해 보이지만 건축의 정수가 녹아 있는 그런 건물들입니다."

"음……."

"그리고 이다음에 나오는 건축물은 단독주택이거든요."

그 뒤로도 설명이 꽤 오랜 시간 이어졌고, 태진은 점점 놀라고 있었다. 건축에 대해서 잘 모르지만 그냥 눈으로 보기에도 소설 내용이 이런 건물을 말하는 거였구나 하며 깨닫는 중이었다. 그리고 그 설명은 아직 웹툰에 나오지도 않은 건물에까지 이어졌다. 그리고 하나씩 이야기할 때마다 현미의 감탄도 계속되었다.

'내가 과소평가를 했네.'

이렇게까지 준비한 걸 보니 선우 무대가 사활을 걸었다는 것이 느껴졌다. 그때, 설명하던 사람의 말이 이어졌다.

"어떻게 보면 공정하지 않다고 보실 수 있지만 정말 열심히 준비했습니다."

"공정하지 않다는 건 무슨 의미예요?"

"아, 팀장님도 아시겠지만, 저희 한 부장이 오직 주 쓰신 작가님 동생이라서 그런지 모든 걸 잘 파악하고 있었습니다."

"태은이요?"

"네. 사실 많은 부분에서 한 부장의 의견이 들어가 있었습니다. 가족이다 보니 작가님이 원하는 바를 잘 파악하고 있더군요."

태진은 고개를 갸웃거렸다. 태은이 열심히 하긴 하지만 이건 얘기가 달랐다. 건축을 해 본 적도 없는 녀석이 무슨 수로 이런 의견을 냈다는 건지 믿기지가 않았다. 바로 그때, 사무실 문이 열리더니 태은이 등장했다. 태은은 분위기를 살피더니 조용히 구석으로 갔고, 태진은 그런 태은을 가만히 쳐다봤다. 동생이지만 알 수가 없는 녀석이었다.

태진은 다시 고개를 돌려 자신을 보는 사람들의 얼굴을 봤다. 김 반장을 필두로 다들 긴장한 표정이었다.

"좋네요."
"아자!"

태진이 앞에 있음에도 김 반장은 환호성을 질렀고, 태진은 가볍게 웃고는 말을 이었다.

"아직 확답을 드릴 순 없어요. 저희가 더 알아봐야 할 것도 있으니까요. 그래서 이 자료들을 제가 받아 갈 수 있을까요?"
"그럼요! 이미 준비해 뒀습니다."
"일단 작가님 의견이 가장 중요해서 먼저 얘기해 보고, 그다음에 제작비에 따라서 좀 달라질 수도 있어서요. 그래도 사실 제작사도 구해지지 않았는데 이렇게까지 준비하신 거 보고 놀랐어요."
"그만큼 꼭 하고 싶어서 준비한 거죠. 하하."
"제작비는 좀 넉넉하게 될 거 같긴 한데… 그래도 혹시 모르니까 미리 예산도 준비해 두시는 게 좋을 거 같아요."

태진의 말에 선우 무대 직원들은 주먹을 불끈 쥐었다. 태진도 이 정도까지 준비했을 거라고 예상하지 못했기에 놀라기도 하면서 한편으로는 미안해하지 않아도 되는 점에 마음이 편해졌다.

"그럼 시간이 늦어서 전 이만 가 보겠습니다. 곧 연락드릴게요."
"식사라도 하고 가시지."
"아니에요. 일이 있어서요."
"아이고. 먼 곳까지 오셨는데……."
"선우 무대에서 맡게 되면 그때 식사해요."
"알겠습니다! 한 부장, 배웅 좀 해 드려."

태진은 가볍게 웃고는 인사를 한 뒤 밖으로 나왔다. 그러고는 현미에게 차에 기다리라고 한 뒤 태은을 봤다.

"왜, 왜 그렇게 봐."
"음, 누구 동생일까."
"갑자기 무슨 소리를 하는 거야."
"너 건축 공부도 했어?"
"아… 혹시 내 의견이라고 말했어? 아… 말하지 말라니까."
"왜? 형은 좀 놀랐는데. 우리 막내한테 그런 능력이 있다는 소리 듣고 얼마나 놀랐다고."

태은은 민망해하면서 태진의 눈을 피했고, 칭찬을 하던 태진은 그런 태은을 물끄러미 쳐다봤다.

"뭐 있네. 뭐야?"

"있긴 뭐가 있어."

"너, 지금 뭐 있는데?"

태은은 이마를 긁적이더니 말을 이었다.

"작은형 만나러 가?"

"아니, 바쁘니까 약속 잡고 가야지. 갑자기 왜 말 돌려."

"그럼 언제 가?"

"약속 잡고 가야된다니까. 너 자꾸 말 돌릴래?"

"작은형 마음에 들 거야……."

말을 돌린다고 생각하던 태진은 입을 다물고 태은을 봤다. 그
러자 태은이 눈도 마주치지 못한 채 입을 열었다.

"좀 반칙 좀 썼어."

"무슨 반칙? 제대로 말해. 이거 나중에 문제 되면 큰일 나. 너
만 큰일 나는 게 아니라 태민이까지 문제 생겨. 똑바로 말해."

"아니… 형들 둘이서만 같이 하니까 나도 하고 싶기도 하
고……. 선우 무대도 발전하고 싶기도 하고 그래서……."

"그래서 뭐."

"작은형이 소설 쓰면서 연습장에 그렸던 거 토대로 만든 거야.
작은형 소설 쓰기 전에 자기가 그림 그린 거 보면서 썼거든."

태진은 어이가 없다는 얼굴로 태은을 봤다. 그제야 소설에 나오는 모든 건물들을 준비한 것이 이해되었다. 태은의 서운한 마음도 이해가 되지만 한편으로는 형평성에 맞지 않는 것 같아 걱정도 되었다.

"연습장 줘 봐."
"내 자리에 있는데……."
"가져와."

약간 경직된 태진의 말투에 태은은 긴장한 얼굴로 사무실로 뛰어 올라갔다. 잠시 뒤 연습장을 가지고 내려온 태은이 조심히 연습장을 내밀었다.

"혹시… 문제 되는 거야?"

태진은 대답 없이 연습장을 살펴보기 시작했고, 한 번도 태진에게서 이런 모습을 보지 못했던 태은은 걱정이 가득한 얼굴로 계속 물어 왔다.

"큰형아, 혹시… 이러면 안 되는 거였어? 나 몰랐는데. 만약에 작은형한테 문제 생기는 거면… 안 해도 돼… 반장님한테는 내가 말 잘할게……."

걱정이 되는지 연신 떠들고 있었고, 태진은 별다른 표정 없이 연습장을 봤다. 그러던 중 태진이 태은에게 연습장을 내밀었다.

"여기 있는 것들도 다 태민이가 적어 둔 거야?"
"아니야. 이건 내가… 적은 거야."
"뭐라고 적은 거야. 글씨 좀 잘 써라. 지렁이도 아니고."
"그냥 그림만 봐서는 잘 몰라서… 소설에 나온 내용들 필요한 거 찾아보면서 적어 둔 건데. 건축 양식 이런 거야……."

태진은 헛웃음을 뱉고는 연습장을 빠르게 넘겼다. 그러고는 입술을 떨며 태은에게 연습장을 건네주었다. 그러자 태은이 눈을 껌뻑이며 쳐다봤다.

"걱정 안 해도 돼."
"정말?"
"안 해도 돼."
"작은형한테 문제 생기고 그러는 거 아니야?"
"아니야. 후… 이 그림에서 그 건축들이 어떻게 나와. 이게 그림이야? 그냥 낙서지. 그러고 보니까 이것도 능력이네. 네모에 세모 올려놓은 집 보면서 뭘 이렇게 글씨를 써 놨어."
"세모 아니야. 이거 아치형 지붕인데. 그리고 옆에도 잘 보면 기둥도 있고 뾰족뾰족한 것들도 있고 그래."

태진은 헛웃음을 뱉고는 태은이 들고 있던 연습장을 뺏었다. 그러고는 아무 곳이나 펼친 뒤 차로 걸어가 창문을 두드렸다. 그러자 현미가 차 문을 열고 나왔고, 태진은 현미에게 연습장을 보여 주었다.

"이게 뭐로 보여요?"
"어… 집이요?"
"어떤 집이요?"
"…스머프 집?"

태진은 자신도 모르게 입술을 떨며 웃었다.

"그래, 익숙하다 했더니 스머프 집이었네. 고마워요."

현미는 어리둥절한 얼굴로 태진을 봤고, 태진은 다시 연습장을 태은에게 돌려주었다.

"이걸 보고 누가 아까 봤던 건물들을 만들어."
"그래……? 내가 자꾸 상상해서 비슷해 보였나. 그럼… 문제 없는 거야? 작은형이랑 큰형아한테 피해 주고 그러는 거 아니지?"
"아니야."

태진은 여전히 걱정이 되는지 굳어 있는 태은의 머리를 쓰다듬었다.

"고생했어. 잘했네."

태진의 칭찬에 태은은 그제야 울먹거렸고, 태진은 갑작스러운 울먹임에 당황한 채 태은의 등을 토닥거렸다.

"진짜 놀랐잖아……."
"아니야, 잘했어. 고생한 줄 몰랐어."
"진짜… 나 우리 선우 무대 그만둬야 되나 하는 생각까지 했단 말이야. 아, 놀래라… 진짜 괜찮은 거지?"

진심으로 선우 무대에서 일하는 것이 즐거운 모양이었다. 태진은 눈물을 보이기는 부끄러운지 억지로 참고 있는 태은을 보며 미소 지었다.

"문제 없어. 이렇게 준비한 거 보면 이제는 형이 같이 일해 달라고 부탁을 해야겠는데."

태진은 입술을 뗀 채 태은을 보며 고개를 숙였다.

"한 부장님, 잘 부탁드립니다."

태은도 그제야 마음이 풀어졌는지 태진의 등을 두드렸다.

"그래요, 나만 믿으라고요. 하하."

*   *   *

퇴근 후 집으로 돌아온 태진은 집 안을 살폈다. 동생들이 바쁘다는 것은 알고 있었지만 부모님까지 가게를 알아보시러 다니는지 아직까지 집에 오지 않으셨다. 태민의 투자로 가게를 차리는 것이다 보니 어느 때보다 신중했기에 시간이 걸리는 듯했다.

부모님의 가게도 어떻게 돌아가는지 궁금했지만, 지금은 부모님의 일보다 더 궁금한 것이 있었다. 바로 8A에 관한 일이었다. 선우 무대와 미팅을 끝내고 전화를 했지만 나중에 전화를 다시 건다는 대답을 들었다. 그런데 지금까지 아무런 연락이 오고 있지 않았다.

곽이정이라면 후의 곡을 부르게 됐든 안 됐든 연락을 해 줄 사람이었다. 그래서 지금까지 연락이 없는 것이 더 궁금하게 만들었다. 아무래도 연락을 해 봐야 할 것 같다는 생각에 휴대폰을 들 때, 마침 곽이정에게서 전화가 걸려 왔다.

"어떻게 됐어요?"

─후……

"안 됐어요?"

깊은 한숨에 아무래도 후의 마음에 들진 않은 듯했다. 태진이 느끼기에는 8A하고 꽤 잘 어울리는 곡이라고 생각했는데 후에게는 아닌 듯했다. 후의 거절에 기대가 큰 만큼 상심도 컸는지 지금에서야 연락을 한 것이라 생각했다. 그때, 곽이정이 대답을 했다.

─확정은 아니고… 후… 하아, 소문에 사이코라고 하더니 진짜 사이코네……

"누가요?"

─후 말이에요.

"어……? 제가 만났을 때는 괴짜스럽긴 해도 그런 느낌은 아니었는데."

─지금 몇 시야. 벌써 8시네. 2시부터 지금까지 뭐 했는지 아세요? 노래 들려 주고 잘못된 점 계속 지적하고 다시 부르게 하고 그걸 지금까지 했어요. 계속 다시래.

"아… 마음에 들어서 그런 거 아닐까요?"

─마음에는 드는데 완벽하게 들진 않는데요. 그래서 며칠 같이 연습해 보고 나아지지 않으면 없던 일로 하자고 하더라고요. 미리 들려 준 것도 아니고 오늘 처음 들어 보는데 틀리는 건 당연하지! 계속 다시래! 다시, 다시! 그러니까 우리 애들은 더 긴장하고!

태진이 본 후가 그랬다는 건 잘 상상이 되지 않았다. 그때, 곽이정이 깊은 한숨을 뱉으며 말을 이었다.

─그게 또 틀린 말은 아니라서 뭐라고 하지도 못하고. 팩폭 맞았다는 말이 이런 거구나 싶더라고요.

"아, 노래 완성도 높이려고 하시는 거 같은데."

─하든 안 되든 후한테 트레이닝을 받는 거니까 그걸로 위안을 삼아야죠.

"그럼 결정된 건 아니에요?"

─후는 아니라고 하는데 이종락 부장은 긍정적이더라고요. 후가 누구 이렇게 오래 가르치는 건 가능성이 있어서라고. 후가 노

래로 누굴 칭찬한 적은 거의 없다고 그러면서 날 위로하더군요.

"어… 저 부를 때는 칭찬하던데."

―음?

태진은 고개를 갸웃거리고는 말을 돌렸다.

"아니에요. 그냥 신기해서 그랬나 보네요."

―누구 또 따라 하고 그랬군요. 그건 신기할 만하지. 아무튼 그렇게 됐습니다.

"연습하면 잘될 거예요."

―그렇겠죠. 아이들이 기가 너무 죽어서 벌써부터 내일 걱정을 하는 게 문제지만.

"내일도 가세요?"

―매일 오래요. 스케줄 있다니까 자긴 없다고, 스케줄 비는 시간에 계속 오래요. 애들이 하도 혼나니까 잔뜩 얼어서 지금 끙끙 앓는 애도 있어요. 후우… 아무튼 그래도 좋은 기회니까 하긴 해야죠.

얼마나 혼났길래 저러는지 모르겠지만, 곽이정이 8A를 아낀다는 것은 확실히 느껴졌다. 항상 객관적이었던 사람이 8A에게 만큼은 감정적이었다. 이런 모습이 원래 곽이정의 모습은 아닐까 생각할 때, 곽이정의 말이 이어졌다.

―아무튼… 좋은 기회 줘서 고마워요.

"전 잘할 거 같아서 추천한 거예요."

―그러니까 추천해 줘서 고맙다고요. 누구냐고 물어볼 필요 없어요. 납니다! 그럼 결정되면 또 연락드릴게요.

곽이정은 고맙다는 말이 민망한지 전화를 끊어 버렸고, 태진은 웃으며 끊어진 휴대폰을 쳐다봤다.

*   *   *

며칠 뒤. 태진은 주말임에도 회사에 나와 있었다. 미팅 때문이었다. 원래라면 주말을 피해 평일에 미팅 요청을 할 텐데 마음이 급한 제작사들에서 하루라도 빨리 미팅 요청을 해 왔고, 오늘은 멀티박스와의 미팅이 있는 날이었다.

그럼에도 태진은 물론이고 같이 출근한 수잔과 국현도 여유로운 표정이었다. 이미 MfB의 입장이 있기에 그 입장에 맞게 준비를 한 상태였다. MfB가 원하는 대로 진행이 되는지만 확인하면 됐기에 긴장할 이유가 없었다. 그래서인지 미팅에 대한 얘기보다 어제 방송했던 무브에 대한 대화가 더 많았다.

"스흡, 이거 단우 씨 톱스타 반열에 오르는 거 초읽기 중 같은데요."

"어제 진짜 재밌었죠? 우리 신랑도 드라마 안 보는데 진짜 재밌다고 그러면서 보더라고요. 특히 단우 씨 보면서 저렇게 생기면 어떤 기분일까 계속 이래요."

"단우 씨 말로는 엄청 피곤하다던데. 그래도 나도 한 번쯤은 피곤해지고 싶긴 한데……. 아! 오늘 순간 시청률 봤어요? 11.7 찍던데! Y퀴즈 저 밑으로 밀려나고 우리가 1등!"

"평균 시청률도 OTN에서 최고 시청률이잖아요. 오늘 멀티박스 사람들 오면 아주 어떻게 나올지 기대가 되는데요."

"내 말이! 그렇게 캐스팅 가지고 딴지 걸었는데 지금은 우리 주연 삼인방 얘기밖에 없는데!"

국현의 말대로 무브가 동시간대 1위의 시청률를 기록했다. 게다가 평균 시청률 역시 10%가 넘어 OTN에서 방영한 드라마들 중 최고 시청률까지 갱신했다. 그리고 이건 아직 초중반이다 보니 매주 기록이 갱신될 것이었다. 태진은 웃으며 국현에게 물었다.

"이주 씨랑 오름 씨 얘기도 많죠?"

"당연하죠. 이주 씨는 완전 물올랐다고 그러면서 이제는 발연기의 발 자도 안 나와요. 그렇게 열심히 준비했는데 나오는 게 이상하긴 하죠. 하하."

"오름 씨는요?"

"매니저 팀에서 얘기 못 들으셨어요? 아! 어제 김정연 미디어 가셨다가 퇴근하셔서 못 들으셨구나."

"뭔데요?"

"지금 오름 형님 캐스팅 엄청 와요. 그런데 아직은… 드라마가 아니라 다큐멘터리 같은 데에서 섭외 온대요. 목소리가 신뢰감 있으면서 감정이 잘 느껴진다고."

태진은 웃으며 고개를 끄덕거렸다. 독백의 장인이다 보니 다큐멘터리에서 나레이션 하는 것도 어울릴 것 같았다. 아직은 다큐멘터리지만 회차가 거듭될수록 오름의 연기력도 나올 테고 그럼 드라마에도 섭외 요청이 올 것은 틀림없었다. 특히 마지막 화가 방영되는 순간 단우와 이주에게는 미안하지만 오름만 기억될 수도 있었다. 그만큼 마지막에서 오름의 연기가 대단했고, 아직까지 기억에 남아 있었다.

태진은 전혀 걱정되지 않았다. 오히려 기대가 되었기에 입술까지 떨렸다. 그때, 태진의 휴대폰이 울렸고, 휴대폰을 본 태진은 웃으며 말했다.

"멀티박스 도착했대요. 이제 가죠."
"제가 내려가서 데리고 회의실로 갈게요."

국현은 멀티박스 사람들을 데리러 갔고, 태진은 수잔과 함께 밑층 회의실로 향했다. 회의실에 도착하니 이미 프레젠테이션 세팅을 해 놓은 상태였다.

"한 팀장, 왔어요."

태진에게 인사를 건 사람은 다름 아닌 스미스였다. 스미스뿐만이 아니라 오늘 미팅 때문에 다른 팀 팀장들도 다 출근을 한 상태였고, 모두 회의실에 자리하고 있었다. 태진은 네 명의 팀장들을 봤다. 다들 태진에게 인사를 하고는 자신이 맡은 일을 검토하는 중이었다. 태진은 그 모습을 보며 미소를 짓고는 자리에 앉았다. 그러자 스미스가 태진에게 속삭였다.

"후는 어떻게 섭외했어요? 우리 그 얘기 듣고 기절하는 줄 알 았는데."

"그냥 운이 좋았어요."

"운이 좋다고 되나요? 참, 나도 그 운 좀 있었으면 좋겠네. 아무튼 진짜 큰일 했어요. 작품도 지금 인기 폭발이지, 거기에 후까지 참여 하지. 그걸 우리가 전적으로 진행하지. 대박도 이런 대박이 없어요."

스미스는 평소보다 상기된 채 말을 하는 중이었다. 신이 나더 라도 이렇게까지 들뜬 모습을 보여 주진 않았는데 오늘은 조금 달랐다. 그때, 스미스의 말이 이어졌다.

"오늘 아주 그냥! 그때 미팅의 복수를 할 생각하니까 잠도 안 오더라고요."

"복수요?"

"그때, 우리 멀티박스 갔을 때 우리 캐스팅 보고 이게 뭐냐고 막 그랬잖아요! 자식들이 말이야."

"하하."

"지금 무브 결과 보고 아주 그냥 좋아 죽을 거예요. 죄다 최 고의 캐스팅이다 이런 얘기들 뿐인데 고맙다는 인사도 없고. 괘 씸해서라도 오늘 아주 벼르고 왔어요. 틈만 보여 봐!"

태진은 가볍게 웃고는 다른 팀장들을 살폈다. 그런데 다른 팀 장들 역시 스미스와 별반 다르지 않았다. 검토를 하면서도 뭔가 즐거워하는 얼굴들이었다.

"그런데 다른 팀장님들은… 왜 저러세요?"

"하하. 뻔하죠. 지금까지 우리가 제작사들 앞에서 설설 기어야 됐는데 입장이 바뀌었잖아요. 이런 기분 언제 느껴 보겠어요."

스미스의 말이 들렸는지 팀장들은 헛기침을 하며 못들은 척했다.

"그만큼 한 팀장님 진짜 연속으로 큰일 가져온 거예요. 본부장 찬성!"

그때, 국현이 사무실을 열고 들어왔다. 그리고 국현의 뒤에는 익숙한 얼굴들이 보였다. 강찬열 이사를 필두로 전에도 봤던 직원들이었다. 강릉 병원에서도 못마땅해하던 사람이 지금은 미소가 가득한 얼굴로 손을 내밀고 있었다. 팀장들과 전부 악수를 하고는 태진에게도 손을 내밀었다.

"우리 같이 만든 무브 지금 반응이 너무 좋아서 제 얼굴에 미소가 사라지질 않네요. 이번에도 기대하고 왔습니다! 하하."

무브를 같이 성공시켰으니 이번에도 같이하자는 의미였다. 태진은 가볍게 웃으며 인사를 받았고, 강 이사는 마지막으로 옆에 있던 스미스에게 손을 내밀었다.

"이번 책임자시죠. 안 그래도 저희가 계속 연락을 드리려고 했는데 반응이 너무 좋다 보니까 저희도 여간 바쁜 게 아니라서요. 조만간 시간 내주시면 저희가 보답하겠습니다."

"저한테 뭐 뇌물 주신다는 거예요?"

"아이고, 아니죠. 그저 좋은 인연 이어 가자는 그런 의미죠."

스미스는 가볍게 웃고는 악수를 했고, 강 이사의 미소는 더 짙어졌다. 그런 모습을 보던 스미스가 갑자기 태진을 보더니 말했다.

"본부장님, 그럼 시작해도 될까요? 먼저 저희도 소개를 해야겠죠."

갑자기 아직 정해지지도 않은 본부장이라고 부르는 말에 태진도 당황했지만, 태진보다 강 이사가 더 당황한 표정이었다. 강 이사가 태진과 스미스를 번갈아 볼 때, 스미스의 말이 이어졌다.

"여기 계신 분들은 우리 MfB의 에이전트 부서의 팀장님들입니다. 여기서부터 1팀 강경애 팀장님이시고."

스미스가 먼저 나서서 소개를 했다. 보통 대표만 소개를 하지 이렇게 회의 참석한 사람들 모두를 소개한 적은 없었다. 전부 팀장급들로 회의 구성원을 꾸렸으니 똑바로 하라는 압박을 주려는 것이었다.

"그럼 소개 끝났으니 시작하시죠. 강 이사님은 본부장님 옆에 비어 있는 자리 앉으시면 됩니다."

어리둥절하던 강 이사는 자리에 앉으며 자신의 실수를 자책했다. 책임자를 제대로 알아봤어야 했는데 전에 책임자였던 스미스가 이번에도 책임자일 것이라고 추측하고 먼저 인사를 해 버렸다. 그래서인지 시작부터 말리고 들어가는 느낌이었고, 그러다 보니 태진을 자꾸 힐끔거리게 되었다.

강 이사의 시선이 신경 쓰이긴 했지만, 태진은 별다른 느낌이 없었다. 아직 본부장도 아니었고, 지금은 강 이사의 겉치레 가득한 인사보다 어떤 준비를 해 왔을지가 더 궁금했다.

"그럼 시작할까요."

태진의 말과 함께 멀티박스에서 준비한 프레젠테이션이 시작되었고, MfB의 팀장들은 도끼눈을 뜬 채 설명에 집중했다. 설명은 제작사의 입장에서 진행되었고, 당연히 제작비 위주로 설명이 되었다. 그렇게 한참이나 진행되던 설명이 끝나자 MfB 팀장들은 기다렸다는 듯이 입을 열었다.

"우리 2팀이 알아본 바에 의하면 CG 처리 비용이나 실제 건축 비용이나 큰 차이가 없던데 굳이 CG 처리를 하는 게 좋을까요? 처리 기간이 차이가 나긴해도 미리 준비를 한다면 실제로 건축을 제작하는 게 더 이득이 되지 않을까 하는데요."

"그건 대규모 지역이 필요하고… 지역구에 도움도 받아야 되고……."

"우리가 파주시에 알아본 바에 의하면 충분히 가능하다는 답변을 받았어요. 땅도 대여받을 수 있고, 최소 보장으로 3년간은 우리가 관리할 수 있고. 그 뒤로는 관광 지역으로 파주시에서 관리하고요. 이러면 오히려 제작비 절감되지 않나요?"

이건 2팀장뿐만이 아니었다. 각 팀장들이 자신들이 준비한 것들을 바탕으로 멀티박스를 몰아붙였고, 멀티박스는 망했다는 표정이었다. 팀장들이 억지를 부리는 것이 아니라 자신들보다 더 자세히 조사와 기획을 했기에 그런 표정이 나오는 것이었다.

태진도 팀장들의 지적을 들으며 입술이 떨렸다. 각 팀마다 태진이 생각을 읽기라도 한 것처럼 마음에 쏙 드는 내용들을 말하고 있었다. 그리고 한때는 적이라고 생각했던 팀장들이 이제는 자신과 함께 같은 방향을 보며 나아가고 있었다.

*   *   *

며칠 뒤. 멀티박스 이후로 꽤 많은 제작사와 미팅이 이어졌다. 그중에는 국현이 인맥을 만든 JH도 있었고, 확실히 큰 회사답게 많은 준비를 해 왔다. 팀장들이 모인 지금도 두 회사를 두고 고민중이었다.

"멀티박스도 좋긴 한데 전 JH가 더 나은 거 같은데요."

"저도 JH 한 표요. 오래된 회사답게 제작하기 위한 인프라가 엄청 잘되어 있어요. 다른 회사들은 다 따라가는 입장이고요."

"그건 맞는데 국내 한정이잖아요. 지금은 해외 시장도 염두에 둬야 하는데 해외에서는 오히려 멀티박스가 조금 더 인정받고 있습니다."

"저도 마음에 들진 않지만 멀티박스에 손을 들어 주고 싶네요.

솔직히 크게 차이가 있는 건 아니거든요. 그런데 멀티박스 같은 경우는 무브도 같이해서 스타일도 알고, JH보다는 우리의 의견이 잘 반영될 것 같아요."

의견이 딱 반으로 나뉘어졌다. 1, 2팀장은 국현의 인맥이 있는 JH의 손을 들어 주었고, 3, 4팀은 멀티박스의 손을 들어 주었다. 스미스도 JH를 선택할 줄 알았는데 예상외로 멀티박스의 손을 들어 주었다.

의견이 반으로 나뉘어지다 보니 팀장들은 태진을 쳐다봤고, 태진도 자신의 말로 결정이 내려지는 것이 부담스럽긴 하지만 이미 생각해 놓은 제작사가 있었다.

"전 멀티박스가 좋을 거 같은데요."

태진의 결정에 1팀장인 경애가 질문을 했다.

"해외 진출 때문에 그러세요? 지금 JH에서 해외 전담 팀 생겨서 제작한 모든 작품들 ATV하고 계약했던데요. ATV도 한국에서 JH에 승산이 있다고 보고 판단한 거 아닐까요? 그럼 해외 시장 진출도 금방 성공할 텐데……."
"사실 그게 문제예요."

경애는 의아해하며 태진을 봤고, 태진은 부드러운 말투로 말을 이었다.

"우리랑 많이 비슷한 부서가 있다는 게 걸리더라고요. 방금 말씀하신 해외 전담 팀도 있고 우리도 있고요. 그런데 우리는 미국 본사가 따로 있잖아요. 해외 진출하게 되면 미국 MfB에서 맡게 될 텐데 JH는 이미 다른 회사와 일하고 있잖아요. 그럼 그 부분이 부딪힐 수밖에 없어요."

"아……."

"그리고 해외 전담 팀만이 아니에요. 아예 우리처럼 에이전트는 아니지만 똑같은 일을 하는 매니저들이 있더라고요. 캐스팅 부서를 자체적으로 운영하고 있어요. 그럼 또 걸리죠. 의견을 좁히는 데 시간을 투자해야 되잖아요. 그리고 JH에서 또 1팀에서 준비 중인 단역배우 플랫폼도 이미 운영하고 있고요. 그걸 이용하면 편해지긴 해도 우리 플랫폼이 발전할 수는 없을 거 같아서요."

"아! 저희 팀 생각해 주신 거구나……."

"1팀만이 아니라 전체적으로 사람 관계에 심력을 쏟아야 할 것 같아서요. 그런데 멀티박스는 그렇지가 않아요. JH에 비해서 부족하긴 해도 그곳에 없는 부서들을 우리가 채우면 차이를 줄일 수 있을 거라 생각하거든요."

다른 팀장들도 고개를 끄덕거렸다. 그중 스미스도 인정한다는 듯 씁쓸한 미소를 지으며 말했다.

"나도 강 이사가 마음에 안 들지만 그 사람 빼고는 우리하고 궁합이 잘 맞는 회사 같아요. 무엇보다 이미 무브에서 우리가 보여 준 게 있으니 입김도 세질 거라서 편해질 건 확실할 거 같은데요."

"저도 같은 생각이에요. 물론 몸이 편한 건 아니지만 우리가 결정한 일에 딴지를 걸진 않을 거라서요. 아직 결정하기까지 시간이 있으니까 조금 더 생각해 보세요. 전 멀티박스가 우선이긴 한데 제가 경험이 적어서 모르는 다른 게 있을 수 있으니까 고민들 좀 해 보세요."

태진의 말에 다른 팀장들도 고개를 끄덕이고는 서류들을 챙겨 밖으로 나갔다. 그러자 회의에 같이 있던 국현이 조그맣게 박수를 보냈다.

"이야… 자리가 사람을 만든다는 게 팀장님보고 하는 말 같아요."
"저 왜요?"
"왜긴요! 지금 다른 팀장들 의견 종합하고 지휘하면서 아주 그냥 딱 본부장 같았어요."
"아니에요."
"크으. 멋있어."

가만히 내버려 두면 끝도 없을 것이기에 태진은 민망해하며 서둘러 말을 돌렸다.

"그런데 JH 임부장님하고 사이 틀어지고 그러는 건 아니죠? 저번에 오셨을 때 보니까 되게 가까워 보이던데."
"서운해하긴 하겠죠? 그런데 부장님도 아세요."
"뭘요?"
"제가 회사에서 파워가 없다는 거. 하하하."
"파워가 없긴요. 국현 씨 엄청 중요한 사람인데."
"그런가요? 하하. 기분 좋은데요? 그런데 임 부장님한테는 제가 파워 없어 보이는 게 더 좋죠. 좀 부족해 보여야지 이것저것 다 알려 주거든요. 그러니까 자기네 회사에 어떤 부서가 있다고 그런 얘기도 해 주시잖아요."

태진은 웃으며 고개를 끄덕거렸다. 오늘 회의에서 했던 말도 국현이 알아 온 정보였다.

"그리고 파워가 없어 보여야지 이런 일이 생겼을 때 제가 힘이 없어서요 이렇게 둘러 댈 수 있잖아요. 물론 팀장님이 인정하신 것처럼 제가 그 정도는 아니죠. 하하하."
"그러니까, 요즘 말하는 힘숨찐 이런 거네요."
"그렇죠! 힘숨찐!"

태진은 웃으며 짐을 챙겨 나갔고, 그 뒤를 따라오던 국현이 갑자기 고개를 갸웃거렸다.

"어? 힘숨찐이 힘을 숨긴 찐따죠? 저 찐따예요?"
"하하하. 아니에요."
"기분 별론데!"
"그럼 힘숨에 하세요."
"그건 뭔데요."
"힘을 숨긴 에이스!"

국현은 그제야 만족한 듯 미소를 보이며 태진에게 따라붙었다.

　며칠 뒤. 태진은 김정연 미디어에 와 있는 중이었다. 어떻게 진행
되고 있는지 설명도 해야 했고 확인할 것도 있기에 찾아온 것이었다.

　"이야, 진짜 좀 섭섭하려고 그래요."

　준비가 워낙 잘되어 가고 있다 보니 김정연은 저번처럼 장난치
듯 섭섭하다는 말을 했다. 약간의 진심이 섞여 있을 수도 있지만
그만큼 김정연도 인정을 한다는 것이기에 칭찬으로 받아들였다.

　"그런데 진짜로 집을 짓는 게 돼요?"
　"그럼요. 법적인 문제가 있는지도 다 확인하고 있어요."
　"세트장은 그렇다 치더라도 도심에 실제로 있는 집 리모델링
선정은 어떻게 해요?"
　"그건 세트 제작이 다 된 다음에 진행이 될 거 같아요. 이게 세트면
상관이 없는데 실제로 사람이 사는 집이잖아요. 그래서 촬영에 맞춰서
진행이 될 거고요. 그 부분에 대해서는 홍보는 하되 직접적으로 위치를
말하고 그러진 않을 거에요. 물론 알려지고 그러겠지만 실제로 사는 사
람이 있으니까 최대한 정보를 숨기는 게 좋을 것 같다고 하더라고요."
　"그렇구나. 되게 섬세하네."

　김정연은 그 뒤로도 여러 가지 질문을 하고 나서야 만족한 표

정을 지었다. 태진은 그제야 입을 열었다.

"태민이는 바쁜가 봐요."
"우리 한 작가 바쁘죠. 그러니까 내가 이렇게 와 있지."
"그럼… 각본은 어떻게 될까요? 제작사 결정되면 각본가부터 구하게 될 거 같은데."

김정연은 씨익 웃더니 태진을 쳐다봤다.

"이제야 그 얘기를 하네! 기다렸는데!"
"혹시 작가님이 맡아 주시는 건가요?"
"그건 아니고. 난 검토 정도는 해 주고 우리 김정연 미디어 이름으로 할 생각이에요. 그래야지 한 작가 의견도 많이 들어가니까."
"아… 감사합니다."
"감사는 우리가 해야죠."
"네?"

김정연은 활짝 웃더니 말을 이었다.

"우리 한 작가 작품 계약 하지, 그리고 각본 팀까지 우리랑 계약하지. 우리는 작품 하나로 돈이 굴러들어 오잖아요. 당연히 우리가 감사해야지."
"아!"
"혹시 무료로 부려 먹을 생각이었던 거예요?"

"아니요, 아니요! 당연히 아니죠."

"히이. 우리가 맡는 게 낫죠?"

"그럼요. 오히려 부탁드려야죠. 작가님이 힘드시진 않으실까 걱정되죠. 신품별 끝나고 바로 무브 하셨는데 쉬셔야 하는 거 아닌가 해서요."

"어라? 이제 입에 침도 안 묻히고 거짓말도 잘하네."

태진은 가볍게 웃었고, 김정연도 피식 웃었다. 그리고 그때 마침 태민이 대표실에 들어왔다.

"저 이제 들어가도 되나요?"

"아… 저! 그냥 오면 되지 뭘 이제 들어와도 되냐고 물어봐. 아이고, 이제는 한 작가가 형한테 눈치 좀 배워야겠네."

태민은 뒷머리를 긁적이며 자리에 앉았고, 김정연은 그런 태민을 보며 헛웃음을 뱉었다.

"아이 참. 다 눈치챘겠네."

태진은 어떤 상황인지 눈치 채고는 입술을 떨며 웃었다.

"맞아요! 한 작가 있으면 무조건 마음대로 하라고 하니까 일부러 들어오지 말라고 했어요. 어우, 저렇게 눈치가 없는데 어떻게 그런 글을 썼을까."

"하하."

"뭐, 준비한 거 보면 들어와도 상관없을 거 같았네."

태민은 멋쩍게 웃고는 태진을 봤고, 태진도 그런 태민을 보며 웃었다.

"아, 한 작가님한테 보여 줄 게 있는데."
"왜 그래. 그냥 이름 불러."
"그럴까?"

태진은 웃으며 태블릿 PC에 저장해 놓은 파일들을 불러왔다. 그러고는 태민을 향해 돌렸다. 그러자 태민보다 김정연이 먼저 반응했다.

"어? 이거 도면 같은데? 벌써 이렇게 작업을 했어요?"
"어떤 업체에서 미리 준비를 해 놓은 건데 아직 확정된 게 아니라서요. 선정은 저희가 하지만 태민이 의견도 중요해서요. 혹시 이거 네가 보기에는 어때?"

김정연 옆에 앉아 있던 태민은 별다른 표정 없이 화면을 응시했다. 태진이 보기에도 참 표정이 없었다. 자신 때문에 일부러 표정을 숨긴 채 살아왔던 것이 버릇이 된 듯했다. 오히려 표정을 지을 수 없는 자신보다 더 표정이 없어 보였다. 그때, 태민의 눈가가 살짝 움직였고, 김정연이 궁금한 듯 입을 열었다.

"내가 보기에는 괜찮은데 별로야?"
"지금 좋아하고 있는 거 같은데요."

"뭘 어딜 봐서?"

"기분 좋을 때 눈가가 좀 떨려요."

"으이? 뭐야. 좋으면 좋다고 하지. 참 이상한 형제들이네. 한 팀장은 입술 떨잖아. 동생은 눈을 떨어? 뭐 풍 걸렸어? 참."

태민은 김정연의 시선이 머쓱한지 코를 훔치더니 태진을 봤다.

"이거 뭐야?"

"네 소설 보고 준비했대. 어때?"

"나 이것들 좀 보내줄 수 있어?"

"보내줄 순 있는데. 왜?"

"이거 있으면 영수한테서 어떤 집인지 설명 안 해도 될 거 같아서. 이대로 그려 달라고 하면 될 거 같네."

"그 정도야?"

"어. 신기하다. 내 생각을 읽은 것 같아. 그런데 실제로 이렇게 만들 수 있대?"

"알아보고 쓴 거 아니었어?"

"알아보긴 했는데 말도 안 되는 얘기들도 있긴 해서. 자재들은 원래 쓰는 자재들 사용한다고 써서 믿게 만들게 했는데 진짜로 될 줄은 몰랐네. 나무를 안 자르고 집 안에 나무를 두고 집을 짓는 게 말이 안 되잖아."

직접 쓴 태민마저도 신기해하는 모습에 태진은 헛웃음이 나왔다.

"이게 집에 나무가 있는 건 장식이라고 생각해도 실제로 나무가 있으면 되게 곤란할 거 같거든. 나무가 자라면 집 골격이 틀어질 수도 있고 그리고 마감도 잘 안 될 거란 말이야. 그럼 거기서 겨울엔 찬바람 들어오고 여름에는 에어컨 바람 다 새어 나갈 텐데."

"…그런데 왜 그런 집을 쓴 거야?"

"보기에는 엄청 좋아 보이잖아. 나무에 기대서 쉬기도 하고 친환경적처럼 보이기도 하고 그냥 보기에는 엄청 좋잖아. 그래서 단점을 얘기 안 하고 넘어간 거고. 그런데 이렇게 될 줄은 몰랐네. 그래도 실제로 사람이 살진 않겠지? 세트장이겠지?"

당당한 태민의 모습에 태진은 웃음이 나왔다.

"아무튼 이거 보내 주라. 내가 그려서 보여 줘도 잘 표현이 안 되더라고."

"네가 그림 그려서 보여 줬어?"

"어."

태진은 가방에 넣어 둔 연습장을 꺼냈다.

"이것처럼?"

"그거 내 건데."

"그러니까 여기 네가 그린 이 타원형 집이 지금 여기 있는 집이란 말이지?"

"비슷한데."

태진은 아무리 동생이지만 어이가 없어 헛웃음이 나왔다. 김정연도 마찬가지인지 어이없다는 얼굴로 입을 열었다.

"이 계란 눕혀 놓은 거 같은 그림하고 이 집하고 비슷하다고? 어디가? 이러니까 영수가 힘들어했구만!"

"안 비슷해요?"

"어디가 비슷해! 이걸 보고 이 그림이 나오는 게 말이 돼? 그런 사람이 세상에 있으면 데려와 봐!"

"이상하네……."

"한 작가! 네가 더 이상해!"

"그런데 뭘 이렇게 써 놨어."

태진은 이상한 그림을 그린 태민이나, 그걸 알아보고 이런 집을 설계한 태은이나 둘 다 신기했다. 태진은 크게 심호흡을 하고는 입을 열었다.

"이거 보고 만든 거야."

태민은 그것 보라는 표정으로 김정연을 쳐다봤고, 김정연은 믿을 수 없다는 얼굴로 태진을 봤다.

"이거 태은이가 주도해서 태은이 있는 선우 무대에서 만든 거야. 네 반응 보면 선우 무대에 맡겨도 되겠네."

이번에는 태민도 놀랐는지 표정에 드러났다. 그것도 잠시 재미있다는 듯 눈가를 부르르 떨었고, 그 모습을 보던 김정연은 기가 막히다는 듯 입을 열었다.

"태은이면 막내? 아무리 형제라고 해도 이거 보고 저게 나와……? 어… 그러면 진짜 형제가 다 해 먹겠네?"

김정연의 말에 태진과 태민은 서로를 보며 각자의 방식으로 웃어 버렸다.

*   *   *

한 달 뒤. 오직 주의 최종 제작사가 멀티박스로 정해졌고, 선우 무대 역시 미술 팀으로 선정되었다. 꽤 긴 시간이 걸리긴 했지만 양측 모두 만족스러운 조건이었다. 태진 역시 만족스러운 얼굴로 앞으로의 일정을 살펴보는 중이었다. 그때, 국현이 미소가 가득한 얼굴로 다가왔다.

"지금 뭐 보고 계세요?"
"아, 오직 주 일정 보고 있죠."
"긴장 안 되세요?"
"무슨 긴장이요?"

국현은 장난스러운 표정으로 태진을 봤다.

"역시 배짱이 대단하세요."

"네?"

"오늘 에이전트 부서 전체 회식이잖아요."

"그렇죠. 그런데 제가 왜 긴장해요?"

"팀장님, 아니지 본부장님 때문에 회식하는 건데 소감 말하고 그러지 않겠어요?"

"아……."

"우리 회사 처음으로 하는 전체 회식인데!"

한 달 사이 오직 주나 무브의 변화도 컸지만 태진에게 생긴 변화가 가장 컸다. 모든 팀장의 만장일치로 본부장이 되었고, 지원팀 역시 에이전트 본부로 부서명이 변경이 되었다.

"그거 저 때문에 하는 거 아니잖아요."

"에이, 아시면서. 부사장님이 이제 완벽하게 구성된 에이전트 부서라고 얘기했는데 누구 때문에 완벽해졌겠어요. 본부장님이 딱 자리에 앉아서 구성이 완성된 거잖아요. 그러면 당연히 소감 말하고 하겠죠. 아시면서 모르는 척하시네. 이거 피할 수 없을 건데!"

태진도 어느 정도 예상은 하고 있었다. 하지만 본부장이 됐다고 모든 직원들에게 인사하는 게 아직은 어색했기에 피하고 싶은 마음이 더 컸다. 하지만 태진도 피할 수 없다는 걸 알고 있기에 간단하게 소감 정도는 준비해 둔 상태였다.

"그게 뭐예요? 어? 소감문이네! 역시 준비하고 계셨네!"

"그냥 간단하게 써 본 거예요."

"제가 좀 봐 드릴까요?"

약간 망설여지긴 했지만, 회식이라면 국현만큼 잘 알고 있는 사람도 없을 것 같기에 조용히 메모지를 건네주었다. 국현은 메모지를 읽기 시작했고, 읽을수록 표정이 굳어 갔다.

"이상해요?"

"이거… 또 드라마 보고 쓰셨죠?"

"그렇긴 한데……."

"이거 너무 올드한데요. 교장선생님 훈화 같은데! 이거 다 빼고, 건배사처럼만 하시는 게 더 좋을 거 같은데요. 이거 너무 길죠. 보고 하면 좀 폼도 안 나고."

"다 외우긴 했는데."

"아니, 이거 너무 교장선생님 같아요."

"여기만 하면 너무 짧지 않아요?"

"전 이게 되게 좋은 거 같은데. 우리한테도 딱 맞고."

"그래요? 그럼… 여기만 해야겠네."

태진은 머쓱해하며 펜으로 지울 부분에 선을 그었다. 국현은 그제야 만족스러운 표정으로 고개를 끄덕거렸다.

"그런데 저희 10분 뒤에는 가야 될 거 같은데요. 차로 가면 금방인데 걸어가면 20분쯤 걸리던데. 차 두고 가실 거잖아요."

"저 술 안 마실 건데요."

"그래도 입에는 살짝이라도 대는 척해야죠. 제가 알려 드린 거 있잖아요."

태진은 가볍게 웃고는 시간을 확인했다. 벌써 퇴근 시간이 다 되었고, 이제 슬슬 회식 장소로 이동을 해야 할 듯했다. 그때, 통화하던 수잔이 전화를 끊고는 태진에게 말했다.

"어! 이주 씨도 온다는데요."

"이주 씨도요?"

"매니저한테 들었나 봐요. 자기도 회사 사람인데 간다고 그러더라고요."

"따로 인사드리려고 했는데……."

"이미 출발해서 차 안이라고, 시간 맞춰서 간다고 하던데요."

주연 삼인방에게는 따로 인사를 할 생각이었는데 이럴 줄 알았으면 모두에게 얘기를 해 줄 걸 싶었다. 이주야 참석을 하지만 다른 사람들은 서운해할 수도 있을 듯했다. 어떻게 보면 주연 삼인방이 태진 덕분에 인기를 쌓긴 했지만 태진이 본부장이 된 이유에는 그들이 잘해 준 이유도 있었다.

'최대한 빨리 약속을 잡아야겠네.'

＊　　　　　＊　　　　　＊

회식 장소에는 에이전트 모든 팀이 모이다 보니 사람이 굉장히 많았다. 마치 예전에 신품별 때 촬영 종료 기념 파티 같은 기분이었다. 조셉의 자유롭게 즐기라는 말과 함께 다들 식사와 술을 마시기 시작했다. 식사가 필요한 사람은 식사를 했고, 아닌 사람은 요리를 즐기며 굉장히 자유로운 분위기였다. 다만 태진만은 그런 기분이 아니었다. 소감을 말하기 전까지는 계속 긴장할 것 같았기에 차라리 빨리 소감 말하는 시간이 됐으면 했다. 그때, 조셉이 웃으며 자리에서 일어났다.

"역시 에이전트들다운 장소 섭외네요. 굉장히 마음에 드네요."

부서를 칭찬하는 것으로 말문을 열었고, 그 말 한마디로 사람들의 호응을 얻었다. 역시 참 사람 마음을 잘 움직이는 사람이었다. 조셉은 그렇게 길지도 않고 짧지도 않게 말을 이어 갔다. 부드러운 분위기를 유지하며 말을 하던 조셉이 태진을 쳐다봤다.

"예상보다 오래 걸리긴 했죠. 그 길었던 시간이 모든 직원이 만장일치로 인정하는 본부장이 생기기 위해서였던 것 같네요. 이쯤에서 주인공을 소개하죠. 한태진 본부장."

모든 직원의 시선이 태진에게 향했고, 본부가 된 지원 팀원들은 펍이 떠나갈 듯 환호했다. 태진은 긴장한 채 자신을 보는 사람들을 향해 고개를 숙였다.

"안녕하세요. 한태진입니다."

원래는 그 뒤로 부족하니 많이 도와 달라는 말이 있었지만, 국현에 의해 다 빼 버린 상태였다. 태진은 너무 짧은 건 아닌가 생각했지만, 앞에서 주먹을 불끈 쥐고 있는 국현을 보며 용기를 얻었다.

"잔을 들어 주시겠습니까?"

직원들은 전부 앞에 놓인 잔을 들었고, 태진도 잔을 들었다. 그 잔들이 전부 태진을 향해 있었다.

"건배사 중에 꽃의 향기는 백 리를 가고, 술의 향기는 천 리를 가고, 사람의 향기는 만 리를 간다는 얘기가 있습니다. 우리는 만 리에서 그치지 않고 온 세상 사람들이 맡을 수 있는 향기를 만들어 봅시다."

말을 끝내고는 곧바로 잔을 입에 대었고, 태진은 분위기에 휩쓸려 그만 맥주를 한입에 털어 넣었다.

"와! 멋있다! 말 되게 예뻐요!"
"이야, 저렇게 사람 홀리는 거였어!"

이미 친분이 있던 팀장들은 장난스럽게 농담을 했고, 다른 직원들도 태진의 소감에 미소를 지으며 잔을 들었다. 겨우 소감을 끝낸 태진은 자리에 앉았다. 그러자 수잔이 등을 가볍게 때렸다.

"미쳤어! 입만 대지 왜 술을 마셔요. 술도 못하면서."
"저도 마실 생각은 없었는데 다 쳐다보니까⋯⋯."
"어유, 괜찮으세요? 잔 바꿔요. 이거 보리차니까 이거 드세요."

태진은 소감이 끝났다는 안도감 때문인지 자신도 모르게 마신 술에 갑자기 취기가 확 올라오는 기분이었다. 두통도 살짝 생기고 있었기에 분위기에 휩쓸린 스스로가 바보처럼 느껴졌다. 지금도 본부 팀 팀원들은 태진을 걱정하는 눈빛으로 쳐다보고 있었다. 태진은 그런 팀원들을 보며 말했다.

"저 괜찮아요. 드세요."

태진은 억지로 앞에 놓인 요리를 집었고, 국현은 분위기를 살려 보기 위해 쉴 새 없이 입을 열었다.

"우리끼리 짠 한 번 하죠. 저도 오늘은 진짜로 마실 거예요!"
"또 자려고! 팀장님이랑 국현 씨랑 둘 다 못 챙기니까 알아서 먹어요!"
"아, 걱정 마세요! 자, 본부장 되신 거 축하합니다!"

국현의 노력에 점점 분위기는 바뀌었고, 태진도 두통이 생긴 와중에도 국현의 장단에 맞춰 소리까지 내어 가며 웃었다. 그리고 그때, 갑자기 펍에 있는 사람들의 환호성이 들려왔다.

"오!"

동시에 소리를 내다 보니 한일전 축구에서 골을 넣은 것처럼 펍이 울렸다. 고개를 돌려 보니 그곳에는 이주가 있었고, 그 뒤로는 단우와 오름이 보였다. 그리고 그 뒤에는 로젠 필과 빌 러셀까지 함께였다. 이렇게 다 올 줄 몰랐던 태진은 당황하며 그들을 지켜봤고, 눈치 빠른 국현이 펍 직원에게 부탁해 재빠르게 자리를 마련해 주었다.

자리에 앉은 이주는 태진을 보며 코를 찡긋거리며 말했다.

"본부장 됐다고 왜 말도 안 해요!"
"아, 나중에 다 같이 만나서 얘기하려고 했는데."
"축하는 여럿이 해야지 축하죠. 그래서 내가 다 불렀어요. 필 선생님은 단우가 불렀고, 빌 러셀 씨는 필 선생님이 부른 거고요."

태진은 어색하게 웃으며 그들을 봤고, 그들은 박수를 치고선 태진에게 들고 온 꽃다발까지 건네며 축하해 주었다. 꽃다발도 얼마나 큰지 앞이 안 보일 정도였다. 태진은 같이 일한 배우들의 축하가 좋기도 하면서도 너무 큰 꽃다발이 민망하기도 했다.

그렇게 배우들이 섞인 회식이 시작되었고, 다른 팀과 인연이 있는 이주는 여기저기 돌아다니며 회식을 즐겼다. 그런 이주의 모습에 오름이 웃으며 말했다.

"하하. 자기가 놀고 싶었네. 연기 공부 하는 단우까지 불러낸 이유가 있었어. 하하."

태진은 이주를 보며 가볍게 웃고는 단우에게 고개를 돌렸다.

"연기 공부해요?"
"해야죠."
"필 씨하고요?"
"선생님 요즘 바빠서 잘 못 봐주세요."
"아, 플레이스하고 연극 시즌 준비하시죠."

단우는 고개를 끄덕이고는 태진을 가만히 쳐다봤다.

"왜요?"
"아니에요."
"무슨 걱정 있어요?"
"아니요! 아무 일도 없어요."
"자리 때문에 그래요? 얘기해도 돼요."

단우는 애써 웃으며 그런 일 없다고 했지만 태진이 보기에는 평소와 좀 다른 느낌이었다. 자꾸 자신을 힐끔거리는 것도 그렇고 약간 굳은 표정도 그렇고 걱정이 있는 듯 보였다. 그때, 오름이 단우의 등을 쓰다듬으며 말했다.

"본부장님 이제 일선에서 빠지시는 건가요?"

"네?"

"본부장 되면 전체 관리하고 그렇게 될 텐데 우리 단우가 그 부분이 걱정이 되나 봐요. 본부장님한테 의지를 많이 하더라고요. 물론 저도 그렇지만 단우는 더 그러네요. 마음까지 아름다운 이 친구가 회식 분위기 망칠까 봐 말을 못 해서 제가 대신 말씀드리는 거예요."

단우는 어색하게 웃으며 오름을 쳐다봤고, 태진은 어깨를 으쓱거리고는 단우를 봤다.

"저 계속할 건데요."

"이제 본부장님이시라면서요."

"제가 본부장 수락한 것도 저 더 마음대로 하려고 수락한 거예요. 지금하고 달라질 건 없을 거 같은데."

"아, 정말요?"

"그렇죠. 담당하는 사람이 바뀔 순 있어도 제가 다 알고 있게 되겠죠?"

"아! 다행이다."

단우는 걱정이 사라졌다는 듯 환한 미소를 보였다.

"그게 걱정됐어요?"

"팀… 아니 본부장님이 저보다 더 절 잘 알고 계시잖아요."

"필 씨가 섭섭할 수도 있는데."

"선생님도 인정하셨어요."

"후후, 이제 걱정 없는 거죠? 그럼 요리도 좀 드세요."

단우는 그제야 오름과 잔을 부딪치고는 맥주를 마셨고, 태진은 그런 단우를 보며 가볍게 웃었다.

"그래서 무슨 연기 공부하세요?"

"아! 저 오직 주 캐릭터 분석하고 있어요."

"강필두요?"

"강필두도 하는데 다른 캐릭터도 하고 있어요. 미리 다 준비를 해 놔야 저한테 어울리는 캐릭터를 찾아 주셨을 때 할 수 있으니까요."

태진은 가만히 단우를 봤다. 사실 강필두 역을 두고 단우를 생각해 봤는데 크게 위화감은 없지만 그렇다고 잘 어울린다는 느낌은 아니었다. 강필두의 이미지가 강한 남자의 느낌이다 보니 그 부분을 연기로 커버하는 데도 한계가 있을 것 같았다. 하지만 오직 주에도 단우와 잘 어울리는 배역이 있었다. 강필두의 회사에 투자를 하는 재벌 2세로, 단우가 맡으면 아주 잘 연기할 수 있을 것 같았다. 그 캐릭터를 추천하려던 참이었는데 알아서 준비를 하고 있는 모습이 기특했다. 그때, 단우가 조심스럽게 물었다.

"그, 최정만 씨는……."

"아, 정만 씨……."

정만도 생각해 봤지만, 정만 역시 단우와 마찬가지였다. 연기만 놓고 보면 단우보다 더 우위에 있지만 그래도 강필두와는 어울리는 느낌은 아니었다. 그렇기에 여러 배우들을 생각 중이었고, 태진이 처음에 강필두로 생각한 사람은 연극 프로젝트를 같이했던 플레이스의 정광영이었다. 그리고 아쉽게도 이번 캐릭터 중에는 정만과 찰떡처럼 느껴지는 캐릭터는 없었다. 그래도 기본 연기가 있기에 공평하게 오디션을 통해 기회는 줄 예정이었다.

그때, 누군가가 꽃다발을 들고 펍에 들어왔다.

"꽃 배달 왔나 본데요! 저쪽이에요! 본부장님!"

태진도 고개를 돌려 보니 모자를 눌러쓰고 마스크까지 쓰고 있는 남자가 보였다. 반팔을 입었는데 키는 그렇게 크지 않지만 몸통이 굉장히 커서 그런지 반팔이 작아 보였다. 그런 남자가 천천히 다가왔고, 태진에게 꽃다발을 건네주었다.

"본부장 되신 거 축하드려요."

남자의 목소리를 들은 태진은 화들짝 놀라며 남자를 봤고, 남자는 웃으며 마스크와 모자를 벗었다.

제3장

—

준비

태진은 남자의 얼굴을 가만히 쳐다봤다. 주변에서 먼저 남자의 이름이 들려왔고, 동시에 저쪽에서 1팀장인 경애가 뛰어왔다.

"정만 씨! 머리가 왜 그래요!"

바로 정만이었고, 경애가 말한 대로 정만의 헤어스타일이 굉장히 낯설었다. 정만은 웃으며 손으로 머리를 벅벅 문질렀다.

"저는 마음에 드는데."
"아… 그게 뭐예요. 옛날 조폭 영화에 나오는 깍두기도 아니고. 디앤숍에 얘기해야겠네!"
"이거 숍에서 자른 거 아니에요. 그냥 동네에서 자른 거예요."

"아휴! 진짜."

경애는 정만의 머리를 보며 속상한지 한숨을 뱉었다. 그러자
정만이 태진을 보며 물었다.

"저 이상해요?"
"아니요. 잘 어울려요."

태진의 대답에 경애는 더 이상 머리에 대해 말할 수 없었다.
그러자 정만은 태진이 그런 대답을 할 줄 알았다는 듯 환하게
웃으며 경애에게 말했다.

"오늘은 제가 주인공이 되면 안 될 거 같은데 나중에 말씀드
릴게요."
"아! 휴. 알았어요. 그럼 말씀 나누세요."

정만은 태진의 옆에 자리를 잡았고, 태진은 그런 정만을 물끄러미
쳐다봤다. 몇 달 못 본 사이에 다른 사람이 되어 나타났다. 같은 테
이블에 있는 사람들도 같은 생각인지 수잔이 놀란 얼굴로 말했다.

"정만 씨 몸이 왜 이렇게 커졌어요? 오름 씨도 살 찌웠는데 그
거보다 더 커졌네."
"좀 키웠어요. 하하."
"얼굴은 삐쩍 말랐는데 몸만 엄청 크니까 좀… 멋있네요……."

정말 멋있다는 말이 아니었다. 이상하다고 말을 하려다가 정만이 MfB의 배우라는 걸 깨닫고 급하게 순회한 것이었다. 태진이 보기에도 약간 괴기한 느낌마저 들 정도로 얼굴은 말랐는데 몸은 너무 커져 있었다. 그러자 정만이 웃으며 말했다.

"이걸 좀 다듬어야 돼요. 아직은 그 과정이라서요. 그런더 저 괜히 왔나 봐요⋯⋯. 제가 자꾸 주인공이 되는 느낌인데."

태진은 가볍게 웃고는 정만에게 인사시켜 주었다. 1팀에서 담당하기에 지원 팀의 새로운 직원들도 처음 보는 것이었다.

"여기는 우리 팀원들이고. 옆에는 이주 씨는 아실 거고. 단우 씨도 아시죠? 오름 씨만 처음 뵙나요?"
"안녕하세요. 선배님. 이번 무브 정말 재밌게 보고 있어요. 많이 배우고 있습니다."

자리에서 일어나서까지 인사를 하는 정만의 모습에 오름은 미소를 지으며 악수를 청했다. 악수를 하고 다시 자리에 앉아 오름이 조심스럽게 입을 열었다.

"스테로이드 안 하죠?"
"네! 당연하죠. 엄청 먹고 찌운 살이에요."
"쓸데없이 걱정돼서 물어본 거예요. 저도 야차에서 볼 때랑 완전 달라서 깜짝 놀랐어요."

"야차 보셨어요?"

"그럼요. 정만 씨 보면서 저 친구 연기 참 잘한다 생각하고 있었는데요."

"감사합니다!"

"대단하네! 그럼 일부러 살찌운 거예요?"

"네, 몸이 좀 커지게 만들고 싶어서요."

한창 인기를 얻기 있는 배우가 몸을 크게 만드는 이유는 새로운 역을 준비하고 있다는 뜻이었다. 다들 알기에 더 이상 묻지 않아도 작품에 들어가는구나 생각하고 있었다. 그런데 두 사람의 대화를 듣던 단우의 표정이 그다지 좋지 않았다. 그런 단우에게 정만이 먼저 옅은 미소를 지으며 악수를 청했다.

"같은 라액 출신으로 이렇게 만나니까 반갑네요."

"네……."

그냥 악수일 뿐인데도 주변 사람들까지 묘하게 긴장하게 만들었다. 단우의 표정 때문에 더 그렇게 느껴졌다. 단우의 눈이 활활 타오르는 느낌까지 주며 정만을 노려보고 있었다. 그런 단우가 나지막한 목소리로 입을 열었다.

"다음에는… 저도 준비 많이 할 거예요."

주변 사람들은 단우가 무슨 말을 하는 건지 의아해했다. 하지만 정만만큼은 달랐다. 옅었던 미소가 짙어지며 이제는 누가 봐도 웃고 있다는 것이 보였다.

"다음에도 나는 더 많이 할 건데요?"
"저는 더 많이 할 거예요."

마치 초등학생 같은 대화에 앞쪽에 자리를 옮긴 국현은 태진을 보며 입만 벙긋거렸다.

"왜. 저. 래. 요?"

태진은 가볍게 웃었다. 정만을 라이벌로 생각하는 단우만이 정만의 외모가 달라진 이유를 알고 있는 듯했다. 태진은 더 과열되기 전에 상황을 정리했다.

"인사도 나눴으니까 식사들 하세요."

태진의 말에 맞춰 국현이 다시 잔을 들며 분위기를 띄우기 시작했고, 국현의 노력 덕분에 금새 원래대로 돌아갔다. 물론 단우만을 제외하고.

마침 정만의 옆자리에 있던 팀원이 잠시 자리를 비웠고, 태진은 단우를 그 자리로 불렀다. 그렇게 정만과 단우가 바로 옆에 앉게 되었다. 그리고 태진은 먼저 정만을 보며 말했다.

"외모는 완전 강필두네요."

"역시 형은 알아보실 줄 알았어요. 아! 본부장 되셨는데 계속 형이라고 해도 돼요?"

"괜찮아요. 그런데 웹툰하고는 좀 다르네요?"

"웹툰에서는 그냥 반삭발인데 소설을 보니까 시골에서 살 때 머리를 계속 유지하더라고요. 읍내 이발소에 가서 도와주고 대신 머리 깎고 그런 장면이 나와서 저도 이발소 가서 잘랐죠. 느낌이 안 날 거 같아서 아버지 고향인 공주까지 가서 잘랐어요."

"잘 어울려요. 딱 강필두 느낌이에요."

"진짜요? 너무 좋다!"

정만은 주먹 쥔 양손을 흔들었고, 그 옆에 있는 단우는 눈살을 찌푸렸다. 정만은 너무 좋은지 아랑곳하지 않고 말을 이었다.

"요즘 저 건축 공부도 하고 있거든요."

"건축 공부까지 해요?"

"혼자서 해 보니까 아는 걸 모르는 척하는 건 할 만한데 아예 모르고 있는 걸 아는 척하는 건 너무 어렵더라고요. 스스로도 어색하고 그래서 공부하고 있어요. 진짜 열심히 하고 있어요. 그래서 그런지 아버지가 배우 하지 말라고 할 땐 언제고 이제는 배우 안 하냐고 벌써 접은 거냐고 걱정하더라니까요. 하하."

태진은 웃으며 정만을 봤다. 연기를 잘하는 이유가 있었다. 스스로가 그런 환경을 만들고 준비를 하다 보니 당연한 결과였다. 태진마저도 강필두 역에 어울리지 않다고 생각했는데 지금은 물론 외관상이지만 강필두 역에 정만이 최적인 느낌이었다. 딱 봐도 거친 느낌이 물씬 들었다.

"준비 많이 하고 있네요."

"당연하죠. 저 진짜 꼭 하고 싶어요. 이번에 무브 보면서 그 생각이 더 커졌고요. 형이 하는 건 다 하고 싶어요."

태진은 입술을 떨며 웃고는 정만의 뒤에서 지켜보는 단우를 봤다. 그러자 단우가 입술에 침을 바르며 망설이는 듯한 얼굴로 고민을 했다. 하지만 결정을 했는지 갑자기 태진을 크게 불렀다.

"형!"

갑자기 큰 소리에 다시 시선이 이쪽으로 쏠렸고, 정만이 웃으며 시선을 받아 냈다.

"저 부른 거예요. 신경 쓰지 않으셔도 돼요. 하하."

사람들의 시선이 부담되는지 단우도 입을 다물고 있었고, 다시 사람들의 눈이 돌아가고 나서야 입을 열었다.

"언제 그쪽한테 형이라고 그랬어요."

"내가 형인 거 맞잖아요. 아닌가?"

말로는 단우가 정만에게 당할 수 없었다. 그런 단우는 대답을 하지 않고 태진을 봤다.

"저도 형이라고 부를래요."
"아… 뭐 그래요."

태진의 허락에 의기양양한 표정으로 변한 단우는 정만을 봤고, 정만은 또 다시 피식 웃었다.

"난 처음 볼 때부터 형이라고 했는데."

정만의 말에 단우는 다시 인상을 찡그렸고, 태진은 두 사람을 보며 헛웃음을 뱉었다. 분명 이렇게 사적인 자리에 있는 건 처음일 텐데 둘다 굉장히 서로를 달가워하지 않았다. 연기적으로 라이벌인 건 좋은데 이렇게 사적으로까지 이어지는 거라면 좋게 보이지만은 않았다. 태진은 그런 두 사람을 가만히 쳐다본 뒤 입을 열었다.

"음, 둘이 같이 준비하는 게 더 좋을 텐데 지금 보면 같이 준비하긴 힘들 거 같은데요."

두 사람이 동시에 태진을 뚫어져라 쳐다봤고, 태진은 가볍게 웃으며 말을 이었다.

"원래는 강필두 역에 정광영 씨, 그리고 재벌 2세 고진 역에 배진성 배우님 생각했거든요. 그런데 오늘 보고 나서 정만 씨도 강필두 역에 어울리는 거 같고 단우 씨도 고진 역에 어울리는 거 같아서요."

"오디션 보는 거예요?"

"어… 오디션 준비해야 되나요?"

두 사람은 동시에 같은 말을 뱉었고, 태진은 고개를 끄덕이며 말했다.

"내용상 서로 도움을 주면서 점점 친구가 되어 가는 내용이 잖아요. 그래서 배역 나이대도 중요해요. 정광영 씨와 배진성 씨 나이가 비슷하잖아요. 둘이 잘 어울릴 거 같았거든요. 그런데 우리 MfB에서도 정만 씨하고 단우 씨도 나이가 비슷해서 잘 어울릴 거 같은데 지금 사이 보면 안 될 거 같기도 하고……."

두 사람의 관계를 좋게 만들게 하기 위한 말이기도 했지만 실제로도 정만과 단우가 함께 호흡을 맞춘다면 좋은 그림이 나올 것 같았기에 한 말이었다. 태진은 두 사람을 가만히 쳐다본 뒤 말을 이었다.

"둘 다 플레이스라서 같이 연습하고 준비할 텐데 가능하겠어요? 두 분 연기도 잘하는데요."

두 사람은 고민이 가득한 얼굴이지만 서로를 쳐다보진 않았다. 그때, 또다시 약간 있던 두통이 갑자기 세게 몰려왔다. 이러다 다시 진정이 되기에 잠시 이마를 부여잡았다. 그리고 잠시 뒤 진정이 되고 나서야 고개를 들었다.

그런 태진의 모습을 보던 정만은 태진이 고민을 한다고 생각하는지 조심스럽게 물었다.

"오디션은 따로 보는 게 아니에요? 제가 붙고 고진 역에 다른 사람이 올 수도 있는 거고······."

"제가 붙고 강필두로 정광영 선배님 오실 수도 있는 거잖아요."

이제 보니 서로를 이끌어 주는 라이벌이 아니라 무조건 이기고 싶은 적으로 생각하는 느낌이었다. 태진은 한숨을 삼킨 뒤 두 사람을 가만히 봤다.

"둘 다 떨어질 수도 있는 거고요. 제가 지금만 놓고 보면 둘다 떨어질 확률이 높아 보이는데요."

야차로 인해 연기력을 인정받은 정만이나 최근 무브를 통해 엄청난 인기를 끌고 있는 단우 모두 쉽게 인정하는 표정은 아니었다. 태진은 두 사람의 얼굴을 가만히 쳐다본 뒤 지금 생긴 두통을 이용할 방법이 떠올랐다.

"내가 정광영 씨랑 배진성 씨가 어떤 식으로 할지 보여 줄게요. 대본은 아직 없으니까 소설 속 내용에서 기억에 남는 걸로 보여 줄게요."

태진은 목을 가다듬고는 입을 열기 시작했다.

"여기서 뭐 해? 너네 회사 사람들이 너 찾느라 우리 사무실까지 들쑤시고 다니는데."

"왔어?"

"여기 우리 집인데?"

"좀 쉬자. 그런데 여기는 하나도 변한 게 없네."

"힘드냐?"

"힘들긴 뭘 힘들어. 잠깐 쉬고 싶은 거야."

"잠깐 쉬는데 잠수를 타?"

태진의 입에서 정광영과 배진성이 나왔다. 모르는 사람이 듣는다면 두 사람이 나오는 드라마를 틀어 놓은 것이라고 착각할 정도로 연기도 실감났다. 목소리만인데도 대사에 감정이 담겨 있었다. 그런 태진의 연기는 점점 마지막을 향해 치닫고 있었다.

"너네 회사 이번에 하는 일 때문에 그러냐?"

"하기는 뭘 해. 시작도 하기 전에 엎어지게 생겼는데."

"그러니까 평소에 좀 사람들한테 잘해 주고 그래야지. 맨날 삐딱하게 나오니까 그런 말도 안되는 기사들 나오는 거잖아. 내가 확인해 보니까 부지도 그렇게 나쁜 편은 아니던데."

"가 봤냐?"

"가 봤지."

"뭐 하러 가 봤어."

"뭐 하러 가기는 내가 집 지을 때 확인하러 갔지."

"뭐?"

"내가 집 지어 준다고. 너 왜 나한테는 말 안 하냐?"

"너 바쁘잖아. 너 잠도 못 잘 정도로 일 밀려 있잖아."

"야, 나 강필두야. 내가 그려 놓은 도면 중에 나도 모르는 게 수두룩한데. 옛다. 이거나 먹고 떨어져라."

"이거 뭔데……."

"그 프로젝트 계속 진행하려면 너네 회사 사람들 설득해야 될 거 아니야. 그거 보여 줘. 그럼 설득될 거야."

"아……."

"너 지금 위험해. 저번처럼 내 볼에 그 더러운 입술 닿기만 해 봐. 내가 앞장서서 너 망하게 한다."

그 어느 때보다 몰입해서 연기한 태진은 한숨을 쉬며 마무리 지었다. 그러자 주변에서 박수 소리가 터져 나왔다. 태진이 몰입 하다 보니 주변에서 쳐다보고 있는 것도 몰랐는데 다른 팀 직원 들까지 태진의 연기를 보고 있었던 것이었다.

"대박……. 뭐 틀어 놓은 거 아니죠?"

"본부장님 뭐예요? 목소리만 듣는 데도 나도 모르게 흐뭇해……."

"드라마 본 거 같다……."

"저러니까 캐스팅을 기가 막히게 했구나……."

사람들은 환호성까지 질러 댔고, 태진은 지금 상황이 머쓱하긴 했지만 정만과 단우의 표정을 보면 성공한 듯했다. 태진은 사람들의 환호를 받으며 두 사람을 보며 말했다.

"그분들이 연기하면 이런 반응이 나올 텐데 둘이 가능하겠어요?"

태진의 질문에 정만과 단우가 처음으로 서로의 눈을 쳐다봤다. 그러고는 동시에 고개를 끄덕거렸다.

*   *   *

며칠 뒤. 무브가 방송이 된 뒤 드라마 관련 커뮤니티는 주말 내내 온통 무브에 관한 얘기로 도배되었다. 원래도 인기를 끌고 있었는데 회차가 거듭될수록 점점 몰입하던 시청자들이 이번 주 방송으로 완전히 빠져 버렸다.

"와… 14.3% 찍었어요……. N플릭스도 주말부터 지금까지 1등 유지고요."
"이거 해외에서도 분위기가 장난이 아닌데요……. 아시아권에서는 베트남 제외하고 전부 1위예요. 베트남은 아직까지 야차가 1등이고요."
"이주 씨 얘기도 어마어마하고 윤미숙 배우님 얘기도 엄청 많아요."

윤미숙이 나오는 회차였고, 채이주의 숨은 성장 환경을 보여 주며 사람들을 더욱 몰입시켰다. 그러다 보니 시청률도 시청률이지만 그렇게 길게 나오지도 않은 윤미숙에 대한 얘기가 상당히 많았다. 일반 커뮤니티에도 윤미숙이 나오는 부분을 캡처해 올린 글로 인해 저절로 홍보까지 되고 있는 중이었다.

멀티박스와 OTN에서도 물 들어올 때 노를 젓기 위해 드라마의 중요한 장면들을 Y튜브에 올려놓은 상태였고, 리뷰 위주로 방송하는 크리에이터들까지 섭외해 그들의 구독자까지 공략 중이었다.

—이거 재밌음?
—이거 존잼. 7년 만에 드라마 기다리면서 보는 중.
—윤미숙 나올 때 진짜 펑펑 울었음 ㅠㅠ
—채이주가 울면서 노래 부를 때 내 가슴도 아프더라 ㅠㅠ
—내 인생작임ㅜㅜ절대 끝나지 않았으면 좋겠다.
—이 장면 진짜 역최임! 분위기 연기 노래까지 너무 완벽했음. 니가 안 울고 배겨? 라고 말하는 느낌ㅠㅠ

사람들의 반응에 태진도 고개를 끄덕거렸다. 이주가 그동안 연기가 꽤 늘긴 했지만 며칠 전에 방송된 장면에서는 태진마저도 놀라게 만들었다. 노래는 역시나 그렇게 잘하는 편이 아니었는데 분위기와 표정이 너무 잘 녹아들어 있었다. 태진도 보는 내 내 마음이 아픈 느낌이었다.

그런 표정이 나오게 된 배경에는 에이드가 있었다. 에이드에게 맞춰진 노래이다 보니 에이드 특유의 표정이 나왔고 이주가 에이드에게 노래를 배우면서 자연스럽게 그 표정까지 연습한 것이었다.

태진이 놀란 이유는 그 표정이 나와서가 아니었다. 배우답게

에이드와는 조금 다른 표정이었고, 자신만의 표정으로 연기를 해 사람들을 설득시켜 버렸다. 이제는 정말 배우라고 불릴 만한 연기였다. 그리고 사람들도 그것을 알아봐 주는 중이었다.

태진은 이주를 생각하며 미소 지을 때 태진의 휴대폰이 울렸다. 다름 아닌 에이드였고, 전화를 건 이유를 태진도 알고 있었다. 사실 이번 화가 방송된 후 최고의 수혜자는 그 누구도 아닌 에이드였다.

"안녕하세요."

─너무 안녕해요! 팀장님 감사합니다! 너무 감사해요!

"제가 더 감사하죠."

─진짜… 주말 내내 음원사이트만 봤어요. 전화하고 싶었던 걸 얼마나 참았다고요.

"전화하셔도 되는데."

─주말인데 쉬셔야죠! 대신 대명이 오빠랑 둘이 전화로 축하했어요.

"박 대표님도 좋아하시죠?"

─그 오빠야 당연히 좋아하죠. 트리스타 다음 앨범도 준비할 수 있겠다고!

여전히 박 대표에게는 트리스타가 전부였다. 좋은 사람이 잘되어 가는 모습에 흐뭇한 마음이 들 때, 에이드의 말이 이어졌다.

─저 정말 말은 안 해도 진짜 걱정 많이 했거든요.

"뭘요?"

─후속곡이요. 내 가슴에로 말도 안 되는 인기를 얻었는데 다

음에 어떤 걸 해야 되나 걱정했었거든요. 그런데 팀장님이 기회를 주셨잖아요. 사실 반응을 보려고 가벼운 마음으로 했거든요. 그런데 이렇게 잘되니까 미안하기도 하고 용기도 얻고 그랬어요. 내 노래를 기다려 주는 사람이 있다는 게 너무 좋아요.

"저도 기다리고 있는데요."

─말을 너무 예쁘게 해 주신다! 사람들이 이 노래 듣고 믿고 듣는 에이드라고 막 그러는데 너무 좋은 거 있죠. 순위 상관 없이 그런 댓글 때문에 너무 행복해요.

"1등이시잖아요. 24시간 전 음원차트 1등이시던데요."

─그래서 더 좋죠! 제가 식사 대접할게요! 진짜 맛있는 거로! 아… 당장은 안 되겠네.

식사는 크게 상관없지만 에이드의 상황이 궁금했다.

"요즘 뭐 준비하시고 계세요?"

─저는 아니고 8A 때문에요.

"아!"

태진은 8A를 떠올리자 웃음이 나왔다. 수시로 곽이정에게 연락이 오고 있기에 어떤 상황인지는 잘 알고 있었다. 한 달이 지난 지금까지도 후에게 확답을 듣지 못하고 아직까지 연습 중이었다.

"후 씨 때문이죠? 잘될 거 같아요?"

─그 사람이 대단하긴 대단한가 봐요. 애들이 라온에 한 번

다녀올 때마다 완전 다른 사람이 돼서 와요. 그런데 또 부족한 게 있다고 연습하고 확인하고!

"그렇게 많이 늘었어요?"

─진짜 장난 아닌데. 보컬 애들은 말할 것도 없고 래퍼 애들도 무슨 외국 래퍼 같아요. 제가 보기에는 진짜 완벽하거든요. 노래도 나보다 더 잘하고, 랩도 더 느낌 살고 그러거든요. 그런데도 맨날 혼난대요.

"힘들어하진 않아요?"

─당연히 힘들어하죠. 라온 가서 후한테 대차게 까이고 오면 진이 다 빠지나 봐요. 그래도 하겠다고, 파김치처럼 우리 녹음실 와서 직접 불러 보고 잘못된 곳 체크하고 또 연습하고. 그런데 애들보다 곽 대표님이 더 대단해요. 8명이 힘들어하는데 그걸 전부 케어하고 있으니 얼마나 힘들겠어요.

통화할 때는 항상 우는소리를 해서 걱정했는데 곽이정도 8A 앞에서는 그런 모습을 보이지 않은 모양이었다. 곽이정이 자신에게만 그런 모습을 보인다고 생각하자 웃음이 나왔다.

"그런데 8A가 녹음실 계속 써도 괜찮아요?"

─상관없죠. 녹음실 대여해서 얼마나 번다고. 친한 애들 잘되면 좋죠.

"아……."

역시 클래스가 달랐다.

─그리고 무브 반응 보면 저 돈 걱정 안 해도 될 거 같은데.

멀박에서도 툭하면 찾아와, 선물 줘.

"고마워서 그럴 거예요. 에이드 씨가 투자해 주셔서 진행된 거니까요."

—에이, 한 팀장님 믿으니까 어머! 내가 지금까지 팀장이라고 했죠? 본부장님 되셨다고 들었는데! 죄송해요.

"하하, 아니에요. 괜찮아요."

그 뒤로도 시시콜콜한 대화가 이어진 뒤에야 통화를 마칠 수 있었다. 휴대폰을 내려놓은 태진은 흐뭇한 얼굴로 음원사이트들의 순위를 확인했다.

1. 그대였네요(Move OST Part 8) — 에이드

아직까지도 모든 음원사이트에서 에이드가 1위를 지키는 중이었다. 해외에서도 무브의 반응이 좋다 보니 해외 음원사이트에서도 곧 반응이 올 것이었다.

태진은 뿌듯한 마음으로 이 소식을 알리기 위해 다시 휴대폰을 들었다. 물론 알고 있을 테지만 관리 차원에서 연락을 하는 건 필수였다.

"안녕하세요. 작가님."

—어, 한 본부장! 얘기는 들었어요. 축하해요.

"감사합니다. 이번 주 무브 방송 나간 거 보셨어요?"

—아, 그거 때문에 내가 지금… 후우…….

"왜 그러세요? 지금 반응 엄청 좋은데요."

좋은 성적을 많이 내서 익숙할 수 있지만 아무리 그래도 좋은 건 좋을 텐데 김정연의 목소리는 지쳐 있는 것처럼 들렸다.

─원래도 연락 많이 오는데 좀 뜸하더니 이번 주 방송 보고 주말인데도 연락 오고! 차기작 물어보고! 너무 귀찮게 해!

"하하. 그만큼 작가님 작품을 원하는 곳이 많다는 소리죠."

─그래도 그건 잠깐잠깐씩이니까 넘어갈 수 있어요. 그런데 한 작가가 문제야!

"태민이요……?"

동생의 얘기에 태진은 약간 가슴이 덜컹했다.

─한 본부장도 그래요?

"어떤 부분을 말씀하시는 건지……."

─자식이! 내가 호랑이를 키웠어! 무브 잘되는 거 보더니 쉬질 않아요! 아직 시간 많아서 좀 쉬라고 해도 쉬질 않아! 지는 젊기라도 하지!

"아……."

─기껏 각본 팀도 만들어 놨는데 걔네들한테 또 얘기를 안 해요! 뭐라는 줄 알아요? 각본 팀은 쉬어야 된대! 그럼 나는?

"제가 잘 얘기할게요."

─하지 마요! 그것도 이상해! 열심히 하겠다고 물어보는데 힘들다고 어떻게 그래요! 그냥 말하지 마요! 내가 어디에 하소연할 곳이 없어서 본부장님한테 하는 거니까! 절대 말하지 마요!

"아, 네! 알겠습니다."

—후우…….

태민을 김정연에 맡긴 것이 정말 최고의 선택이었다. 힘들다고 말하면서도 태민을 얼마나 아껴 주는지 느껴졌다. 그때, 김정연의 말이 이어졌다.

—아무튼 시간 되면 와서 봐요.

"네?"

—한 작가가 나한테 그렇게 정보 뽑더니 각본 팀 애들이 2화까지 뽑았더라고요.

"아! 벌써요?"

—진짜 대단해.

"잘 나왔어요?"

—보면 알아요. 내가 괜히 호랑이 새끼라고 한 게 아니야. 내 밑천을 거덜 나게 한다니까요. 아무튼 와서 한 작가 머리도 식히게 하고 그래요.

"네! 지금 가겠습니다."

—지금이요? 어휴… 형제가 똑같네. 바로바로 해결해야지 직성이 풀리나 보네. 아무튼 알았어요. 얘기해 놓을 테니까 올 때 한 작가하고 밖에서 봐요. 회사 들어오면 안 나가려고 할 거니까.

"감사합니다!"

통화를 마친 태진은 기대가 되는 얼굴로 자리에서 일어났다.

"현미 씨, 김정연 미디어에 좀 가죠."

동생을 만나러 가지만 회사 일이기도 했기에 태진은 현미까지
데리고는 곧바로 사무실을 나섰다. 그리고 오직 주의 광팬인 현미
라면 원작과 어떻게 다른지도 제대로 알아볼 거란 이유도 있었다.

*   *   *

김정연 미디어 근처에 도착한 태진은 전에 갔었던 커피숍으로
향했다. 그곳에는 태민이 벌써 기다리고 있었고, 언제 나왔는지
노트북을 펼쳐 놓은 채 태진이 온지도 모르고 일을 하고 있었
다. 태진은 그런 태민을 보며 가볍게 웃고는 안으로 들어갔다.

"태민아."
"어, 형. 일찍 왔네."
"시간에 딱 맞춰 왔는데. 현미 씨는 전에도 봤지?"
"그럼. 안녕하세요."

태민이 현미에게 인사를 건넸고, 현미는 눈망울을 반짝이며
고개를 꾸벅 숙여 인사했다. 그렇게 자리에 앉은 뒤 간단한 인
사부터 나누려고 했지만, 태민은 시간이 없다는 듯 곧바로 노트
북을 태진에게 돌렸다.

"이거 보러 왔다며."

"어. 대본 뽑은 거 아니야?"

"아직. 거의 완성되긴 했는데 수정할 곳 더 확인하고 뽑으려고. 그냥 그렇게 봐. 전체적인 틀은 잡혔고 거기서 크게 바뀌는 건 없을 거야."

태진은 고개를 끄덕이고는 대본을 읽기 시작했고, 현미도 태진의 옆에 바싹 붙어 같이 읽어 갔다. 현미는 오직 주의 광팬답게 달라진 부분을 바로바로 알아차리며 반응을 보였다. 그렇게 한참이나 대본을 본 뒤 현미가 입을 열었다.

"이게 이렇게 바뀌는구나. 아! 죄송해요."

"말해도 돼요. 현미 씨 의견 들으려고 같이 온 거니까. 원래 이 부분이 고진 캐릭터만 나왔던 부분 맞죠?"

"네, 맞아요. 고나은 이 캐릭터는 처음 보는 캐릭터예요! 드라마화 하면서 생기는 캐릭터인가 봐요."

태민도 바뀐 부분에 대한 반응이 궁금한지 귀를 기울였다. 태진도 그런 태민의 마음을 알기에 자신보다 현미의 입에서 나오는 것이 태민이 받아들이기 편할 것이란 생각에 현미의 대답을 이끌어 내기 위해 질문을 했다.

"어때요?"

"전 기대되는데요? 관계 보면 고진 동생이라서 마찬가지로 재벌 2세. 나오는 대사 보면 적당히 욕심도 있고 착하기도 하고. 여자들이 좋아하는 성공한 여자 느낌? 로맨스판타지에 나오는 딱 그런 클리셰 캐릭터 같은데요?"

"그런 게 뭔데요?"

"다 알지만 무조건 통하는 그런 거 있잖아요. 고나은이 오빠인 고진하고 그렇게 좋은 사이는 아닌 거 같은데 그게 강필두로 인해 관계가 해소될 거 같아 보여요. 그러면서 그녀가 히로인이 될 거 같고요. 그런데 앞에 보면 아무것도 할 줄 아는 게 없잖아요. 재벌 2세라서 안 해 본 거 투성이에요."

"음… 그런 클리셰 말하는 거군요. 안 해 본 것들이 많다 보니까 거기서 생기는 에피소드들도 분위기를 가볍게 만들 수도 있고. 좀 세 보이는 캐릭터지만 그런 부분들로 친근함까지 만들어 줄 수 있는 거 말하는 거죠."

"네! 팀장님도 로판 많이 보세요?"

"아니요, 전 드라마를 많이 보죠. 그래서 현미 씨가 보기에는 어때요?"

태민은 내색하진 않지만 눈은 이미 현미의 입에 고정되어 있었다. 그때, 현미가 양손을 모으며 말했다.

"전 너무 재밌을 거 같아요. 원작도 정말 재미있었는데 대본도 너무 재미있는데요. 원작이랑 크게 벗어나지 않으면서 거기에 로맨스를 넣는 거니까. 사실 저 같은 경우는 로맨스가 없는 게 약간 아쉬웠거든요. 물론 너무 재밌는데! 아주 아주 약간 아쉬웠다는 거예요. 그런데 이 부분 넣으면 저 같은 생각 했던 사람들도 만족할 수 있을 거 같아요."

"그래요?"

"원래도 완벽했지만 더 완벽해질 거 같은 느낌이에요."

태진도 비슷하게 생각했는데 현미가 정확하게 짚어 냈다. 확실히 현미가 보는 눈이 좋았다. 그런 현미의 평가를 들은 태민은 기분이 좋은지 눈가가 떨렸고, 태진은 그런 태민을 보며 가볍게 웃었다.

"다행이네. 대표님이 하신 말씀 듣길 잘했네."

"김정연 작가님이 짜 주신 거야?"

"그럼. 드라마화 되려면 여주는 필수라고. 그래서 어떻게 넣을까 고민 좀 했어. 갑자기 넣으려니까 좀 어려워서 아예 그런 이미지 배우를 생각하면서 쓴 거야. 보면서 누구 같다는 느낌은 없었어?"

태진은 가볍게 웃으며 고개를 끄덕거렸다. 보는 내내 생각나는 사람이 있었는데 태민도 같은 사람을 생각하고 쓴 듯했다.

*   *   *

며칠 뒤. 김정연 미디어에서 대본을 보내 왔고, 그 대본을 가지고 멀티박스와 회의를 끝냈다. 멀티박스 관계자들도 이미 대본을 읽고 와서인지 굉장히 기쁜 얼굴로 와서 상기된 표정으로 돌아갔다. 그건 멀티박스 관계자들만이 아니었다. MfB의 팀장들 역시 멀티박스와 마찬가지였다. 그만큼 모든 관계자들의 마음에 든 대본이었다.

태진도 만족스러운 회의에 저절로 웃음이 나왔다. 그때, 태진을 뒤따라오던 국현이 입을 열었다.

"이거 원래 우리 회사 아닌 거 같은데요? 저 너무 생소해요."
"뭐가요?"
"원래 막 서로 견제하고 딴지 걸고 그래야 되는데 완전 지금
은 원 팀 같아서요."

얼마 전부터 태진도 느끼긴 했지만 이제는 국현의 말처럼 완
전히 달라져 버렸다. 팀 간에 정보도 나누고 도움을 주거나 받으
며 앞으로 나아가고 있었다.

"스흡, 이래서 이끄는 사람이 중요한가 봐요. 다들 같이 성공시
키려는 거 보니까 뭉클하기도 하고 저까지 으샤으샤 하는 그런
마음이 들더라고요."
"알아서 다들 잘해 주시는 거죠."
"아니에요. 확실히 달라요. 뭔가 기분이 묘하네요. 멀박 강 이
사도 완전 달라졌잖아요. 우리가 다 같이 움직이니까 강 이사도
하고 싶은 거 다 하라고 그렇게 나오고."
"그건 무브가 반응이 너무 좋으니까 그렇죠. 하하."
"그것도 있긴 하죠."

국현이 고개를 끄덕이며 일부분 인정했고, 가만히 내버려 두
면 계속 칭찬을 할 것이기에 태진은 급하게 말을 돌렸다.

"국현 씨가 보기에는 대본 어땠어요?"

"대본이요? 진짜 최고였죠. 여태까지 본 대본 중에 가장 재밌었어요. 이건 어떤 감독을 붙여 놔도 실패는 안 할 거 같던데요. 소설을 재밌게 읽어서 그런가 캐릭터들이 다 살아 있는 거 같더라고요. 아마 캐스팅된 배우분들도 어마어마하게 좋아할 거예요."

"그렇게까지요?"

"그럼요. 주연은 강필두지만 조연까지 살아 있잖아요. 그럼 조연도 주연만큼 스포트라이트를 받을 건데 당연히 좋아하죠. 등장인물이 너무 좋으니까 배우분들한테 돌리면 돌아오는 대본 하나도 없을 거 같은데요."

태진도 인정하는 부분이었다. 거절하는 배우가 없을 거란 생각이 들 정도로 캐릭터들이 너무 좋았다. 그때, 국현이 웃으며 말을 이었다.

"이주 씨도 엄청 좋아할 거 같은데요."

"좋아하시겠죠?"

"그럼요! 방방 뛸 거 같은데요. 그런데 왜 미리 말씀 안 하셨어요?"

"단우 씨랑 오름 씨는 무브만 했지만 이주 씨는 신품별부터 무브까지 쉬질 못했잖아요. 그래서 좀 쉬라고요."

"그게 쉬는 게 아닐 텐데! 본부장님은 연기에 대해선 박사면서 사람 마음은 잘 모르시네."

"왜요? 혹시 이주 씨한테 뭐 들은 거 있어요?"

"들은 건 아닌데. 그때 회식 때 좀 그랬거든요. 단우 씨하고 정만 씨하고 작품 얘기 하니까 좀 부러워하고 그랬거든요. 그러

면서도 오직 주에 여주가 없으니까 이해한다는 그런 얼굴이었어
요. 아무튼 진짜 아쉬워하고 그랬는데."

회식 때 단우와 정만 두 사람과 대화를 하느라 이주의 표정을
제대로 보질 못했다. 이주에 대해서 신경을 쓰지 못했던 게 미안
한 마음도 들었다.

"그래서 요즘 전화가 별로 없었나."
"서운했네! 빨리 가요! 그런 거 어디다 얘기도 못 하고 얼마나
혼자 끙끙 앓았겠어요. 빨리 가시죠!"

안 그래도 오늘 이주가 여주 채널의 콘텐츠 회의 때문에 회사에
나와 있었다. 그래서 오늘 얘기를 하려던 참이었다. 태진은 서둘러
걸음을 옮겼고, 매니저 사무실에 도착했다. 사무실에는 이미 이주
와 이주의 담당 매니저들이 회의를 하고 있는 중이었다. 그러던 중
매니저 현수가 태진을 발견하고 인사를 했고, 이주는 평소와 다르
게 약간 어색한 표정으로 가볍게 고개를 숙여 인사를 했다.

"본부장님 오셨어요? 실장님 아직 안 오셨는데."
"실장님이요?"
"오름 형님 일로 오신 거 아니세요?"
"오름 씨한테 무슨 일 있어요?"
"아니요. 그건 아닌데 KBC에서 인생극장 다시 한다고 거기 내
레이션 요청이 들어왔거든요. 그래서 오름 형님 의견 물어보러

가셨어요. 오름 형님이 그런 건 하실 거 같다고 그래서요."

"그런 얘기 못 들었는데."

"아마 오름 형님 대답 듣고 보고하시려고 했을 거예요."

오름이라면 인생극장과 잘 어울릴 것 같았다. 드라마가 아니
긴 하지만 시민들의 희로애락이 담긴 프로그램이다 보니 상황에
맞는 감정이 목소리가 필요했다. 오름이 잘할 수 있는 일이었고,
연기에도 도움이 될 만한 그런 일 같았다.

"오늘은 실장님 뵈러 온 게 아니라 이주 씨 보러 왔어요."

"이주 씨요?"

이주는 깜짝 놀란 얼굴로 태진을 봤고, 태진은 그런 이주의
얼굴을 보며 어색하게 웃었다.

'진짜 서운했었나 보네.'

태진은 매니저를 보며 말했다.

"회의 아직 남으셨죠? 기다릴 테니까 끝나면 말씀해 주세요."

"아닙니다. 저희 아직 시작한 것도 없어서 먼저 말씀하세요."

"그래요? 그럼 저희가 먼저 실례를 좀 할게요."

"실례라니요! 괜찮습니다. 그럼 대화 나누세요."

"현수 씨도 앉으세요. 같이 들으셔야 할 일이거든요."

"저도요?"

태진은 현수의 옆에 앉고 국현은 이주의 옆에 앉았다. 이주는 서운해하면서도 무슨 일인지 기대되는 표정이었다. 태진은 그런 이주를 보며 입을 열었다.

"좀 더 쉬셔도 되는데 콘텐츠 때문에 오신 거예요?"
"많이 쉬었어요."
"그동안 쉬시지도 못했잖아요."
"계속 쉬다가 평생 쉬게 될 수도 있잖아요. 그런 사람들 수도 없이 봤는데."
"이주 씨는 좀 쉬셔도 돼요. 연기로 인정받아서 그 정도 휴식을 가진다고 사람들한테 잊히고 그럴 수준은 아니에요."

이주는 내심 기분이 좋지만 드러내지 않으려고 괜히 입을 삐죽거렸다. 그런 이주를 보며 태진은 웃으며 말을 이었다.

"기회가 있을 때 쉬는 게 좋은데."
"충분히 쉬었거든요. 저한테 신경 못 쓰셔서 미안해하실 필요 없어요. 저도 여주 채널하고 드라마 들어오는 대본 검토하고 하면 바빠요."
"그 검토 저희가 하는데요."
"아무튼! 괜히 시간 내서 신경 안 써 주셔도 돼요. 단우랑 정만이나 신경 쓰세요."

이주의 옆에 있는 국현은 그것 보라는 표정으로 태진을 봤고, 태진은 머쓱하게 웃으며 국현에게 손을 내밀었다. 그러자 국현은 준비하고 있었다는 듯 태진에게 대본을 주었다.

"저희한테 대본이 들어왔는데 이주 씨한테 어울릴 거 같아서요."

이주는 관심을 생기는지 태진의 손에 들린 대본을 쳐다봤다.

"이주 씨한테 신경을 안 쓴 게 아니라 어울리는 배역이 없어서 그랬던 거예요."
"저 아무렇지도 않은데요?"
"하하. 네, 네. 그런데 이번에 마침 좋은 역이 들어왔고 이주 씨도 연기하기 편할 것 같은 배역이에요. 일단 한번 보세요."

태진은 이주에게 웃으며 대본을 건네주었고, 대본을 받아 든 이주는 깜짝 놀란 얼굴로 태진을 쳐다봤다.

"아직 연출 팀이 정해지지 않아서 적을 게 없었어요. 그래서 표지가 엄청 심플해요."
"그건 문제가 아닌데! 이게 뭐예요?"
"오직 주인데요."
"그러니까 오직 주를 왜 저한테 주시는 거냐고요. 일부러 저 신경 써서 만들어 주신 거예요?"

이주는 언제 토라졌냐는 듯 감동받은 표정으로 대본을 꼭 끌어안았다. 그 모습에 태진은 입술을 떨며 대답했다.

"저희가 따로 부탁한 건 아니에요. 각본을 김정연 미디어에서 맡았는데 거기서 여주를 넣었어요. 드라마화 하려면 시청자 요구에 맞춰야 되기 때문에 여자주인공이 필요하다고 그래서요. 그래서 여주를 만들었고, 한태민 작가님이 배우를 생각하고 캐릭터를 만드셨다네요."
"본부장님 동생 말씀하시는 거예요?"
"네, 네. 일단 읽어 보세요."
"그게 저고요?"
"한번 읽어 보세요."

이주는 여전히 대본을 꼭 안은 채 감동받은 표정으로 태진을 봤다. 태진은 웃으며 대본을 읽어 보라며 손을 들어 올렸고 이주는 그제야 읽기 시작했다. 그러자 태진은 매니저 현수에게 말했다.

"대본이 생각보다 빨리 나왔어요. 그래서 이주 씨가 하신다고 해도 촬영까지 기간이 많이 남아 있을 거예요. 그래서 부담 안 가는 선에서 여주 채널에 영상 올리시고 좀 쉬면서 준비할 수 있게 해 주시면 될 거 같아요."
"아, 네. 감사합니다! 안 그래도 이주 씨 캐스팅 요청 엄청 오거든요. 본부에 보내는 것도 되게 많잖아요."

"지금까지 3편 받았는데 더 있었어요?"

"그럼요. 저희가 추려서 보낸 게 그 정도예요. 일단 찔러 보자는 식으로 말도 안 되는 시나리오 미는 곳도 있다니까요. 어떻게든 이주 씨 빨 좀 받으려고. 그러다가 망작 골랐다가 나락 가는 건 생각도 안 하고 자기들 생각만 하고. 어휴."

"작품은 너무 스트레스 받지 마세요. 저희가 잘 고를게요."

"물론 그렇죠! 그래도 저희도 요청을 받으니까 거절하기가 좀 애매했거든요. 좀 친분 있는 분들은 자리 좀 만들어 달라 그러는데 변명하면서 거절했는데 이제는 안 그래도 되니까 너무 마음이 편해지네요."

태진은 가볍게 웃고는 이주를 한 번 봤다. 이미 표정까지 지어가면서 대본에 빠져들어 있었다. 태진은 기다릴까 했지만 아무래도 제대로 읽고 결정할 시간을 주는 게 나을 것 같았다.

"그럼 이주 씨 다 읽어 보시고 결정 내리면 다시 연락 주세요."

"가시게요?"

"사무실에 있을 거니까 연락 주시면 내려올게요."

태진이 자리에서 일어나려 할 때, 대본을 보던 이주가 고개를 들었다.

"고나은 이 배역이 제 거 맞죠?"

"네, 맞아요."

"저 할게요! 무조건 할 거예요."

"벌써 다 읽어 보셨어요?"

"아니요! 일단 찜해 놓으려고요! 다른 사람이 하면 어떻게 해요."

"하하. 그런 일 없어요. 이주 씨 대답 듣고 안 한다고 하면 그때 다른 배우분을 찾아야죠. 아직 생각해 놓은 배우도 없고요."

"잉, 너무 마음에 든다."

이주는 눈을 반짝이며 태진을 쳐다봤다. 그러고는 이내 민망한지 입술을 입안으로 말아 넣고는 바람을 불었다.

"하하. 짱구 같아요."

"아이 참. 이런 거 있으면 미리 말해 주시지."

"서운하셨어요?"

"그럼요! 단우랑 정만이만 막 혼내면서 알려 주고."

"저 혼낸 적 없는데."

"연기로 때려 버렸잖아요. 본부장이 연기를 그렇게 잘하는 걸 봤는데 그게 혼내는 게 아니면 뭐예요. 아무튼! 난 뒷전 된 거 같아서 좀 서운했었어요. 그런데 이거 보니까 서운해했던 게 미안해지잖아요."

"하하. 전 괜찮아요."

"내가 안 괜찮아요. 나 스스로가 되게 없어 보이잖아요. 이런 거 있으면 진즉에 말해 주지!"

태진은 가볍게 웃고는 입을 열었다.

"그래도 대본 보여 드리는 건 배우분들 중에서는 처음이에요."

"내가요? 단우랑 정만이한테도 안 보여 줬어요?"

"네. 이주 씨가 처음이에요."

"아… 진짜… 감동받았어!"

이주는 엄청 좋은지 이목구비가 모이는 듯한 표정을 지었다. 그 모습을 보던 국현은 마구 웃으며 입을 열었다.

"이주 씨 지금 장화 신은 고양이 같아요."

"너무 감사해요! 저 생각해 주신 것도 저한테 처음 대본 주신 것도 너무 감사해요!"

"하하. 이주 씨가 수락하시면 캐스팅도 1호겠네요."

"그러네요! 저 무조건 할 거니까 1호 캐스팅됐네요!"

이주는 무조건 한다는 듯 결연한 표정으로 태진을 봤고, 태진은 웃으며 고개를 끄덕거렸다. 대본을 처음 볼 때부터 지금까지 이주 말고는 다른 배우가 생각나지 않았다. 이주도 대본을 잠깐 봤음에도 자신이 잘할 수 있다고 느낀 모양이었다. 이주를 염두에 두고 만든 캐릭터이다 보니 당연한 결과였다.

태진은 가볍게 웃고는 고개를 끄덕거렸다.

"그럼 하시는 걸로 알고 준비할게요."

"네! 당연하죠! 무조건 할 거예요. 그럼 이제 단우랑 정만이한테 대본 주시러 가시는 거예요?"

"그래야죠. 오늘 얘기해 놓고 내일 만나 볼까 해요."

"지금도 둘이 같이 있을 건데."

"둘이요?"

"며칠 전에 연락했을 때 여주에 단우 좀 출연시킬까 했는데 바쁘다고 그러더라고요."

"정만 씨 만나느라고요?"

"네, 그래서 뭐 하냐고 물어봤더니 그때 회식 이후로 정만이랑 둘이 계속 만났대요. 아까 제가 말했잖아요. 본부장님 연기 보고 충격받았다고."

"만나서 뭐 하는데요? 대본도 없는데."

"본부장님도 대본 없이 했잖아요. 그러니까 둘이 맨날 붙어서 오직 주 완전 분석하고 있대요."

태진도 두 사람이 친해지길 원했지만 이렇게 빠르게 진행될 줄은 몰랐다. 그리고 두 사람이 어떤 분석을 했을지도 너무 기대되었다.

*   *   *

다음 날, 태진은 정만과 단우 두 사람의 연습을 보기 위해 필의 집 주차장에 도착했다. 엘리베이터에 오르면서도 두 사람이 얼마나 친해졌을지에 대한 기대 때문에 엘리베이터 속도가 더디게 느껴졌다. 필의 집 앞에 도착한 태진은 서둘러 벨을 눌렀다.

이미 방문객 알림을 받았는지 곧바로 문이 열렸고, 단우와 정만 두 사람의 얼굴이 보였다.

"본부… 아니, 형, 들어오세요."

태진은 가볍게 웃고는 안으로 들어갔고, 안에는 두 사람만 있는 것이 아니었다. 빌 러셀은 물론 에이바도 함께 있었다. 이미 친분이 있던 사이였기에 태진은 웃으며 두 사람에게도 인사를 건넸다. 그리고 이곳에 사는 단우가 태진을 반겼다.

"형, 오셨어요!"

정만도 태진은 반갑게 맞이했지만 한편으로는 태진이 왜 온 것인지 궁금한 듯 보였다. 태진도 대본을 보여 주러 왔다고 말하려 했지만 두 사람이 분석한 것도 궁금했고, 놀라게 해 주고 싶은 마음도 있었기에 이유를 밝히진 않았다.

"둘이 연습하고 있다고 그래서 어떻게 하나 보러 왔어요."
"아, 그렇게 연습 많이 한 건 아닌데."
"정만 씨는 불편하지 않아요?"
"뭐가요?"
"필 씨 집에서 연습하는 거요."
"아니요. 여기가 젤 나은 거 같아요. 처음에 커피숍에서 만났다가 연습도 못 하고 헤어졌거든요."
"왜요?"
"사람들이 쟤를 너무 알아봐서요."

원래 인기에 대해서 큰 관심 없던 단우는 의기양양한 표정으로 정만을 향해 말했다.

"왜 자꾸 말을 놓는 거지."
"나이가 더 많으니까 그러지."
"시대 흐름을 모르네. 꼰대야 꼰대."

태진은 찌푸릴 수 없는 미간이 움직이는 느낌이었다. 조금은
친해져 있을 줄 알았는데 전보다 더 심해진 듯 보였다. 그때, 에
이바가 고개를 절레절레 저으며 러셀에게 하는 말이 들렸다.

"왜 저렇게 싸우는 거야."
"그것 봐. 배우들의 실제 생활은 네가 생각하는 것처럼 멋있
는 게 아니야. 하하하."
"저건 해도 너무한데! 완전 애들 같잖아."
"그건 다 연기로 만들어 낸 거라니까. 사람들이 아빠 멋있게
보잖아. 그거랑 같은 거지. 그리고 너도 애면서 뭘 애 같대."

러셀은 재밌는지 킥킥거리며 웃고 있었지만, 두 사람의 대화
를 들은 태진은 웃을 수가 없었다. 들어 보면 하루 이틀이 아닌
듯했다. 태진이 앞에 있는데도 이러는 걸 보면 그동안 주먹다짐
을 하지 않은 것만 해도 다행인 듯 보였다.
태진은 여전히 투덕거리는 두 사람을 불렀다.

"그만해요. 그만. 왜 그렇게 싸워요."

"안 싸웠는데……."
"저희 싸운 거 아닌데요……."

태진은 헛웃음을 뱉고는 말을 이었다.

"누가 보더라도 싸우는 거 같아요. 이래서 준비 잘되겠어요?"

두 사람 모두 머쓱한 표정으로 서로 반대쪽으로 고개를 돌려 버렸고, 태진은 답답함에 한숨을 뱉고는 입을 열었다.

"그럼 둘이 연습한 거 한번 보여 주세요."
"어떤 걸……."
"제일 자신 있는 거요."

태진의 말이 끝나기 무섭게 두 사람은 또 의견이 나뉘는지 투덕거리기 시작했다.

"처음 만나는 신부터 해요."
"야, 그건 너무 임팩트가 없지 않냐? 내가 너 우리 사무실로 불러서 너한테 도움 주는 거 그 장면이 가장 좋지."
"하여간 꼭 자기만 임팩트 있는 거 하려고 그래. 둘 케미 보여 주려면 첫 장면이 가장 좋다니까요."
"자기? 자기이이? 내가 네 자기냐."
"진짜 꼰대야. 자기는 반말하면서 맨날 말꼬리 잡고."

"또 자기이이?"

어떤 연기를 보여 줄지 엄청난 기대를 하고 왔는데 지금 모습을 보니 그 기대감이 싹 사라졌다.

"정리되면 불러요."

태진은 평소에 있던 두통과는 다른 두통이 생기는 기분이었다. 태진은 두 사람을 피해 러셀 쪽으로 자리를 옮겼고, 러셀은 그런 태진을 보며 재미있다는 듯 웃었다.

"저 둘을 어떻게 붙여 놓을 생각을 했어요."
"저도 저렇게 싸울 줄 몰랐어요."
"그게 아니라 조합이 되게 좋아요. 하하."
"좋다고요? 저렇게 싸우는 게?"
"저건 그냥 민망해서 저러는 거고. 보면 알 거예요."

태진은 도저히 이해가 되지 않았다. 그때, 웃던 러셀이 갑자기 정색을 하더니 태진을 불렀다.

"보스."
"보스요?"
"본부장이면 보스죠."
"아, 왜 그러세요?"

"듣기로는 오직 주 작가가 보스 동생이라고 들었는데."
"네, 맞아요. 동생이에요."

러셀은 헛기침을 한번 뱉더니 입을 열었다.

"동생이 작가고 형이 캐스팅하면 파워 좀 있겠네요."
"파워요?"
"이렇게 말하는 게 좀 웃기긴 한데… 나도 오직 주 출연하고 싶어서요."
"아……."

태진은 깜짝 놀란 얼굴로 러셀을 쳐다봤고, 러셀은 진심이라는 듯 태진의 눈을 피하지 않았다. 다만 오직 주에는 외국인이 등장하지 않았다. 그렇다고 러셀이 한국말을 잘하는 것도 아니었다. 그때, 러셀이 휴대폰을 꺼내더니 태진에게 보여 주었다.

"여기 이 신에서 나오는 거 드라마에도 나오겠죠?"
"이게 무슨 신인데요. 어… 이거 거의 엑스트라인데요."
"너무 재미있게 봐서 출연하고 싶은데 다른 건 없더라고요."

단우를 괴롭히면서까지 오직 주를 보더니 흠뻑 빠진 모양이었다. 하지만 러셀이 말한 캐릭터는 정말 엑스트라나 다름없었다. 권위 있는 건축상을 수상하러 강필두를 불렀지만 강필두가 거절했고, 직접 그 상을 전달하러 오는 외국 건축가 역이었다. 거의 비중이 없는 그런 역이었다.

아무리 러셀이 원한다고 하더라도 이건 아니라는 생각이 들었다. 차라리 러셀이 원한다면 캐릭터를 따로 만드는 게 나을 거란 생각이었다. 러셀이라면 진지한 연기를 전문으로 하는 배우였고, 그런 연기에 맞게 캐릭터를 만든다면 확실히 홍보에는 도움이 될 것이었다.

물론 러셀의 인지도가 너무 높다 보니 적당한 선의 배역이 주어져야겠지만, 빌 러셀이라는 이름만으로도 홍보가 될 것은 틀림없었다. 무브 때 단우와 오름 같은 무명을 캐스팅하고 그로 인해 얼마나 힘들게 홍보를 했는지 알기에 배우가 가진 티켓 파워도 신경 쓰게 되었다.

물론 지금은 단우나 정만의 파워도 올라갔지만, 아직 미국이나 유럽에서는 빌 러셀에 비할바는 아니었다. 태민에게 한번 물어보는 것도 나쁘지 않을 것 같았지만 그 전에 먼저 확인할 것이 있었다.

"미국 안 가시게요?"

"갈 일이 없어졌어요. 사이트 4 일정 기다렸는데 그게 엎어져버렸어요."

"어……? 정말이요?"

"그럼요. 그래서 당분간은 한국에서 생활하려고요. 그리고 마냥 놀긴 뭐하니까 드라마에 출연하고 그러는 거죠. 가장 큰 이유는 에이바가 그러길 원해서지만. 하하. 출연해야지 촬영장 가서 자기 좋아하는 배우 구경하니까!"

"원래 에이전트에서는 작품 하라고 그럴 거 같은데요."

"올해 초에 계약 끝났죠. 나 프린데?"

"어! 다른 회사들에서는 제안 안 오고요?"

"지금 한국에 2년 가까이 있어서 그런지 날 못 찾는 거 같던데. 하하."

빌 러셀이 그동안 작품을 쉬긴 했지만 태진이 보기에는 제의가 들어오지 않아서 쉰 건 아닌 듯했다. 그러기에는 신품별에서 잠깐이었지만 아직 연기도 훌륭했고, 무엇보다 빌 러셀이란 이름이 가지는 파워가 보통이 아니었다. 그런 걸 보면 자신이 거절을 했다고 보는 게 맞았다.

'진짜 한국에서 활동하려고 그러나.'

태진이 쉽게 대답하지 못하고 생각을 할 때, 단우와 정만의 커진 목소리가 들려왔다.

"아니! 그 장면은 내 비서하고 나하고 하는 장면이라니까. 그냥 형 얘기가 나오는 장면이야. 이해를 못 해?"
"형? 너 형이라고 했어, 지금. 너도 모르게 존경심에 튀어나오지?"
"말꼬리 잡지 말고 좀 생각을 해 봐! 내가 몇 번을 얘기해 줘. 내 비서 있잖아. 내가 허당 짓 할 때 방향 잡아 주는 그 비서! 그 비서랑 하는 거라고. 그냥 처음 만나는 신 하자니까. 이게 뭐 하는 짓이야."

두 사람의 대화를 듣던 태진이 갑자기 러셀을 향해 고개를 돌렸다. 재벌 2세 고진의 비서라면 러셀과 잘 어울릴 것 같았다. 진지한 캐릭터로 그 진지함으로 만드는 웃음도 있었고, 고진을 진심으로 위하는 그런 인물이었다. 게다가 대사도 그다지 많으면서도 고진과 거의 붙어 있는 사람으로 고진 역시 말없는 비서를 답답해하면서도 의지를 하는 그런 캐릭터였다.

"저 잠시만 전화 좀 하고 올게요."

태진은 양해를 구하고 나가려 할 때, 정만과 다투던 단우가 자신의 방으로 안내했다.

"여기 제 방인데 괜찮으시면 여기서 통화하세요."
"고마워요."

태진은 급한 마음에 주인 없는 방에 들어가 전화를 걸었다.

"태민아, 형인데. 시간 있니?"
—오늘은 안 되겠는데.
"많이 바빠?"
—좀. 전화로 얘기해. 대본에 무슨 문제 있어?
"그게. 이런 거 말하는 게 실례라는 걸 아는데……."
—실례? 뭘 그런 단어를 써? 우리 사이에 실례가 어디 있어. 말해 봐.
"그 고진 비서 있잖아."
—있지.
"그 캐릭터 외국인으로 바꾸는 건 어때?"

—외국인? 누가 그 부분이 재미없대? 그 캐릭터 꽤 괜찮은 캐릭터인데⋯⋯.

"그게 아니라⋯⋯."

태민에게 이런 얘기를 하는 게 미안하기도 했지만, 더 오직 주를 빛낼 수 있을 거란 생각으로 입을 열었다.

"빌 러셀 씨라고 알지?"

—알지. 어⋯ 그 사람이 비서 한다고?

"어. 잘할 거 같거든."

—얘기 된 거야?

"캐스팅은 내가 책임질게."

전화임에도 태민이 당황하는 게 느껴졌다. 하지만 그것도 잠시, 작가답게 자신의 작품에 어떻게 녹여 넣을지 아이디어가 떠오른 듯했다.

—어⋯ 잠깐만. 고진이 더 답답해하겠는데. 말 안 통한다고 설정 만들고. 대신 비서는 한국말 다 알아듣고. 아! 그리고 이런 장면도 괜찮겠네.

"뭐?"

—원래는 강필두가 그 비서 벙어리인 줄 알고 있었잖아. 그런데 그거보다 외국인으로 해서 한국말 모르는 줄 알았는데 알고 보니 다 알아듣고 할 줄도 아는 것처럼 나오는 게 더 개연성 있겠네. 그 장면에서 고진이랑 강필두 같이 놀라게 하는 것도 괜찮겠네.

"그럼 되는 거야?"

―괜찮은데.

"김정연 작가님한테 안 여쭤 봐도 되는 거야?"

―대표님도 빌 러셀이면 인정하실 거 같은데. 그리고 내 작품
이니까 이 정도는 내 선에서 해결해도 될 거 같아.

"괜히 호랑이 새끼라고 하신 게 아니네……."

―무슨 소리야.

"아니야. 아무튼 되는 거야?"

태민이 대답이 약간 길어졌다. 태진은 가만히 기다릴 때 태민
의 말이 들려왔다.

―이거 수정해서 3, 4화 보낼 때 같이 보낼게. 그래도 돼?

"아니! 지금 바로 바꾸지 말고 되는지만 물어본 거야. 러셀 씨한테
도 물어봐야 하기도 하고 내가 생각하던 연기랑 다를 수도 있어서.

―그럼 어떻게 해?

"일부만 좀 바꿔서 보내 줄 수 있어? 바쁜 거 아는데 짧게만이라도."

태진은 미안함에 가득 찬 목소리로 말했지만 정작 태민은 아
무렇지도 않은 목소리로 고민도 되지 않는지 곧바로 대답했다.

―인쇄 안 하고 메일로 먼저 보낼게. 읽어 보고 부족하면 얘기해.

"번거롭게 해서 미안해."

―괜찮아. 우리 잘되려고 그러는 거잖아. 아무튼 그렇게 하는

걸로 하고 각본 팀에도 미리 얘기해 놔야겠다.

"혹시 문제 되면 말해 줘."

―알았어. 수고해.

통화를 마친 태진은 입술을 떨며 방에서 나왔다. 그러자 단우와 정만이 태진에게 보여 줄 장면을 결정했는지 입을 열었다.

"형, 저희 준비 다 됐어요."

"잠깐만요. 조금 이따 볼게요."

두 사람은 당황한 얼굴로 태진에게 따라붙었고, 태진은 구석에 앉아 있는 러셀에게 갔다. 러셀은 갑자기 자신에게 다가오는 세 사람을 보며 고개를 갸웃거렸다.

"세 사람 다 나한테 뭐 할 말 있어요?"

태진은 뒤를 돌아보고는 그제야 두 사람이 있는 걸 알아차렸다. 태진은 자리 좀 비켜 달라고 할까 하다가 영어로 대화를 하기에 같이 있어도 알아듣지 못할 것이라 생각하고는 바로 입을 열었다.

"러셀 씨, 이번에 오직 주 준비해 보실래요?"

"정말이요? 저 출연해도 되는 겁니까? 당연히 좋죠."

"그런데 그 시상자 말고 좀 더 중요한 역을 맡아 주실 수 있을까요."

"네……?"

"단우 씨가 하는 고진 캐릭터의 비서 역인데 그 비서를 외국인으로 설정을 바꿀 수 있어요. 물론 제가 러셀 씨의 연기를 확인을 해야 하고요."

"오… 비서가 그 말 없는 캐릭터 말하는 거죠."

"네, 맞아요."

태진은 월드 스타에게 연기를 확인하겠다는 말도 안 되는 얘기를 한 것 같아 긴장했는데 러셀은 그 얘기는 상관도 안 한다는 듯 환하게 웃었다.

"너무 재미있겠는데요! 대본 주시면 준비하죠."

"괜찮으시겠어요?"

"연기요? 캐릭터가 어렵다고 생각 들면 팔한테 도움 좀 요청하죠 뭐."

"아……."

"좋은 친구 있잖아요. 저 둘처럼."

저 둘처럼이라는 말이 이해가 되진 않지만, 필과 러셀의 사이를 알기에 태진은 웃으며 고개를 끄덕거렸다. 그러고는 뒤에 있던 두 사람을 봤다.

"이제 보죠."

태진은 두 사람의 호흡은 둘째 치고 각자 연기만이라도 잘하길 바랐고, 정만과 단우는 서로를 한 번 쳐다보더니 정만이 먼저 입을 열었다.

"중간 정도에 나오는 내용이고요. 고진이 회장한테 강필두의 실력을 알려 주고 싶어 하는 장면이에요."

태진은 시작하라는 듯 손을 들어 올렸고, 두 사람은 서로를 한 번 쳐다본 뒤 연기를 시작했다.

"집에 있으면서 야외에 있는 느낌 있잖아."
"집에 있으면 집에 있는 거지 무슨 야외에 있어. 캠핑을 가야지."
"기분 말이야."
"일에 치이고 집에 돌아와서 리프레쉬하는 기분을 느끼게. 김 비서는 알지?"
"너만 아는 거 같은데?"
"아, 답답해."
"네 회사에 맡겨. 난 네 직원도 아닌데 왜 여기 와서 이러냐. 정신 사납게."

정만은 냉소적이라고 느낄 정도로 대답했고, 단우는 답답하면서 억울해하는 그런 연기를 하고 있었다. 그런데 두 사람의 호흡이 예상을 넘어 굉장히 좋았다. 특히 단우의 연기가 그 사이에 더 늘어 있었다. 태진은 다음 내용을 기대하며 지켜봤다. 그때, 정만이 피식 웃으며 던지는 시늉을 했다.

"집에 나무를 키우든가."

"어? 이거 뭐야. 어어! 어! 이게 뭔데? 나무를 안 자르고 집을 짓는 게, 이게 돼?"

"돼."

"오우… 필두야, 이거 나 가져간다?"

"넌 재벌 2세라면서 올 때마다 뭘 그렇게 가져가. 내가 오늘은 반드시 고진 출입 금지라고 붙여 놓는다."

"너 잘되라고 하는 거야!"

"웃기는 소리 하고 있네. 네가 가져간 것만 다 합쳐도 벌써 재벌 됐어."

"너, 한옥 짓고 싶다며! 그런데 춘양목 쓰고 싶은데 구할 데가 없다며! 그거 우리 회사 거래처에 있다!"

"진짜?"

"내가 과장은 해도 거짓말은 안 하잖아. 대신 가공은 네가 해야 돼."

"그건 걱정 말고. 그래서 얼만데."

단우는 들려 있지도 않은 종이를 흔드는 시늉을 하며 씨익 웃었다.

"이거로 퉁치려고!"

두 사람은 연기를 마치고 태진을 봤고, 태진은 헛웃음을 뱉으며 두 사람을 봤다. 실제 두 사람의 모습처럼 투덕거렸지만 대화 안에 담긴 감정은 서로를 이해하며 배려한다는 것이 느껴졌다. 태진은 진심으로 감탄했다. 정말 드라마를 눈앞에서 보고 있는 것같다는 생각이

들 정도로 훌륭했다. 그때, 태진의 옆에 있던 러셀이 박수를 보냈다.

"그것 보세요. 잘하죠?"

"아… 잘하네요."

"정확한 대화는 모르는데 두 사람이 연기하고 있는 거 보면 흐뭇하다고 해야 되나. 뭔가 따뜻한 느낌이 느껴져요. 이런 거 한국에서는 브로맨스라고 한다면서요."

"아……."

"내가 보니까 둘이 엄청 잘 맞아요. 단우가 똑똑한 건 알죠?"

"그럼요."

"단우는 소설을 분석하고 정만은 그 분석에 맞게 연기를 보여 주고. 또 그 연기를 단우에게도 알려 주고. 그러다 보니까 시간 이 지날수록 더 좋아지고 있어요."

"아……."

"두 사람도 서로 도움이 되는 걸 알고 있으니까 저렇게 붙어 있는 거죠."

태진은 두 사람을 가만히 쳐다봤다. 시도 때도 없이 다투면서 도 서로를 인정하고 서로에게 도움이 되고 있었다. 그로 인해 서 로가 발전을 해 가는 중이었다. 이렇게만 발전한다면 어떤 콤비 보다 더 훌륭한 호흡을 보여 줄 것은 틀림없었다.

태진이 말이 없어서인지 단우와 정만은 어색한 표정으로 또 투덕거리기 시작했고, 그 모습을 보던 러셀이 웃으면 두 사람을 가리켰다.

"너네 개잘했대."

"어?"

"어……? 한국말 배웠어요?"

두 사람은 엄청 놀란 얼굴로 러셀을 쳐다봤고, 러셀은 알아듣지 못하는지 씨익 웃기만 하고 있었다. 그리고 세 사람을 본 태진은 태민이 말한 장면이 겹쳤다. 한국어를 모르는 줄 알았던 비서가 한국어를 하는 장면이 딱 이럴 것 같았다. 그에 태진은 소리까지 내어 웃음을 뱉었다.

"하하하. 딱이네. 엄청 좋네요."

"진짜요?"

"봐, 내가 하란 대로 하니까 칭찬받잖아."

"이거 분석 다 내가 했잖아요. 진짜 사람이 왜 이래."

끝까지 투덕거렸지만 처음에 봤을 때처럼 거슬리진 않았다. 태진은 가볍게 웃고는 가방을 뒤적인 뒤 대본을 꺼내 두 사람에게 건넸다.

"따로 분석하지 말고 이 대본으로 연습해요."

"어! 대본이에요?"

"와! 대본이다!"

"내용이 약간 달라질 수 있거든요. 그래도 크게 변하는 건 없어요."

두 사람은 바로 대본을 펼쳐 읽기 시작했고, 정만은 단우에게 질문을 했다.

"어? 이 고나은 캐릭터 원래 있었어?"

"새로 넣은 캐릭터 같은데. 내가 말했잖아요. 새로운 캐릭터 생길 수 있으니까 그 부분 생각하면서 준비해야 된다고."

"아, 그게 이거였어."

"뭘 또 그게 이거래."

"그럼 우리 괜히 연습한 거 아니야?"

"틀은 유지되니까 그냥 좀 보세요. 진짜 말 많아."

"또! 유교 사상을 Y튜브로 배웠나."

태진은 이제 웃음이 나왔다. 그렇게 투덕거리면서 떨어질 생각을 안 하고 있었다. 두 사람이 친해져 가는 방법인 듯했다.

"그 고나은 캐릭터는 캐스팅 확정이니까 도움 받아서도 될 거예요."

"아… 배우 정해지고 만든 캐릭터예요?"

"비슷하죠."

"누군데요……?"

"이주 씨요."

"이주 누나요?"

"네, 아마 비서도 곧 확정이 될 거 같으니까 같이 호흡 맞추면 더 좋을 거 같아요."

단우와 정만은 놀란 얼굴로 서로를 봤고, 태진은 웃으며 러셀에게 말했다.

"제가 조만간 대본 들고 찾아뵐게요."
"좋아요. 기다릴게요."

태진은 많은 수확을 얻었기에 기쁜 마음으로 자리에서 일어났다.

*　　　*　　　*

며칠 뒤. 태진은 또 다시 멀티박스와 미팅 중이었고, 스미스를 제외한 다른 팀장들은 태진이 벌인 일로 인해 바쁜 나머지 참석을 하지 못했다. 그럼에도 강 이사는 입이 귀에 걸린 채 속마음을 숨기지 못했다.

"대단하십니다! 진짜 대단하세요. 어떻게 빌 러셀을 섭외하셨어요. 그것도 오디션까지 보면서!"
"러셀 씨가 먼저 보신다고 하셨어요."
"아! 대단하세요. 빌 러셀 씨 섭외한 것만 해도 엄청난데 오디션까지 봐서 진짜 대단한 무기를 얻었습니다! 빌 러셀 씨가 꼭 참여하고 싶어서 오디션까지 볼 정도로 좋은 작품이라고 홍보할 수 있겠습니다! 하하."

태진이 가볍게 웃었고, 같이 회의에 참석한 스미스가 입을 열었다.

"그럼 티켓 파워도 해결된 거네요?"

"아! 티켓 파워 전혀 상관없습니다. 혹시… 전에 일 때문에 그러시면 저희가 MfB를 너무 몰라서 그런 거니까 너그러이 봐주세요."

제작사임에도 강 이사는 연신 저자세로 나왔다. 오히려 말을 꺼낸 스미스가 민망해할 정도였다.

"아무튼 저희는 빌 러셀 씨도 참여하시는 걸로 알고 있겠습니다! 그리고 오늘 저희가 미팅을 잡은 이유는 연출 때문에 상의드릴 게 있어서 찾아왔습니다."

"감독님 정해졌나요?"

감독이 정해져야 감독이 생각하는 그림에 맞게 건축도 시작이 될 것이었다. 그렇기에 가장 빨리 구했어야 했는데 어떻게 하다 보니 몇몇 배우들이 먼저 섭외가 되어 버렸다.

"그게 연출을 공동 연출로 하면 어떨까 해서요."

"공동 연출이요?"

"네. 한 분은 무브 맡았던 김희준 감독님이 이번에도 괜찮을 거 같거든요. 본인도 하고 싶어 하고요. 오직 주가 인물 간의 미묘한 갈등들이 있는데 김 감독님만큼 그걸 잘 담아 내는 분은 없으니까요."

"그렇죠. 저도 김 감독님 괜찮아요. 그런데 공동 연출을 왜 하시는 거죠?"

"그게 김 감독님 대본을 보시더니 크게 배경과 인물로 두 가지로 나누시더라고요. 그리고 인물을 더 살리려면 배경이 굉장히 중요하다고 하시네요. 건물들로부터 파생되는 이야기들이니까 그걸 잘 담아낼 연출가가 필요하다고 하시네요."

태진은 약간 놀란 마음이었다. 멀티박스도 나름대로 최선을 다해서 알아보고 있는 중이었다.

"그래서 김 감독도 추천하시고 저희도 생각을 한 분이 계시거든요. 그런데 좀……."
"무슨 문제 있으세요?"
"아니요! 문제는 아니고요! 흥행작이 없으셔서… 이정출 감독님인데 드라마는 두 편 하셨는데 두 편 모두 망했다고 봐야 되고요……. 혹시 오해하실까 봐 미리 말씀드리는데 저희 회사 감독님이라서 추천 드리는 건 아니고요."

감독 이름만 들어서는 어떤 사람인지 알 수가 없었다. 하지만 지금 태진의 옆에 감독들에 관해서만큼은 태진보다 더 잘 알고 있는 현미가 있었다. 태진은 현미를 보며 물었다.

"이정출 감독님 아세요?"
"안 그래도 지금 찾아봤는데요. 최근에 드라마를 하진 않으셨어요. 13년 전 드라마가 마지막이에요. '마음속 그림자'라고 아세요?"
"음……."

태진의 기억 속에도 없는 드라마였다.

"유연우 씨랑 권혜린 씨 주연이었던 드라마인데요."
"아……."

배우들 이름을 말하자 태진도 어떤 드라마인지 기억이 났다. 배우들의 연기도 볼품없었고, 내용 역시 지루한 그런 드라마였다. 그러다 보니 태진은 자신도 모르게 한숨을 뱉었고, 그 한숨을 들은 스미스가 인상을 찡그리며 강 이사를 봤다.

"너무하시네. 전에 우리가 단우 씨랑 오름 씨 추천할 때 같은 회사라서 추천하냐고 그랬던 거 같은데."
"그건 아까 저희가 몰랐다고 인정했는데… 그리고 이 감독님을 같은 회사라서 추천하는 건 정말 아닙니다."
"이러려고 사과부터 하신 겁니까?"
"진짜 아닙니다. 객관적으로 판단한 겁니다."

강 이사의 저자세에도 스미스는 대놓고 손을 저었다. 태진이 모를 정도라면 볼 것도 없다는 생각이었다. 그만큼 태진을 믿고 있다는 뜻이었다. 그때, 현미가 조심스럽게 말을 이었다.

"그런데 좀 독특한 게… 그 뒤로 드라마를 안 하시고 다큐멘터리로 넘어가셨어요."

"드라마에서요?"

"네. MBS에서 '뫼'라는 다큐멘터리를 하셨네요. 그 뒤로는 제가 가지고 있는 정보는… 여기까지예요."

'뫼'라는 말에 태진의 표정이 바뀌었다. 태진이 침대 생활을 하면서 드라마만 본 게 아니라 TV서 하는 모든 프로그램을 봤다. 그리고 '뫼' 역시 기억하고 있었다. 한국의 산들을 소개하는 다큐멘터리였고, 시청자들의 반응과 시청률은 낮았지만 태진에게만큼은 굉장한 다큐멘터리였다.

다큐멘터리 내용이 재미있어서가 아니라 중간중간 나오는 풍경이 굉장히 아름다웠기 때문이다. 일부 장면들이 각인이 된 것처럼 산의 이미지를 떠올리면 '뫼'에서 봤던 그 장면부터 떠올랐다.

"아… 스토리는 김 감독님이 꾸미고… 배경은 이 감독님이……."

조화만 잘된다면 엄청난 시너지가 나올 것 같은 느낌이었다. 태진의 혼잣말을 들은 강 이사는 환하게 웃으며 맞장구쳤다.

"맞습니다! 이 감독님이 사진도 찍으시거든요. 저희가 그 사진들도 준비했습니다. 한번 보시죠!"

사진 작가로 활동을 했는지 갤러리에나 있을 법한 사진들이었다. 대부분이 풍경 사진이었고, 인물 사진도 몇 장 있었다. 태진은 사진을 가만히 쳐다봤다. 그때, 사진을 봐도 잘 모르겠는지 스미스가 태진에게 속삭였다.

"어때요? 사진을 잘 찍은 거 같긴 한데… 좀 그렇죠?"

"영상은 잘 모르겠는데 사진은 엄청 좋은데요."

"저게 좋아요? 그냥 나무 사진인데."

"그러니까요. 팀장님이 보시기에도 나무 사진이죠?"

"그럼요. 저게 다른 사진이에요?"

태진은 사진을 물끄러미 보며 말을 이었다.

"저도 신기해서요. 이게 가로수라서 주변에 보이는 게 되게 많
아요. 가만히 보면 나무는 십 분의 일 정도만 차지하잖아요. 나머
지는 서 있는 차도 있고, 건물도 있고, 도로도 있고 그렇잖아요."

"어… 그러네."

"그런데 한쪽에 차지하고 있는 나무가 저걸 다 포용하는 느낌
이잖아요."

"어… 나뭇가지들이 이쪽까지 튀어나와서 그런 건가? 아! 그런
가 보다."

"그런 거 같아요. 화면에는 다 안 담겨 있는데 늘어진 나뭇가지가
사진 전체를 감싸는 느낌이에요. 이걸 이렇게 연출하신 거 같은데요."

"듣고 나니까 좋은 사진 같네."

강 이사는 기회라고 여겼는지 급하게 대화에 끼어들었다.

"맞습니다. 이거 사진전도 하셨는데 반응도 좋았어요."

"궁금한 게 있는데. 반응도 좋다면서 왜 드라마 연출을 하시려는 거죠?"

"작품이 좋으니까 그렇죠. 이 감독님이 말하기로는 인생에서 단하나 실패한 게 드라마라고 그러시더라고요. 그걸 바꿔 보고 싶어서 기회를 보고 있었고요. 그렇다고 단독 연출을 맡기기에는 부족하다는 걸 알아서 저희도 김 감독님하고 공동 연출을 제안하는 겁니다."

태진은 말없이 사진만 뚫어져라 쳐다봤고, 강 이사는 어색하게 웃으며 입을 열었다.

"예전에 어떤 기분이셨는지 알 거 같네요."

그 말 속에는 자신들은 확신이 가지고 추천을 했는데 그걸 몰라보는 상대방으로 인해 답답하다는 의미가 담겨 있었다. 그와 동시에 예전에 자신들이 믿어 줬으니 이번에는 자신들을 믿어 달라는 뜻이기도 했다. 태진은 사진들을 몇 장 돌려 보고는 강 이사를 봤다.

"전 이분 좋네요."

＊　　　　＊　　　　＊

며칠 뒤, 3팀장과 자리하고 있는 태진은 앞에 놓인 계약서를 보며 입술을 뗐다.

"어떻게 하셨어요?"

3팀장은 자신도 믿기지 않는다는 얼굴로 헛웃음을 뱉으며 말을 시작했다.

"처음에 빌 러셀 씨 에이전시 계약 끝났다는 말 듣고 우리도 설마설마 했거든요. 빌 러셀이 FA 나왔는데 너무 조용한 게 말이 안 되잖아요. 그래서 본사에다 알아보니까 본사도 그제야 알더라고요."
"그건 며칠 전에 들었어요."
"아, 그랬죠. 아무튼 러셀 씨도 입장 안 밝히고 활동도 한국에서만 하고 Pi 에이전시에도 일부러 사이트 시리즈 촬영한다고 하더니 엎어지니까 더 나은 영화 준비할 계획이라고 밝혔잖아요. 러셀 씨가 그동안 회사를 많이 옮겼으면 미리 알았을 텐데 계속 Pi하고만 했으니까 모르고 있던 거예요."

이미 며칠 전에 들었던 내용을 얘기하고 있었지만, 3팀장의 표정이 어찌나 신나 보이는지 제지할 수가 없었다. 그렇게 러셀에 관한 얘기를 다 하고 나서야 3팀장은 더욱 진지한 표정으로 입을 열었다.

"솔직히 저희도 긴가민가했거든요. 비자 문제도 있고 미국 배우라서 계약금을 얼마를 줘야 할지가 가장 문제였거든요. 미국하고 맞추면 계약 자체를 할 수가 없으니까요."

태진은 계약서를 가만히 쳐다보며 말했다.

"여긴 계약금 자체가 없는데요?"

"그렇죠! 아무리 생각해도 답이 안 나오더라고요. 그래서 아예 우리가 해 줄 수 있는 걸 준비해서 갔죠. 준비라고 해 봤자 한국 생활하는 동안 집이나 편의 생활 같은 거랑 활동할 때 필요한 거 챙기는 것 정도지만 작품에만 신경 쓰면 된다고 설명했어요. 한참 설명하고 나니까 막 놀라던데요."

"왜요?"

"무슨 에이전시가 모든 걸 다 해 주냐고 그러더라고요. 그래서 바로 알아차렸죠! 우리나라 엔터 사업이 좀 독특하잖아요. 돈 들어가는 건 정산에서 차감되지만 간단한 건 돈 받을 생각도 없잖아요. 그냥 월급에 포함된 일이다 생각하지."

"그래요?"

"그렇죠. 촬영 이동할 때도 본인이 직접 하거나 에이전시에서 붙여 줘도 건당이나 한 작품당 계약해서 돈을 내는데 우리는 매니저가 월급 받고 다 해 주잖아요. 그런 게 엄청 신기한가 보더라고요."

태진은 그런 걸로 계약이 성사된다는 게 신기해서 웃음이 나왔다. 그때, 3팀장이 웃으며 말을 이었다.

"일단 거기에 혹한 상태에서 본부장님이 준비해 보라고 한 거에 완전 혹하더라고요."

"어떤 거요?"

"딸 바보요. 제가 본부장님한테 러셀 씨 딸이 다닐 학교도 알아보고 간다고 말씀드렸잖아요. 입학이 가능한 학교들로 싸악!"

"입학도 가능하대요?"

"그럼요! 다 확인까지 마쳤고요."

"외국인 학교가 많아요?"

"아니요. 별로 없죠. 어떤 곳은 중국계 학생들만 있고 그래서 그렇게 많지는 않아요. 그래서 일반 학교도 알아봤죠. 에이바가 한국 문화를 엄청 좋아하잖아요. 그래서 일반 한국 학교도 괜찮지 않을까 해서 알아봤는데 거기에 완전 넘어오더라고요."

"에이바 때문은 아니겠죠. 자 팀장님이 준비 잘해 가셔서 된 거겠죠."

"아니에요. 진짜 에이바 때문이에요. 에이바도 계약할 때 같이 있었는데 저희가 준비한 학교 보더니 여기 다니고 싶다고! 딱 정하자마자 바로 펜 잡더라고요."

"어떤 학교인데요?"

러셀을 만나러 가기 전 자 팀장에게 보고를 받았기에 이미 알고 있는 내용이었다. 하지만 학교는 그저 요리에 곁들여 나온 반찬 같은 역할로 생각했는데 어느새 반찬이 주가 되어 버렸다.

자 팀장은 웃으며 태블릿 PC로 사진을 띄워 보여 주었고, 사진을 본 태진은 고개를 갸웃거렸다. 태진이 봤던 학교는 아니었지만 기존에 보여 주었던 학교와 다른 점은 없었다. 오히려 그보다 부족해 보이는 학교였다.

"그냥 일반 중학교잖아요."

"그렇죠. 일반 학교죠! 원래는 중학교 2학년 나이인데 우리나라 학교에서 처음부터 하는 게 힘들 거 같아서 1학년부터 다니게 될 거예요."

"그건 문제가 아닌데……."

"여기 학교를 넣은 게 본부장님한테 딸 바보라는 말 듣고 우리 팀원들이 머리를 쥐어짜 내서 넣은 학교거든요. 미팅 전날 추가해서 바로 출발했죠."

"그러니까 여기가 뭔데요?"

"에이바 씨가 다즐링 팬이잖아요. 거기 은수 씨가 여기 중학교 나왔어요. 은수 씨 광팬이던데요."

"아!"

"보더니 바로 찍었어요. 여기 다닌다고. 꼭 다니고 싶다고! 만약에 다른 멤버 좋아했으면 포항이나 부산에 자리 잡을 뻔했어요."

태진도 그랬을 거 같다는 생각에 웃음이 나왔다.

"전략이 엄청 좋았네요."

"다 본부장님이 정보 주셔서 그런 거죠. 그런데 정산 비율이 좀 달라서……."

"괜찮죠. 빌 러셀이라는 이름이 있는데. 월드 스타를 데리고 있다는 것만 해도 회사 이름 올라가잖아요."

"그렇긴 하죠! 아무튼 3팀 신경 써 주셔서 정말 감사합니다."

"아니에요. 소통이 자유로운 팀이 3팀밖에 없어서 그런 건데요."

"하하. 그렇긴 한데 저희 팀만 담당 배우 없어서 일부러 담당

넣어 주신 거잖아요. 그것도 월드 스타를! 본부장님 덕분에 저희 본사하고도 막 어깨 나란히 하고 있습니다! 하하."

태진은 미소를 지으며 계약서를 물끄러미 쳐다봤다.

＊　　　　＊　　　　＊

한 달 뒤. 저번 주말로 무브의 마지막 화가 나가며 종영이 되었다. 본부 팀이면서 여전히 무브의 담당이었기에 계속 무브의 소식에 귀를 기울였다. 지금도 무브로 인해 본부 팀원들의 회의까지 진행이 되고 있었다.

"최종 시청률 21.4% 최고 시청률 22.9%! 대박입니다! 역대 2위예요! 조금만 높았어도 1위인데!"
"주말 내내 차오름 씨랑 채이주 씨 얘기만 나오고 있어요."
"종영되자마자 N플릭스에서도 계속 1위 유지예요."

시청률이 15%만 넘어도 체감상으로는 안 본 사람이 없다고 할 정도로 드라마에 대한 얘기가 넘쳐 난다. 그런데 무브는 최종 시청률이 20%가 넘어갔다. 그러다 보니 각종 커뮤니티에는 무브에 대한 얘기가 쏟아지고 있었다. 특히 마지막 화에 나온 이주와 오름의 재회 장면은 커뮤니티마다 한 페이지에 몇 개씩 올라올 정도로 반응이 뜨거웠다.

"벌써 이주 씨한테 광고 쏟아지고 있어요. '우리 어디서 본 적 있나요' 카피 사용하고 싶다는 요청 때문에 매니저 팀 김 실장님 이 전화 불난다고 하소연하시던데요."

"안 그래도 저희 쪽으로 돌리라고 했어요."

"스흡, 별거 다 있던데. 소주 광고도 들어오고 순댓국 광고도 있더라고요. 순댓국은 뭐 어떻게 쓰려고 그러지? '우리 어디서 맛 본 적 있나요' 이렇게 하려고 그러나?"

"하하하하."

국현의 재현에 태진은 소리까지 내어 웃었다. 태진도 처음 그 대사를 들었을 때 인상적이라고 느꼈는데 시청자들도 같은 마음인 듯했다. 김정연 작가가 처음부터 노린 대사이자 장면이 제대로 먹혀 들어갔다.

"오름 씨도 섭외 엄청 들어오고 난리도 아니에요. 단우 씨도 마찬가지고요. 단우로 행복했고, 오름으로 울컥했다. 단행오울 이라고 막 줄임말 써서 응원하더라고요."

이주와 오름, 단우까지 주연 삼인방이 어마어마한 인기를 얻었다. 그리고 인기를 얻은 건 세 사람뿐만이 아니었다. 조연들도 굉장한 인기를 얻었고, 심지어는 잠깐 출연했던 윤미숙과 이창일까지 사람들의 관심을 받고 있었다.

드라마가 끝났지만 무브로 인해 홍보가 되고, 무브에 대한 관심으로 섭외 요청이 오는 것이기에 멀티박스에서 출연진을 정리했고, 주연 삼인방이 소속된 MfB에 알려 왔다. 아무래도 조연만 출연하는 것보다 주연이 끼어 있는 것이 성의가 보이기에 계속된 요청을 하고 있었다. 하지만 이미 이주와 단우는 다음 작품을 준비하느라 모두 거절을 하는 상태였고, 오름만이 엄청난 스케줄을 소화해 내야 했다. 그때, 수잔이 오름이 걱정된다는 말을 꺼냈다.

"오름 씨 혼자 스케줄 진행하면… 이거 너무 많은데요. 일부러 앉아서 VCR 보는 관찰 예능 게스트로만 잡는다고 해도 보다가 줄지 않을까 걱정이에요. 여기에다 광고 찍고 다큐멘터리 멘트 하고 그러면 어휴……."

태진은 이제는 신입이라 볼 수 없는 직원들을 보며 물었다.

"이주 씨한테 얘기해 보셨어요?"
"네, 많이 했는데. 요즘 토크 예능이 별로 없잖아요. 그래서 꺼려 하시더라고요. 그래도 본부장님 설득하셔서 광고는 출연하신다고는 하는데……. 아! 한 군데 출연하신다고는 하셨어요. 그런데 그게 하기 싫다는 뜻으로 하신 말씀인 거 같아서요."
"어디요?"
"가면가왕에… 요청 오면 출연하신다고……."
"아… 그건 패스하죠. 오더라도 말하지 마세요. 차라리 안 하는 게 나을 거니까."

태진은 자신도 모르게 지금까지 만든 이주의 이미지가 와르르 무너지는 상상을 해 버렸다. 이주도 하기 싫다는 뜻으로 한 말일 것이었다. 마음 같아서는 다음 작품 준비하라고 내버려 두고 싶지만 태진도 회사원이다 보니 회사의 이익을 생각해야 해서 광고는 겨우 설득을 해 놨다. 그것만으로 만족해야 했다.

그렇게 한참이나 진행되던 무브의 얘기가 끝이 났다. 그리고 이제는 무브가 아닌 오직 주에 대한 얘기를 할 차례였다. 전체적으로 문제 없이 준비가 되어 가고 있었지만 아닌 부분도 있었고, 국현의 한숨과 함께 아닌 부분에 대한 걱정이 시작되었다.

"하아. 2팀장님이 지금 좀… 많이 힘들어하시던데요. 계속 하소연하세요."

"저한테는 얘기 없던데요."

"본부장님한테 어떻게 얘기해요. 팀장 자질 의심받게."

"말씀하셔도 되는데. 이정출 감독님하고 잘 안 맞아요?"

"네. 일단 장소는 파주시로 잡긴 했어요. 그런데 장소가… 파주시에서 도움 준다고 한 장소가 제한적일 수밖에 없는데 자꾸 그 외 지역으로 선택을 한대요. 거기가 그림이 제일 예쁘다고. 그럼 또 2팀은 파주시한테 가서 또 알아보고 설득하고. 그게 한두 번도 아니고 계속 그러다 보니까 지치죠."

"음… 어떤 그림을 뽑으려고 그러시지."

국현은 휴대폰을 만지더니 태진에게 내밀었다.

"이거 제가 정찰 가서 얻어 온 사진인데 답사 가서 찍은 사진이에요. 아마 이게 확정되면 다음 회의 때 본부장님한테 보고될 거예요.”

“어떻게 구해 오셨어요?”

“그냥 가서 찍어 왔는데요. 왜 그렇게 보세요! 같은 회사니까 스파이는 아니죠!”

태진은 헛웃음을 뱉고는 국현의 휴대폰을 쳐다봤다.

“이게… 산인데요?”

“여기 산 말고요, 이 앞에 공터 있잖아요.”

“어디요. 여기 밑에 조금이요?”

“저도 처음에 보고 이게 뭔가 싶었거든요. 일부러 이렇게 찍은 거예요. 이게 사진으로는 공터가 잘 보이는데 밑에 공터가 꽤 넓대요. 원래 여기가 파주시 땅인데 불법 공장들이 있었대요. 그거 다 정리하고 빈 공터래요.”

“아…….”

“여기 옆에 아파트 보이시죠. 그래서 이 앞에도 아파트 단지들이 되게 많아서 인구가 꽤 되더라고요. 그래서 파주시에 공원 계획하고 있던 땅이래요.”

태진은 사진을 가만히 쳐다보며 집이 있는 상상을 했다.

“아… 주변에는 아파트가 있지만 뒤쪽에는 산이 있게 되겠네요. 도심의 편리성을 누리면서도 주택이다 보니 차별성은 물론 주택 특유의 장점까지 누릴 수 있는 장소네요.”

"그렇죠! 어떻게 아셨어요?"

"오직 주에 그런 내용이 나오잖아요. 처음에 맡은 게 빈 공터에 덩그러니 집 한 채 지었는데 그 집 보고 사람들이 너도 나도 의뢰해서 단지가 구성이 되는 내용이니까요."

"아, 그렇지. 마음에 드세요?"

"전 좋은데요. 이 감독님이 대단하시구나. 여기로 하면 좋겠어요."

2팀장이 힘들겠지만 태진의 마음에는 쏙 드는 장소였다. 그만큼 이정출로 결정을 한 게 잘했다는 생각이 들었다. 여기에 건물들이 지어지고 실제로 촬영이 될 걸 생각하니 벌써부터 두근거렸다. 그때, 국현이 웃으며 말했다.

"2팀장님 우는소리가 벌써부터 들리는데요."

"잘하시잖아요."

"우는소리를 해서 그렇지 잘하긴 하시죠. 그럼 결정되면 시작이겠네요. 선우 무대는 벌써 준비 끝났던데."

태진은 웃으며 고개를 끄덕거렸다. 준비 기간이 다른 드라마들에 비해 오래 걸리겠지만, 오래 걸리는 만큼 완성도가 올라갈 것은 확실했다. 아마 무브가 깨지 못한 1등의 시청률도 '오직 주'라면 깰 수 있을 것 같은 기대감마저 들었다.

*   *   *

한 달 뒤. 태진은 MfB의 그 누구보다도 바쁜 일정을 보내는 중이었다. 얼마나 바쁜지 시간이 어떻게 흘러가는지도 느끼지 못할 정도였다. 태진이 바쁘다 보니 본부 역시 다들 지쳐 보일 만큼 바쁘게 일했다.

"스흡, OST가 먼저 끝나는 건 처음인데요."

"아직 끝난 건 아니죠. 부를 사람만 정해졌지 아직 녹음을 한 건 아니잖아요."

"그렇긴 하죠. 제작을 라온에서 담당하기로 했으니까 꽤 걸리겠죠?"

"그리고 아직 한 곡 남았잖아요."

"에이… 설마요. 두 달 동안 그렇게 갈구면서 연습시켰는데 아무리 후가 좀 이상하다고 해도 다른 가수한테 맡기겠어요?

"그 사람이라면 그럴 수도 있죠."

8A에 대한 얘기였다. 두 달이 넘도록 확답을 주지도 않은 채 계속 연습만 시켜 대는 중이었다. 물론 처음보다는 연습 시간이 줄어들곤 있었지만 대학 축제의 계절 5월인 만큼 8A의 스케줄도 굉장히 많았기에 아마 태진만큼 바쁜 일정을 소화하는 중일 것이었다.

"그래도 만약에 8A한테 안 맡긴다고 해도 할 말은 없을 거 같은데요."

"왜요?"

"지금 8A 축제에서 휠휠 날아다니고 있잖아요. 지금 Y튜브에 동영상 어마어마하게 올라오는데 진짜 잘 모르는 제가 들어도 얘네가 노래를 이렇게 잘해? 이런 느낌을 받는다니까요."

"축제 영상이 올라왔어요?"

"팀장님 바쁘셔서 못 보셨나 보네. 장난 아니에요. 사람들이 댓글에 라이브가 음원보다 더 좋다고 음원을 왜 그렇게 낸 건지 이해가 안 된다고 막 그런다니까요. 그게 뭐겠어요. 후한테 욕먹으면서 배워서 노래가 늘어서 그런 거 아니겠어요?"

"그 정도예요?"

"진짜 잘해요. 춤추는데도 가만히 서서 부르는 거 같고, 뒤에 코러스 녹음된 거 없는 AR로 틀고 공연하면서 자기들이 다 코러스도 넣고 그런데요."

"오……."

"이제 다음 활동할 때 얼마나 도움이 되겠어요. 춤도 노래도 실력으로 무장한 8A라고 그럴 텐데 그럼 성공은 보장된 거 아닐까요? 거기다가 후한테 노래 배웠다는 에피소드까지."

태진이 생각해도 곽이정이라면 후한테 배웠다는 걸 홍보할 것이었다. 그리고 실력이 는 것은 맞지만 그동안 한 노력을 생각하면 8A가 OST에 참여하게 됐으면 하는 바람이었다. 그때, 사무실 문을 노크하는 소리가 들렸다. 하지만 하도 많은 사람들이 왔다 갔다 하기에 이제는 노크 소리에 크게 신경을 쓰지 않았다.

"크흠."

"어?"

태진은 자리에서 벌떡 일어났다. 본부에 들어오는 사람은 방금까지 얘기했던 곽이정이었다.

"어떻게 오셨어요."
"로비에서 전화하려다가 매니저 팀 김 실장님 만나서 그냥 올라왔습니다."

여기까지 무슨 일로 왔냐는 질문이었는데 어떻게 올라왔는지에 대한 답에 태진은 가볍게 웃으며 곽이정을 안내했다.

"좀 앉으세요."
"아니에요. 지금 천안으로 바로 가야 돼서 인사만 하고 가려고 했습니다."
"아. 대학 행사요?"
"네."
"안 그래도 얘기 들었어요. 행사마다 반응 엄청 좋다고요."

곽이정은 선 채로 미소를 보이며 고개를 끄덕거렸다. 그러고는 갑자기 태진에게 박스 하나를 내밀었다.

"이게 뭐에요?"
"면도기예요."
"면도기요?"
"뭘 살까 하다가 내가 바쁠 때 가장 필요했던 게 면도기였거든요. 에이전트라면 상대방에게 항상 정돈된 모습으로 믿음을 줘야 하니까요."

"이걸 왜……."

약간 올라온 수염을 쓰다듬으며 상자를 보던 태진이 곽이정을 향해 빠르게 고개를 들었다. 이런 선물을 줄 이유는 한 가지뿐이라는 생각이 들었다.

"됐어요?"

곽이정은 웃으며 고개를 끄덕거렸다.

"오늘 허락받았습니다."

"와… 잘됐네요!"

"잘됐죠. 이건 그래서 드리는 건 아니고 좀 늦긴 했지만 본부장 된 선물입니다."

"아, 네. 감사합니다. 그럼 바로 녹음하는 거예요?"

"음? 담당인데 아직 얘기 못 들었나 봐요?"

"8A 말고 다른 곡들 정해졌다고만 들었거든요."

곽이정은 다시 고개를 끄덕이더니 이해한다는 얼굴로 말을 이었다.

"그렇게 연습시키더니 이제야 만족이 됐나 보더라고요. 초이스는 가장 늦었지만 녹음은 가장 빨리 할 것 같습니다."

"정말요?"

"빨리 되는 것부터 해결하자고 하면서 저희를 말하더군요. 그걸 보니까 8A가 매를 가장 먼저 맞은 것 같아요."

"와! 정말 잘됐어요."

"녹음부터 하고 텀이 길어서 아무래도 다른 곡으로 활동할 것 같습니다."

"아. 그렇죠. 곡은요? 제가 골라 드릴까요?"

"괜찮습니다. 후후. 후 씨가 곡도 주고 프로듀싱도 해 주기로 했습니다."

"어? 진짜요?"

곽이정은 환하게 웃더니 태진에게 고개를 꾸벅 숙였다.

"후 씨한테 듣기로는 우리 8A 추천을 해 줬다고 하더군요. 덕분에 이런 행운까지 얻었네요. 감사합니다."

"왜 이러세요. 8A한테 잘 어울릴 거 같아서 추천한 거예요. 그리고 8A가 잘했으니까 후 씨가 곡을 주겠죠."

"그래도 고맙죠. 후. 아무튼 인사도 드렸으니까 저는 바로 가 봐야겠습니다."

식사 때도 지난 데다가 곽이정이 바쁘다고 하니 그냥 보낼 수밖에 없었다. 곽이정은 본부실을 한 번 훑어보고는 곧장 가 버렸다. 그러자 수잔이 혀를 내밀며 가장 먼저 입을 열었다.

"와… OST가 아니라 그냥 활동곡을 받는다고요? 대단하네…
그런데 곽이정 대표님은 여전히 적응 안 된다."

"나도! 곽 대표님이 엄청 고마운가 본데요? 선물이야 줄 수 있
는데 누구한테 고개 숙일 사람이 아닌데. 하긴 후한테 곡 얻은
거면 그럴 수도 있지. 아무튼 진짜 기분이 묘하네요."

곽이정을 겪어 보지 않았던 직원들은 이해가 가지 않는다는
얼굴이었지만 태진도 곽이정이 머물렀던 자리를 계속 쳐다보게
만들 정도로 깊은 인상이 남았다.

곽이정 때문에 약간 어수선해진 분위기에 태진은 팀원들에게
잠시 쉬자는 말을 하고는 자리에 앉았다.

'잘됐네.'

곽이정이 잘돼서 뿌듯한 마음과 동시에 OST가 확정이 됐다
는 것으로도 안도가 되었다. 걱정 하나가 해결이 된 기분이었다.
후가 음악감독을 맡아 줬기에 OST에 관해서는 신경을 쓰지 않
아도 될 것이었다. 이제는 정말 소품과 촬영만 남아 있었다.

다들 바람을 쐬러 나갔기에 태진은 편안한 마음으로 소품 담당인
선우 무대에 전화를 걸었다. 원래라면 김 반장에게 걸었겠지만 좀 더
자세한 얘기를 듣고 싶었기에 태진이 건 대상은 동생인 태은이었다.

"태은아, 바빠?"

—바빠! 너무 바빠! 그 감독 때문에!

"이정출 감독님?"

—그래! 와… 작은형보다 더 깐깐해. 분명히 작은형이 OK 사인 냈는데도 자기는 안 된대.

"뭘?"

—모형 만드는 거! 우리 담당하는 건축사에서 모형 가져왔거든? 처음에 요청했던 대로 1:200으로 가져왔어! 그런데 그게 마음에 안 든다는 거야! 그림이 안 산대! 그래서 1:100으로 해 오래. 그래서 건축사에서 또 해서 가져왔지. 그런데 그게 한두 개가 아니니까 오죽 커? 그래서 우리 공장도 빌렸어. 그거 보관하려고.

"그분이 좀 깐깐하시더라고."

—깐깐한 게 문제가 아니야. 진짜 미친 사람 같아. 그러더니 이제는 산을 만들재! 그 뒤에 배경 되는 산! 나 지금 흙 퍼서 산 만들고 있어!

"하하하."

—웃을 게 아니야! 이러다가 진짜 산 만들 거 같단 말이야!

태은에게는 미안하지만 태진은 이정출 감독의 손을 들어줄 수밖에 없었다. 그 정도까지 해야 되나 싶다가도 멀티박스에서 보낸 사진들을 볼 때면 감탄밖에 나오지 않았다. 그렇기에 이번에도 마찬가지일 것이었다.

"고생해라."

통화를 계속 해 봤자 태은의 하소연만 들을 게 뻔했기에 태진은 서둘러 전화를 끊었다. 그러고는 피식 웃고는 앞에 놓인 자료를 쳐다봤다. 이제는 이정출 감독이 만들고 있는 그림에 들어갈 사람들을 채울 차례였다.

*　　　*　　　*

며칠 뒤. 오랜만에 플레이스에 온 태진은 부담스러울 정도로 극진한 대접을 받고 있었다.

"안 그러셔도 된다니까요."
"본부장님이 오셨는데 어떻게 가만있을 수 있습니까."
"제가 부탁드리려고 온 거예요. 예전처럼 해 주세요."
"그때는 팀장이고 지금은 본부장인데!"
"저희 회사분들도 그냥 예전처럼 하시니까 이 실장님도 그렇게 해 주세요."
"에이, 그건 좀 그렇죠. 하하."

이창진과 대화를 나누고 싶어서 온 것인데 이창진이 깍듯한 건 둘째 치고, 플레이스의 많은 직원들까지 자리하다 보니 부담이 되었다. 예전 같았으면 일부러 압박을 주려고 이렇게 모인 것이라 생각했을 테지만 지금 저들의 표정은 누구보다 진심이었다.
태진은 하는 수 없이 플레이스의 직원들 앞에서 얘기를 해야했다.

"제가 전화로 말씀드린 것처럼 '오직 주' 때문에 왔습니다. 주연은 이미 정해졌고요."

주연이 정해졌다는 말에 아쉬워할 만도 한데 아쉬워하기는커녕 눈을 반짝이며 태진을 쳐다보고 있었다.

"음… 조연을 찾다 보니까 플레이스에 어울리는 분들이 좀 계셔서요. 강진수 배우님, 유인수 배우님, 고정연 배우님, 이혜숙 배우님 이렇게 네 분을 뵙고 싶어서요."

"가능하죠!"

"지금 만난다는 게 아니라 그 전에 스케줄부터 말씀을 드리고 싶어서요. 지금 캐스팅이 되면 촬영 예상은 일 년 뒤가 될 거예요. 그래서 활동을 하지 말라고 할 순 없는데 촬영 스케줄 전에 하고 있는 활동이 끝났으면 하거든요."

"가능하죠!"

이미 잡혀 있는 스케줄도 있을 텐데 이창진은 뭘 다 가능하다는 건지 계속 가능하다는 말만 반복하고 있었다.

"일단 역은 비중이 좀 있어요. 세 분은 주인공 회사 직원들인데 두 분은 현장직이시고……. 한 분은 사무실이고 이혜숙 배우님은 식당 담당에 어울릴 거 같아요."

"함바집 같은 거요?"

"비슷해요. 캐릭터들도 전부 다 살아 있고요. 개인 에피소드들도 있을 정도로 비중이 있어요. 특히 강진수 배우님하고 이혜숙 배우님이 나올 때는 재미있는 그림이 만들어질 거예요. 러브라인이 좀 있을 거라서요."

"합니다."

"아니… 아직 대본도 안 보여 드렸잖아요."

"무조건 합니다!"

"배우님들한테도 대본 보여 드리고 해야 되잖아요."

"할 거예요. 무조건!"

배우들에 대해서 얘기도 듣고 싶었는데 무작정 한다고만 하니 태진도 약간 답답했다. 비슷한 연기를 보고 캐스팅을 한 것이기는 해도 말 그대로 비슷하지만 다른 부분도 있을 것이기에 직접 눈으로 보고 판단하고 싶었다.

"그래서 간단하게 오디션을 좀 보고 싶어요."

"오디션이요? 떨어질 수도 있는 거예요?"

"그렇죠. 그래서 제가 지금 말씀을 드리는 거예요. 참고로 빌 러셀 씨도 오디션을 봤고요."

태진의 말에 플레이스 직원들이 동요되었다. 서로를 쳐다보며 술렁술렁거렸고, 그중 이창진이 입을 열었다.

"빌 러셀 MfB에서 데려가더만! 뒷배경이 있었네!"

이창진의 바로 옆에 있던 플레이스 직원이 팔꿈치로 이창진을 툭 쳤고, 이창진은 깜짝 놀라며 입을 열었다.

"본부장님 저 혼잣말이에요."

"하하. 진짜 편하게 좀 하세요. 너무 부담돼서 제가 지금 말을 잘 못하겠어요."

"그래도 어떻게 그래요."

"진짜 편하게 예전처럼 일 알려 주시고 조언해 주실 때처럼 해 주세요."

"진짜로 합니다?"

"네! 진짜로요."

"괜히 불쾌했다고 막 불이익 주고 그러기 없기예요. 지금 녹음하고 있어요."

"안 그러니까 전처럼 좀 해 주세요."

이창진은 태진을 힐끔 보더니 피식 웃었다.

"에이, 몰라. 나 진짜로 전처럼 대합니다."

"네!"

"그럼 진짜 빌 러셀도 오디션 봤다고요?"

"제가 직접 보고 캐스팅했어요. 회사 들어온 건 그 다음이고요."

"후우… 빌 러셀까지… 이런 거 얘기해 줘도 돼요?"

"괜찮죠. 이미 확정이라서 기사 준비도 하고 있거든요. 그리고 빌 러셀 씨도 오디션을 봤다고 하면 다른 배우분들도 오디션에 대한 거부감이 좀 없을 거 같아서요."

"하여간 한 팀장… 아니지 한 본부장 참 계획적인 사람이라니까."

이창진은 편하게 한다면서 여전히 어색함이 섞여 있었다. 일부러 전처럼 하려니 오히려 더 어색함이 느껴졌다. 태진은 그런 이창진의 표정에 한숨을 삼키고는 말을 이었다.

"진짜 괜찮으세요? 비중이 있긴 해도 조연이라서요."
"당연히 해야죠. 이번에도 우리 제쳐 두고 배우들 꾸렸으면 진짜 서운할 뻔했어요. 무브 때문에 우리가 얼마나 빡센데."
"무브요?"
"무브 생각만 하면 속이 타들어 갈 거 같아요. 거기 출연했던 조연들이 인기를 얼마나 얻었는지 급이 확 올라갔어요. 그래서 우리 주연배우들하고 캐스팅 경쟁하잖아요. 성진이급이면 상관없는데 조연하고 주연하고 애매한 선에 있는 배우들은 지금 피 터지고 있어요."
"아!"

이창진은 억울하다는 표정으로 가슴까지 두드렸다. 하지만 그것도 잠시, 태진을 물끄러미 쳐다보더니 입을 열었다.

"그런데 이번 건 무브보다 더 셀 거 같단 말이죠."
"오직 주 보셨어요?"
"당연히 봤죠. 우리 회사에서 안 본 사람 없어요. 그래서 우리 애들도 다 온 건데. 거기다가 김정연 미디어에서 각본까지 맡았지. 또 후까지 OST 참여하고 싶다고 그러지! 이러다 진짜 후 참여하면 이건 뭐 하느님 부처님 알라신 연합한 거나 다름없는 거죠."

"후 씨가 OST 맡기로 얘기됐어요."

태진의 말이 끝나기 무섭게 플레이스의 직원들 모두가 동시에 자리에서 일어났다.

"배우님들 지금 모셔 올게요!"

*　　　*　　　*

며칠 뒤, 태진은 퇴근 후 집이 아닌 카페에 자리하고 있었다. 아직 정식으로 오픈하지도 않았고, 한창 인테리어 공사가 진행 중인 곳이었다. 바로 부모님이 새롭게 시작하는 카페였다.

"태진아."

"네?"

"우리 막내한테 저런 모습이 있었어? 다 컸네."

오직 주 준비로 바쁠 텐데도 부모님의 커피숍 인테리어를 맡겨 달라고 먼저 말을 했고, 부모님도 흔쾌히 수락했다.

"우리 아들들 엄청 잘 컸네. 아빠가 너무 뿌듯하다."

"태은이가 일 엄청 잘해요."

"태은이만 잘하는 게 아니라 너랑 태민이도 잘 컸다고."

태진은 머쓱하면서도 기분이 좋은지 가볍게 입술을 떨고는 커피숍을 둘러봤다.

"그런데 너무 휑한 거 같은데요?"

"아니야. 이게 테이블끼리 거리가 좀 있어서 보기에만 휑해 보이는 거야."

"그런 건가."

"너희 엄마가 이렇게 하자고 한 거야. 엄마가 조사 엄청 많이 했거든. 손님을 좀 덜 받더라도 테이블 거리를 두는 게 더 좋다고 그러더라. 테이블끼리 붙어 있으면 얘기할 때 신경 쓰인다고."

"아하."

"너희 엄마가 커피숍에서 일한 경험이 녹아들어 있지."

그때, 막내 태은이 전등을 확인을 하더니 태진과 아버지 쪽을 쳐다봤다.

"끝! 소파는 내일 올 거야. 그런데 소파로 하면 관리 어려울 텐데."

"관리는 엄마, 아빠가 하니까 됐어. 엄마가 소파로 하고 싶다잖아."

태은은 장갑을 벗으며 다가왔다. 그러고는 태진을 가만히 쳐다봤다.

"큰형아, 현장 감독이야? 왜 와서 구경만 하고 있어?"

"하하, 네가 너무 잘해서 내가 할 게 없네."

"흐. 맨날 산 만들다 보니까 이 작업이 이렇게 편할 수가 없네."

태은은 어깨를 으쓱거리더니 아버지를 봤다. 그런데 표정이 약간 걱정이 되는 것처럼 보였다.

"그런데 진짜 할 거야?"
"뭐를 진짜 해?"
"간판 말이야. 지금 오고 계신다는데… 자꾸 이게 맞냐고 확인하시는데."
"벌써?"
"간판 우리 반장님이 선물로 주신다는데… 기왕 할 거 이름 좀 예쁘게 하지."

그러고 보니 태진은 커피숍 이름을 들어 본 적이 없었다. 태은이 저럴 정도면 분명히 이상할 이름일 것이었다.

"왜? 엄마랑 아빠랑 엄청 고민해서 지은 건데."
"너무 다방 같잖아! 부부가 뭐야."
"좋잖아! 엄마랑 아빠가 부부니까 부부라는데 뭐가 문제야."
"이게 이름이 얼마나 중요한데. 나중에 봐. 이제 동네 아저씨 아줌마들만 올걸? 다방인 줄 알고?"

이름을 들은 태진도 흠칫 놀라며 대화에 끼어들었다.

"여기 커피숍 이름이 부부야?"

"어! 부부래. 큰형아가 봐도 다방 같지? 절대 안 바꾼대. 내가 차라리 BUBU로 하라고 했더니 안 된대. 무조건 한글로 부부 커피숍으로 한다고 그러잖아."

아버지는 태민과 태은을 가만히 쳐다보더니 입을 열었다.

"원래는 삼형제였다가 아빠가 겨우 설득해서 바꾼 거야. 그리고 이제 바꾸지도 못해. 다 등록해 놨어. 무조건 부부야."

"아……."

그 말을 듣자 부부라는 이름이 갑자기 마음에 들었다. 하지만 삼형제보다 나을 뿐 여전히 커피숍과는 어색한 느낌의 이름이었다. 그래도 부모님들이 마음에 들어 하고 이미 간판까지 제작한 데다가 사업자등록까지 했다니 어쩔 수 없었다.

"오픈은 언제부터 하세요?"

"다음 주 월요일에 해야지."

"고사 같은 것도 해야죠."

"월요일에 해야지."

"너희들 바쁘니까 엄마랑 아빠랑 둘이 간단히 해야지."

"저도 별일 없으면 잠깐 들를게요."

"됐어. 너희들한테 이 정도 도움받은 것만 해도 충분해."

스케줄이 어떻게 변할지 알 수 없었지만 잠깐 시간을 내는 건 가능할 듯했다. 그때, 커피숍 문이 열리면서 김 반장이 들어왔다.

"안녕하세요. 어? 본부장님도 계시네!"
"안녕하세요. 먼 곳까지 오시느라 고생하셨네요. 여기 저희 아버지세요."
"아닙니다. 아버님 안녕하세요. 우리 한 부장이랑 같이 일하는 김성주라고 합니다. 이렇게 인사를 드리게 되네요."

아버지는 굉장히 반가워하는 얼굴로 김 반장의 손을 잡았다. 그러고는 TV에서만 봤던 그런 모습을 아버지에게서 볼 수 있었다.

"아! 말씀 많이 들었습니다. 저희 태은이가 막내라서 철이 좀 없어요. 그래도 한번 맡은 일은 열심히 하는 녀석이니 잘 좀 가르쳐 주세요."
"어휴, 무슨 말씀을. 우리 한 부장만큼 일 잘하는 친구도 없어요. 아주 복덩입니다."
"하하하. 그렇습니까. 애를 물가에 내놓은 것처럼 걱정이 가시질 않네요."
"걱정 안 하셔도 됩니다! 제가 본 한 부장은 성격도 좋고 일도 잘하고 어딜 가든 사랑받을 친구입니다."

태은은 자신의 얘기에 민망한지 머리를 긁적이며 앞으로 나섰다.

"사람 앞에 두고 너무 그러신다. 반장님 간판 잘 나왔어요?"

"어. 잘 나왔어. 네가 말한 대로 만들어 오긴 했지. 그런데 너무 밋밋한 거 같아서 그림을 좀 그렸어."

"어? 그럼 안 되는데! 아빠가 그냥 다방처럼 부부 커피라고만 쓰라고 했는데."

"글씨는 아니고 그림인데. 연 대표가 그려 줬거든."

태은은 아버지를 쳐다봤고, 아버지는 간판을 선물로 받는 것이다 보니 싫다는 말을 못 하는 표정이었다. 하지만 태진은 아버지와 다르게 갑자기 기대가 되었다. 연 대표라면 티켓과 팸플릿 제작으로 플레이스에서 진행한 연극 프로젝트를 성공적으로 이끈 일등 공신이었다.

"아버지, 일단 보죠."

태진은 아버지를 이끌고 밖으로 나갔다. 그러자 트럭 짐칸에 포장된 커다란 간판이 보였다.

"한 부장, 이것 좀 같이 내리자."

"제가 도울게요."

"아닙니다! 이거 잘 세워야 돼서. 바로 달까요? 그럼 사다리차를 좀 불러야 되는데."

"달기 전에 먼저 좀 볼게요."

"그게 낫겠죠? 마음에 안 들면 다시 또 떼야 되니까."

아버지는 차마 거절할 순 없는지 그냥 달아도 된다고 했지만, 태진은 기왕 다는 김에 마음에 드는 걸 다는 게 좋을 거란 생각에 확인을 하기 위해 앞으로 나섰다. 그때, 원두를 직접 보러 가셨던 어머니가 돌아오시는 중이었다.

"여보! 이리 와 봐."

아버지의 부름에 빠르게 오신 어머니는 김 반장과 아버지와 같은 인사를 나누었다. 그러고 나서야 이제 간판을 확인할 수가 있었다.

"그럼 뜯어 보겠습니다."

김 반장은 포장을 뜯어냈고, 간판이 보이기 시작했다. 커피숍들이 많이 사용하는 간판처럼 검은색 바탕에 흰색 글씨가 보였다. 아버지가 말한 것처럼 한글로 된 간판이었다.

부부 커피.

"와… 역시 연 대표님이시네……."
"우와… 역시 우리 대표님! 부부 커피라는 한글이 하나도 안 촌스러워 보여!"

아버지와 어머니 역시 아무런 말도 뱉지 못한 채 감탄하는 중이었다. 연 대표가 추가한 그림이 촌스럽게 보일 수 있는 분위기를 완전히 바꿔 버렸다.

부부라는 단어 양쪽에 사람 그림이 그려져 있었고, 왼쪽 ㅂ자 안에는 검은 알갱이들이 보였고, 그 위에는 아버지 같은 사람이 원두를 볶는 것 듯한 그림이 그려져 있었다. 그리고 오른쪽 ㅂ자에는 하얗게 연기가 올라오는 것처럼 보였고, 어머니로 보이는 사람이 커피를 내리는 모습이 나타나 있었다.

"너무 멋있는데……? 당신은 어때?"
"이런 건 생각도 못 했는데 너무 예쁘네요."

부모님들은 서로의 손까지 잡을 정도로 너무나 마음에 들어 했다. 그리고 태진 역시 굉장히 감탄하는 중이었다. 촌스럽다고 생각한 걸 그림을 추가해서 세련되어 보이게 바꾸는 게 쉬운 일은 아니었다. 그런 사람이 속한 회사가 오직 주의 미술 팀이라는 것이 그 무엇보다 든든하게 느껴졌다. 태진은 흐뭇하게 웃고 있는 김 반장을 보며 고개를 꾸벅 숙이고는 입을 열었다.

"너무 멋있어요."
"우리 연 대표가 이런 방면에 좀 탁월하잖아요. 하하."
"감사합니다. 간판 바로 달아도 되겠어요."
"오우, 바로 패스예요? 솔직히 본부장님 계셔서 좀 떨렸는데. 하하. 그럼 바로 사다리차 부를게요."

태진은 웃으며 고개를 끄덕였다.

　　　　　　*　　　　　*　　　　　*

다음 주. 월요일이 되어서 그런지 주말에 생긴 일들을 해결하
느라 좀처럼 시간을 낼 수가 없었다.

"어머니, 저 저녁에나 들러야 할 거 같아요."

—바쁜데 안 와도 돼. 지금 태민이가 와서 도와주고 있어.

"태민이 왔어요?"

—어, 아침부터 왔어. 그러니까 걱정하지 마.

태민이도 바쁠 텐데 시간을 내서 가 있는 모양이었다. 그래도
태민이가 가 있다는 말에 마음이 조금 놓이긴 했다. 그렇게 어머
니와 통화를 마친 태진은 다시 일을 처리하기 시작했다.

"국현 씨, 플레이스 어떻게 됐어요?"

"대본 보지도 않은 것 같던데요. 보내자마자 플레이스에서 먼
저 미팅 잡자고 그랬어요."

"언제예요?"

"일주일 뒤요. 그동안 준비하려나 보더라고요."

"네 분 다 같은 날요?"

"네. 제가 따로 잡는 게 좋을 거 같다고 말해 놓긴 했거든요.
그런데 이 실장님이 되게 욕심나나 보더라고요. 누구한테 뺏길
까 봐 먼저 찜해 놓으려고 그러는 느낌이랄까."

태진은 이창진의 얼굴을 떠오르자 피식 웃음이 나왔다. 그래도 이창진이라면 준비를 잘해 올 것이기에 태진도 기대가 되긴 했다. 국현의 말이 끝나자 수잔이 입을 열었다.

"그리고 1팀에서 단역 배우들 플랫폼 만들었다고 하더라고요. 일단은 메이저들 중에 협의된 곳이 무브 했던 OTN하고 멀티박스뿐인데 곧 늘려 간다고 하더라고요."

"OTN도 됐대요?"

"네, 조금 전에 들었어요. OTN도 무브로 재미 보고서 욕심이 좀 생기나 봐요. 저희가 단역까지 엄청 신경 써서 캐스팅했잖아요. 그래서 자기네들이 제작할 때도 그런 배우들 쓰고 싶어서 그런지 수락했다고 하더라고요."

"그럼 OTN에서 제작하는 드라마 단역 캐스팅은 우리한테 1순위로 정보 올라오는 거예요?"

"네, 그렇게 될 거예요. 멀티박스는 뭐 말할 것도 없이 바로 수락했고요. 시간 지나면 다른 곳들도 등록될 거 같아요. 기존에 플랫폼들은 어디 어디 드라마 40대 구합니다 이런 식으로 구인 올리면 아무나 지원하고 그랬잖아요. 아니면 아예 단역배우 전문 회사하고 연계하든가."

"등록은 잘되고 있대요?"

"그럼요. 지금 장난 아니에요. 처음에 저도 이게 될까 했는데 지금 단역배우들 등록한 거 엄청나요."

기존의 방식과 다르게 단역배우들이 직접 자신들이 자신 있어 하는 연기 영상을 올리며 소개를 하는 방식이었다. SNS의 축소판처럼 배우 본인이 직접 관리를 하는 방식이었다. 물론 제작사에서 그들을 일일이 살펴야 하는 수고가 있겠지만, OTN이나 멀티박스 같은 경우 MfB에서 단역을 어떻게 캐스팅했는지 알기에 바로 수락한 것이었다.

"이거 자리만 잘 잡으면 대박일 거 같아요."

"관리를 잘해야죠. 앞으로 관리는 1팀하고 자세히 얘기를 해야겠네요."

"그렇죠. 관리가 문제죠."

그 뒤로도 빌 러셀이 MfB와 계약했다는 기사가 나간다는 얘기부터 2팀에서 관리하던 황기열이 다른 드라마에 합류한다는 얘기까지 오갔다. 본부로 바뀌며 회사 전체에 대한 일들에 관여하고 있었다.

"그럼 이제 볼일들 보세요. 아! 재영 씨하고 진아 씨는 대본 가지러 가더니 왜 안 와요?"

태진의 말이 끝나기 무섭게 사무실 문이 열리며 두 사람이 들어왔다.

"다녀왔습니다."

"오래 걸렸네요. 무슨 문제 있었어요?"

"아니요. 멀티박스 보안 팀이 나와 있더라고요. 그래서 코드 확인하느라고 조금 늦었어요. 저희 거에도 임시로 코드 매기더라고요."

대본 유출을 방지하기 위해 정해진 수량만 출력했고, 각 대본
에도 코드가 매겨져 누가 가져갔는지 전부 멀티박스에 알려야 했
다. 번거롭지만 보안을 위해서라면 어쩔 수 없는 일이기도 했다.

"본부장님 거 여기 있어요. 기존에 받은 거는 개인이 처분하
지 말고 반납하라고 그러더라고요."
"아, 네."

이번에는 오직 주의 5, 6화의 대본이었다. 대본에는 가장 앞에
코드가 보였고, 보안상 복사나 유출하지 말라는 문구가 적혀 있
었다. 대본을 펼치자 매 장마다 코드들이 사방에 적혀 있었다.
누가 대본 사진을 찍어서 올리면 누가 유출했는지 알아볼 수 있
게 해 둔 장치였다. 물론 유출하려고 마음먹으면 어떻게든 할
수 있겠지만, 보안에 상당히 공을 들이고 있는 것은 확실했다.

"이게 제 번호예요? M213— 0001?"
"아! 그거요! 본부장님 코드예요. M은 멀티박스의 M이고 뒤
에 숫자는 본부장님이 1번이라는 뜻이라고 하더라고요."
"제가요?"
"네. 단우 씨가 0002번이던데요. 저도 궁금해서 물어봤는데
보안 팀장이란 분이 강 이사님이 그렇게 하라고 했다던데요."

태진은 자신도 모르게 헛웃음이 나왔다. 어떻게 하다 보니 주

연보다 앞 번호를 받아 버렸다. 태진은 헛웃음을 뱉고는 대본을 살펴보기 시작했다.

*　　　　*　　　　*

며칠 뒤, 오직 주에 출연할 배우들의 틀이 얼추 잡혔다. 단독 주연이라고 볼 수 있는 강필두는 최종적으로 정만으로 정해졌다. 외적으로만 봐도 덩치가 더 커져 소설에서 튀어나온 것 같은 느낌인데 연기까지 흠잡을 곳이 없다 보니 다른 배우들이 생각조차 나지 않았다.

게다가 단우와 어찌나 열심히 연습을 하는지 상대 배우의 대사까지 전부 외우고 있었다. 그건 정만뿐만이 아니라 단우도 마찬가지였다. 그리고 어느 순간부터 연습을 함께한 이주와 그들을 지켜보며 자신의 캐릭터 이미지를 만들어 가던 빌 러셀도 마찬가지였다. 당장 촬영해도 순조롭게 진행될 정도로 준비가 되었다. 작품이 너무 마음에 들어 스스로가 마치 캐릭터가 된 듯 빠져 버리고 있는 중이었다.

그런데 여기서 문제가 생겼다. 오직 주 준비 기간이 길어지긴 해도 무브가 워낙 크게 성공하다 보니 회사에도 별다른 압력은 없었다. 아직까지도 무브에서 빠져나오지 못한 시청자들이 수두룩하다 보니 그 부분은 걱정을 할 필요도 없었다. 다만 문제는 장소에 있었다. 전혀 생각하지도 못했던 일이 터져 버려 본부가 지금 난리도 아니었다.

"아! 진짜 연습하는 걸로 뭐라고 할 수도 없고!"

"후우… 일단 사과부터 해야죠."

"진짜 잘나갈 때는 떨어지는 낙엽도 조심해야 되는 건데! 뭘 어떻게 연습하길래 주변에서 시끄럽다는 얘기가 나와… 그리고 이거 올린 사람도 좀 너무하네… 사과도 했다는데."

바로 층간 소음이 문제였다. 연습을 열심히 하다 보니 밤 늦게까지도 연습을 했고 동선까지 연습하다 보니 소음이 생긴 모양이었다. 그리고 밑의 층에 사는 주민이 SNS에 층간소음에 대한 글을 올려 버렸다.

―거의 한 달 넘게 시끄러워 죽겠네요. 아무리 참아 보려고 해도 밤에는 조심을 해야 되는 거 아닙니까? 그쪽은 연예인이라서 패턴이 다를 수 있겠지만 나는 밤에 자고 아침에 출근해야 되는데 잠을 못 자요. 하아!

#층간소음#무브#권단우#발망치#물소리

해시태그에 단우의 이름이 떡하니 걸려 있는 글을 올렸다. 그리고 해당 글은 지금은 퍼질 대로 퍼져 무브의 인기만큼이나 기사 역시 엄청나게 쏟아지고 있었다. 이런 작은 문제가 지금까지 만들어 온 이미지를 한순간에 엎어 버릴 수 있기에 태진은 한숨이 나왔다. 문제가 커지면 오직 주의 고진 역에도 문제가 생기기에 서둘러 처리를 해야 했다. 그때, 수잔이 입을 열었다.

"연습실을 빨리 알아봐야겠어요. 회사 연습실 써도 되는데 왜 그걸 안 쓰려고 할까요."

"자유롭게 하고 싶은가 봐요."

"우리 연습실 써도 누가 뭐라고 하는 사람 아무도 없는데."

"매니저나 우리가 자꾸 왔다 갔다 하니까 그런 거겠죠."

"후우… 가만히 생각해 보면 그동안 문제 안 생긴 게 신기해요. 한 달 넘게 아침에 가서 거기서 잘 때도 있는데 어휴. 필 선생님은 얼마나 불편하셨겠어요. 선생님도 그동안 연극하시느라 힘드셔서 좀 쉬셔야 되는데."

그러고 보면 필도 피해자였다. 필이 먼저 불편하다고 말하진 않았지만 먼저 알고 해결해 주지 못한 것이 미안했다. 태진은 얇은 한숨을 뱉으며 입을 열었다.

"일단 빠르게 연습실부터 알아보세요. 웬만하면 단독주택으로요."

"단기 임대로 해야겠네요?"

"1년은 해야 될 테니까 1년으로 잡아도 될 거 같은데요."

연기 연습을 하다 보면 다시 시끄러워질 테니 층간소음에서 벗어날 방법은 단독주택밖에 없을 듯했다. 그리고 태진은 어떻게 사과를 해야 할지 생각하기 시작했다. 그때, 사건의 당사자인 단우에게서 전화가 걸려 왔다.

─형……. 죄송합니다…….

"아니에요. 연습하다 그랬는데요."

─아… 어떻게 하죠…….

"일단은 어찌 됐든 피해를 본 사람이 있어서 사과는 해야 할 거 같아요. 후우……."

―그건 당연하죠. 제가 찾아갔는데… 출근하셨는지 집이 비어 있더라고요.

"찾아가셨어요?"

―네… 저 때문에 생긴 문제인데 빨리 해결하려고…….

"그냥 가지 마시고 저랑 같이 가세요. 제가 퇴근하고 그쪽으로 갈게요. 지금 4시니까 아마 6시 30분까지는 갈 거 같아요. 그럼 시간 맞을 거 같고요. 그러니까 너무 처져 있지 말고 오늘은 푹 쉬고 계세요. 연습할 장소도 최대한 빠르게 구할게요."

―죄송해요…….

단우는 풀이 죽은 목소리로 전화를 끊었고, 태진은 그런 단우가 안쓰러웠다. 그때, 현미가 조심스럽게 입을 열었다.

"본부장님, 사과 선물로 케이크 어떠세요?"

"케이크요? 케이크는 왜요?"

"제가 밑층 분 SNS를 살펴봤거든요. 여성분인데 케이크를 엄청 좋아하더라고요. 케이크 사진이 엄청 많고요. 특히 회사에서 멀지 않은 케이크 전문점 케이크를 좋아하더라고요."

"아! 그래요. 그게 좋겠네요. 잘했어요!"

"알아보니까 지금은 브레이크 타임이고요 6시에 재오픈한대요. 예약 없고 선착순 판매고, 1인당 2개 한정이고요."

기왕 사과할 거 상대방이 좋아하는 걸 준비해서 가면 좀 더 진정성이 느껴질 것이었다. 태진이 칭찬을 하자 다른 팀원들도 현미를 칭찬했다.

"오! 정찰 잘하는 거 보면 내가 사수 했어야 됐을 거 같은데."
"역시 현미 씨가 조사를 잘해. 잘했어요!"
"제가 가서 사 올까요?"

현미 덕분에 분위기가 약간 가벼워졌다. 하지만 그것도 잠시, 사방에서 전화가 걸려 오기 시작했고, 그중 멀티박스에는 무브도 연관이 되어 있지만 오직 주까지 관계가 있다 보니 수시로 연락을 해 오는 중이었다.

―본부장님, 저 강찬열입니다. 단우 씨 사건 때문에 연락드렸어요.
"사건 아니고 해프닝이에요."
―아! 네. 잘 해결되는 거 맞는 거죠?
"네, 이따가 사과하러 갈 생각이에요."
―최대한 빠르게 무마시켜야 됩니다. 이제 오직 주 캐스팅 홍보 시작하려고 하는데 문제 생기면 안 되잖아요.
"알겠습니다."

강 이사의 걱정도 충분히 알기에 말투가 약간 압박을 주는 것 같아도 받아들일 수밖에 없었다. 통화를 하는 와중에도 단우에 대한 글이 각종 커뮤니티에 올라오는 중이다 보니 걱정은 당연했다. 태진은 시간을 한 번 확인하고는 자리에서 일어났다.

"저 케이크 사서 단우 씨한테 갑니다. 수고들 하세요."
"저도 같이 갈게요."
"아니요. 오늘은 현미 씨까지 올 필요 없어요. 사과해야 되는데 현미 씨까지 고개 숙일 필요 없잖아요. 케이크 가게 위치나 좀 보내 주세요. 6시부터 판매라고 했죠?"
"네… 사람 많을 텐데."
"그래서 지금 가려고요."

태진은 갑자기 벌어진 상황이 씁쓸한지 입맛을 다시고는 자리에서 일어났다.

*　　　　*　　　　*

케이크 가게에 도착한 태진은 당황할 수밖에 없었다. 가게도 굉장히 작고 아직 오픈하려면 시간이 남았음에도 벌써 열 명이 넘는 사람이 줄을 서 있었다. 서둘러 차를 대고 태진도 줄을 섰다. 시간을 보니 아직도 한 시간을 넘게 기다려야 했다.

'케이크만 파는데도 장사가 엄청 잘되네.'

장사가 잘되는 것을 보니 갑자기 부모님 생각이 머리에 스쳐 지나갔다. 바쁜 나머지 오픈하고 아직 한 번도 찾아가지 못했다.

기사를 봐도 단우에 대한 얘기만 있다 보니 태진도 머리를 좀 식힐 겸 기운도 얻을 겸 해서 휴대폰을 꺼내 들었다.

"바빠?"

─어, 좀 바빠. 형, 권단우 어떻게 됐어?

"김정연 작가님한테 들었어?"

─대표님은 말 안 하던데. 대표님이 말 안 해도 회사에서 오늘 계속 권단우 얘기만 하는데 모를 수가 없지.

"잘 해결될 거야."

─아직 해결된 건 아니고?

"그렇지."

늦은 밤이라도 부모님 카페에 같이 갈까 해서 전화를 건 건데 머리만 더 복잡해져 버렸다.

─그런데 왜 전화했어? 내가 뭐 도와줄 일 있어?

"그런 건 아니고 이따가 밤에 어머니 아버지한테 가 볼까 했거든."

─아, 난 어제 다녀왔는데.

"바쁘시지?"

─아니, 나 있을 때는 손님 한 명도 없더라. 그래서 배달 어플에 등록도 하려고 하시더라.

"손님이 없어?"

─어. 위치도 괜찮고 가격도 괜찮은데 사람이 없어. 듣기로는 아무리 장사 안 돼도 오픈발이라는 게 있다는데 없어도 너무 없

는 거 같더라. 그래서 나도 가고 싶은데 참고 있어.

"넌 왜?"

―장사 안 돼서 그런지 아버지가 자꾸 눈치 보시는 거 같아서.

가게를 얻을 때 태민의 도움을 받았다 보니 신경이 쓰이는 듯했다.

"가게 몇 시에 닫으시지?"

―11시에 닫아.

"이따가 가 봐야겠다."

―그래.

"그리고 단우 씨는 잘 해결할 테니까 신경 쓰지 말고."

―안 그래도 대표님도 형이 잘 해결할 거라고 신경 쓰지 말라고 하셨어.

태민과 통화를 마친 태진은 씁쓸함에 한숨을 뱉었다. 기운을 얻기는커녕 걱정만 늘어 버렸다.

잠시 뒤, 가게가 열렸고, 줄이 빠지는 건 순식간이었다. 태진은 주문을 하기 위해 현미가 보낸 메시지를 다시 확인했다.

'오페라 케이크. 이름이 이게 맞는 건가.'

케이크는 생크림이나 초코밖에 모르다 보니 너무 생소한 이름이었다. 그렇게 태진의 차례가 되었고, 오페라라는 케이크가 있는지 확인하기 위해 메뉴판을 봤다. 메뉴판은 전광판처럼 글이 움직이는 형태였고, 수시로 글이 바뀌고 있었다. 그 모습에 왜 이 가게가 장사가 잘되는 것인지 알 수 있었다.

F.I.F가 즐겨 먹는 갸또 브라우니
래퍼 아이스가 오픈 시간 물어 가며 찾는 갸또 브라우니
호정호텔 메인 파티시에가 강력 추천한 그린티 무스
배우 한정수가 일주일에 한 번은 찾는 산딸기 무스

케이크에 대한 설명도 있었지만 설명은 눈에 하나도 들어오지 않았다. 전부 누가 먹었다는 것으로 홍보를 했고, 같은 메뉴라도 찾는 사람들을 보여 주기 위해서 전광판처럼 메뉴를 만든 듯했다. 연예인들이나 셰프들의 이름이 걸려 있다 보니 맛있다는 이미지가 생겨 버린 것 같았다. 태진마저도 궁금했다.

"주문하시겠어요."
"오페라하고 산딸기 무스 주세요."
"조각이세요? 아니면 홀 케이크로 사세요?"
"큰 거요. 홀 케이크? 그거 주세요."
"주문 확인해 드릴게요. 강은수 배우님이 사랑하는 오페라 케이크 한 점과 한정수 배우님이 일주일에 한 번은 찾는 산딸기 무스 맞으시죠?"
"네……"

대답만 하는데도 민망한데 직원은 아무렇지도 않은 얼굴로 주문을 확인했다. 그때, 직원이 웃으며 태진을 쳐다봤다.

"혹시 연예계 관련된 분이세요?"

한동안 TV나 Y튜브에 출연하지 않아서 요즘은 드물었는데 자신을 알아보는 모습에 태진은 약간 당황했다.

"아니요. 아닌데요."
"아, 그러시구나. 연예계 관련된 분이시면 특별 할인이 되거든요."

이렇게 홍보할 것을 만들어 내고 있었다. 연예인들 입장에서도 나쁘지만은 않았다. 자기 이름이 계속 사람들에게 알려지며 홍보가 되는 것이기에 손해 볼 일이 없었다. 태진은 헛웃음을 뱉었고, 가격에 또다시 헛웃음이 나왔다.

"오페라, 산딸기 무스 계산 도와 드릴게요. 18만 원입니다."

크기도 작은데 어마어마한 가격에 케이크를 한 번 다시 쳐다보게 되었다. 가격만으로도 맛있을 거 같다는 생각이 들게 만들었다. 그리고 순간 홍보로 사용할 수도 있을 것 같다는 생각이 스쳤다.

"저 연예계 관련된 사람인데요… MfB에서 일하고 있습니다……."

태진이 개미 기어 가는 소리로 말을 뱉었다.

*   *   *

케이크를 사 들고 필의 집에 도착했다. 문을 열고 들어가니 오랜만에 보는 필이 맞이해 주었다.

"계셨네요."
"내 집인데?"
"하하……."
"들어와요. 지금 이 상황 좀 어떻게 해 봐요. 마음대로 거실도 못 나가겠네."

태진은 커튼까지 쳐 놓은 창을 쳐다봤다. 안 그래도 올라오면서 기자로 보이는 사람들 몇몇을 보고 온 상태였다.

"기자들 앞에 있긴 하던데 혹시 집까지 왔었어요? 저희가 경비실에 얘기했는데."
"기자가 아니라 단우 분위기가 너무 무거워서 눈치 보여서요."

기자 때문이 아니라는 말에 안심이 되면서도 단우 때문에 신경을 썼을 필에게 미안한 마음도 들었다. 그때, 필이 태진의 손에 들린 상자를 보며 물었다.

"그런데 그건 뭐예요?"

"하나는 밑층에 사과하려고 산 거고요. 하나는 같이 먹으려고."

태진은 신발을 벗고 안으로 들어가자 거실에는 러셀이 대본을 보고 있는 중이었다.

"안녕하세요."

러셀은 평소와 다르지 않은 표정으로 손을 흔들어 인사했다. 차라리 저런 모습이 더 마음이 편했다. 태진은 방 안에 있는 단우가 어떻게 하고 있을지 알기에 약간은 무거운 마음으로 방문을 두드렸다. 그러자 방 문이 열렸고, 방 내부를 본 태진은 헛웃음을 뱉었다.

"형 오셨어요……."

"형, 죄송해요……."

"죄송합니다……."

단우만 있을 줄 알았는데 방 안에는 정만과 이주도 함께였다. 전부 죄를 지은 사람처럼 고개도 들지 못하고 있었다. 잘못한 건 잘못한 것이지만 자신이 담당하는 배우들이 저런 모습을 하고 있어서 그런지 태진의 마음도 좋지가 않았다.

"부모 마음이 이런 건가 보네. 사과하고 앞으로 조심하면 되니까 너무 풀 죽어 있지 마세요."

"저희 때문에 문제 생기면 어떻게 해요……."

"문제는 이미 생겼고 이제 해결을 해야죠. 걱정 마시고 케이크나 먹죠."

태진은 세 사람을 다독이다 말고 아쉽다는 듯 입을 열었다.

"이럴 줄 알았으면 케이크 살 때 세 명이라고 할 걸 그랬네."

"그게… 무슨 소리예요?"

태진은 가볍게 입술을 떨고는 거실로 나가자는 손짓을 했다.

*　　　*　　　*

계단을 통해 밑층으로 내려가는 태진은 뒤를 한 번 쳐다봤다. 네 사람이 마치 새끼 오리처럼 태진의 뒤를 따르고 있었다. 사과를 하러 가는 길이었지만 그 모습을 보니 웃음이 나올 수밖에 없었다. 태진의 작은 웃음소리를 들은 이주가 입을 열었다.

"왜 웃으세요!"

"좀 상황이 웃기잖아요."

"뭐가 웃겨요?"

"인기 배우들이 사과하러 가는 모습이 좀 웃겨서요."

"웃기기는! 지금 떨려 죽겠는데! 촬영장 갈 때보다 더 떨려요."

"그러니까 저랑 단우 씨만 가도 되는데."

바로 뒤에 있던 단우는 고개를 끄덕거렸지만 이주와 정만은 아니라는 듯 고개를 저었다.

"같이 했는데 단우만 욕먹어서 얼마나 미안했는데요. 솔직히 저랑 정만이가 없었으면 이런 일 없었을 거잖아요. 그러니까 당연히 같이 사과해야죠!"

"그래요. 오히려 잘됐어요."

"그런데 러셀 씨는 왜 같이 오시는 거예요?"

태진은 가장 뒤에 따라오는 러셀을 보며 헛웃음을 뱉었다. 안와도 된다고 했는데 기어코 따라나섰다.

"단우 챙긴다고 따라오신대요."

"단우를요? 왜요?"

"고진 비서니까요."

"와! 연습을 생활에까지 이어서 하네."

"그냥 핑계 같고 이주 씨처럼 단우 씨만 총알받이 된 상황을 미안해하는 거 같아요."

태진은 가볍게 웃고는 걸음을 옮겼다. 바로 밑층이다 보니 바로 도착했고, 태진은 지목이 된 단우에게 케이크를 넘겨 주었다. 케이크를 받아 든 단우는 떨리는지 숨을 크게 들이마신 뒤 벨을 눌렀다.

―누구세요.

"아, 예! 안녕하세요. 저 위층 사는 사람인데요……."

―네?

"잠깐 드릴 말씀이 있어서요."

상대방이 말이 없자 단우는 얼굴이 잘 보이도록 손으로 머리를 쓸어 올린 채 인터폰 카메라 앞에 섰다.

―어머어머어머!

"잠시만 대화 좀 나눌 수 있을까요?"

―잠시만요!

집주인은 뭘 하는지 문이 열리기까지 꽤 오랜 시간을 기다려야 했다. 그리고 문이 열리자 한껏 꾸민 듯한 여성이 얼굴을 빼꼼히 내밀었다.

"어! 안녕하세요. 아! 죄송해요."

"네?"

먼저 사과에 문 옆에 있던 태진은 물론이고 이주와 정만도 고개를 갸웃거렸다.

"제가 너무 생각 없이 글을 올린 거 같아요. 일이 이렇게 커질 줄 몰랐는데 너무 죄송해요."

"아! 아닙니다… 그동안 많이 시끄러우셨죠. 죄송합니다."

"아니에요! 저도 너무 일이 커져서 겁이 나서 지우긴 했어요……."

"아닙니다!"

살짝 열린 문틈으로 서로 사과하는 상황에 태진은 웃음이 나왔다. 상대방도 인터넷에 단우 얘기만 나오다 보니 겁이 난 모양이었다.

"이건 너무 죄송해서 사 온 건데… 입에 맞으실지 모르겠어요."

"뭘 이런 걸… 어! 어! 잠시만요! 이것 좀……."

케이크를 받았지만 안전 고리 때문에 안으로 가져갈 수 없는 상황이 벌어졌고, 상대방은 당황하면 다시 단우에게 케이크를 건네주었다. 그리고 난 후 안전 고리가 풀리더니 문이 활짝 열렸다.

"저 이거 엄청 좋아하는데… 어……?"

그제야 집주인이 그 뒤에 있던 사람들까지 확인했다. 눈을 껌뻑이며 정만과 이주, 그리고 러셀까지 번갈아 가며 쳐다보더니 이주에게서 시선이 멈췄다. 그러자 이주가 먼저 입을 열었다.

"그동안 많이 시끄러우셨죠? 앞으로는 그런 일 없을 거예요. 죄송해요."

"채이주… 맞아요?"

"네, 저 채이주예요."

"아……."

이주가 소개를 하자 이번에는 정만이 앞으로 나왔다.

"저도 죄송해요. 전 야차에 나왔던 최정만이라고 합니다."

혹시 몰라볼까 봐 출연작까지 소개하는 정만이었고, 집주인은 진짜 몰랐다는 듯 깜짝 놀란 표정이었다.

"아! 안녕하세요! 안녕하세요."

몸이 너무 커진 데다가 사각 스포츠머리다 보니 정말 몰라본 모양이었다. 집주인은 엄청 당황한 얼굴로 눈을 어디다 둬야 할지 몰라 했다. 그리고 정만은 옆에 있던 러셀까지 소개했다.

"이분은 사이트 출연하셨던 빌 러셀 씨고요."
"아……."

무브의 주연인 두 사람과 무브 바로 전에 큰 성공을 거둔 야차의 주연, 거기다 월드 스타 빌 러셀까지 자신의 집 앞에 있는 것이 믿기지 않는 모양이었다. 집주인이 너무 놀라다 보니 아무런 대화가 오가지 않는 상황이 생겼다. 태진은 가볍게 웃고는 앞으로 나섰다.

"안녕하세요. 저는 MfB 에이전트 한태진이라고 합니다. 선물은 어떤 걸 좋아하실지 몰라서 SNS에 올리신 걸 사 왔어요."

"아! 아! 네!"

"그리고 연습실을 준비하고 있어서 소음이 생길 일은 없을 거예요. 그동안 정말 죄송했습니다."

"아……."

층간소음으로 글을 올렸던 사람이 지금은 굉장히 아쉬워하는 표정이었다. 태진은 가볍게 웃고는 집주인의 말을 기다렸다. 집 안에까지 초대를 바라는 것은 아니었다. 그저 사진이라도 찍어 SNS에 올렸으면 하는 마음이었다. 그렇다고 사과를 하러 온 사람이 먼저 사진을 찍자고 하는 것은 너무 속이 보였기에 먼저 말을 하기도 애매했다. 그런데 집주인은 지금 상황이 당황스러운지 그런 생각조차 없는 모양이었다.

지금도 말없이 어색한 분위기만 흘러갔기에 태진이 먼저 입을 열었다.

"혹시 휴대폰 있으세요?"

"네? 네."

"그럴 일은 없겠지만 혹시라도 시끄러운 일이 생기면 저한테 연락을 주세요. 제 전화번호를 찍어 드릴게요."

"아! 잠시만요!"

태진은 휴대폰을 달라는 의미로 손을 내밀었고, 집주인은 후다닥 소리가 날 정도로 안으로 뛰어갔다. 그러고는 휴대폰을 가져와 태진에게 넘겨 주었고, 태진은 자신의 번호를 입력한 뒤 집주인에게 돌려주었다. 이제는 휴대폰도 손에 있으니 사진을 찍자는 생각이 들 차례였다. 아니나 다를까 집주인은 머뭇거리며 태진의 뒤에 있던 네 사람에게 말했다.

"저기… 저, 사진 한 번만……."

태진은 입술을 떨며 물러나 주었고, 이제는 네 사람이 앞으로 나섰다. 사과를 받아 준 것은 확실하기에 네 사람도 걱정이 가신 표정이었다.

"한 명씩 찍을까요?"
"그래도 될까요?"
"그럼 저부터 단우, 정만이 러셀 씨까지 차례대로 찍죠!"
"감사해요."

이주를 시작으로 사진 촬영이 시작되었고, 마지막에는 무슨 촬영 종영 파티라도 하는 듯 단체 사진을 찍었다. 집주인은 상기된 표정으로 휴대폰을 건네받았다.

"엄청 친하신가 봐요."
"친하기도 하고 다음 작품 준비 때문에 모인 거예요. 저희만 신나서 시끄러운 줄도 모르고 죄송해요."
"아니에요. 괜찮아요. 저 무브 진짜 재밌게 봤어요. 그럼 이번에는 여기 계신 분들도 다 나오시는 거예요?"

"네, 그래서 모여 있던 거예요."

"저 꼭 챙겨 볼게요."

"히이! 감사해요!"

이제는 층간소음이 문제 되지 않는다는 표정이었다. 이 정도면 사과도 충분히 했고, 증거도 만들었으니 이제 물러가도 될 듯했다. 태진은 물러가기 전 마지막으로 할 일이 있었기에 다시 앞으로 나섰다.

"그 케이크요. 가게에서 이름을 좀 써도 될까 알아봐야 해서요. 가게에 메뉴 앞에 달리는 수식어 같은 거 아시죠?"

"아! 알죠! 그런데… 뭐라고……."

"그게 권단우가 사과하려고 사 간 오페라가 될 거 같아요."

"아!"

"말씀드려야 하는 게 그 메뉴가 언급될 때 같이 언급될 수 있어서요. 단우 씨야 연예인이니까 상관이 없는데 집주인 분은 괜찮으실까요?"

"전 괜찮아요!"

SNS 하는 사람치고 사람들 관심을 싫어하는 사람이 없다는 말이 딱이었다. 오히려 너무 좋아하는 모습에 태진은 웃으며 고개를 끄덕거렸다.

"그럼 저희는 이만 물러가 보겠습니다."

"아! 차라도 대접해 드리고 싶은데 집 안이 엉망이라……."

"아닙니다. 그리고 정말 죄송했습니다."

태진의 인사와 함께 세 사람이 같이 인사를 했고, 멀뚱히 서 있던 러셀까지도 뒤늦게 따라 고개를 숙였다. 그렇게 인사를 마친 일행은 다시 계단을 통해 위로 올라갔고 아까와 달리 계단에 경쾌한 발소리가 울렸다.

"단우가 사과하려고 사 간 오페라래. 푸흐흐."
"너 좋겠다? 너 이름 건 케이크도 생기고."
"형도 그럼 이름 넣어 줘요?"

이제는 정만과 단우가 가까워졌는지 형이라는 호칭을 받아들인 모양이었다. 그렇게 다시 필의 집에 도착했고, 필이 어떻게 됐는지 궁금한 얼굴로 물었다.

"잘된 거 같은데?"
"네, 사과 잘했고 잘 풀릴 거 같아요."
"잘됐네. 들어와요. 이제 마음 편하게 식사할 수 있겠네. 단우, 너 이제 밥 먹어. 하루 종일 굶었잖아."

걱정하느라 밥도 안 먹은 모양이었다. 다들 편안해진 얼굴로 집 안으로 들어갔고, 태진만 현관에 서 있었다. 그러자 필이 의아한 얼굴로 태진에게 말했다.

"한 본부장도 들어와요. 왜 그러고 서 있어?"

"전 가려고요."

"퇴근 안 해요?"

"퇴근은 했는데 갈 곳이 있어서요."

태진의 말에 안에 들어갔던 사람들이 다시 우르르 나왔다. 그
중 이주가 의아한 얼굴로 입을 열었다.

"어? 밑층 분이 SNS 올릴 텐데! 같이 확인 안 하세요?"

"그거는 가면서 국현 씨한테 얘기하려고요. 국현 씨는 아직 회사
에 있어서요. 얘기해 놓으면 바로 보도 자료 만들어서 보낼 거예요."

"으음… 어디 가시는데요?"

"부모님 가게에 좀 가 보려고요."

"어? 부모님 가게요? 아버님 어머님 가게 차리셨어요?"

이주는 예전에 시구를 하고 태진의 부모님과 같이 야구 관람을 했
다. 그러다 보니 부모님이 어떤 일을 하는지 대략 알고 있는 듯했다.

"어! 왜 말을 안 했어요! 무슨 가게인데요?"

"커피숍이에요. 차린 지 얼마 안 됐고요."

"와! 서운하네! 말 좀 해 주시지!"

"나중에 얘기하려고 했어요. 그럼 식사들 하세요. 전 이만 가
볼게요. 너무 걱정하지 마시고 잘될 거 같으니까 편하게 쉬고 계
세요. 그리고 연습실은 알아보는 중이니 조금만 기다려 주세요."

"잠시만요!"

태진이 인사를 할 때, 갑자기 이주가 까치발을 든 채 뛰어들어 가더니 짐을 챙겨 나왔다.

"같이 가요!"
"네?"
"저도 같이 가자고요. 오랜만에 인사도 드리고 싶어서요!"

이주의 말이 끝나기 무섭게 뒤에 있던 정만과 단우도 따라나설 기세로 앞으로 나섰다.

"저희도 갈게요."
"어휴, 안 가도 돼요."
"저희 커피 마시고 싶어서 그래요!"

그때, 에이바가 통역해 준 말을 듣던 필도 앞으로 나서며 입을 열었다.

"그래서 형님이 요즘 그렇게 바빴네."
"형님이요? 저희 아버지요?"
"나이 많은 사람 형님이라고 하잖아요."
"연락하고 계셨어요?"
"그럼. 내 한국 친구인데."

전에도 말이 잘 통한 건 알고 있는데 계속 연락을 하고 있을 줄은 몰랐다.

"같이 가죠. 러셀, 너도 같이 가."

그러다 보니 인원이 너무 많아졌다. 그때, 이주가 무조건 가겠다는 의지를 보이며 말했다.

"나눠서 가면 되겠다! 내 차에는 정만이, 단우, 에이바까지 타고 본부장님 차에는 러셀 씨랑 필 선생님 타면 되네."
"역시 누나는 리더 스타일이야."
"형은 꼬붕 스타일."
"넌 더 꼬붕 스타일."

원래라면 만류했겠지만 여러 가지 생각이 겹치다 보니 태진은 오히려 저들이 정말 같이 가 줬으면 하는 마음도 있었다. 부모님의 가게에 손님이 없는 것도 있었고, 케이크 가게에서 연예인들을 이용해 홍보한 것이 겹쳐 보였기 때문이었다. 물론 저들을 이용해 따로 홍보하는 건 회사 방침에 어긋나기에 그럴 순 없었지만 방문했다는 것만 해도 도움이 될 것이었다.

"진짜 가실 거예요?"
"가야죠! 밑층 분이 사과받아 준 것도 본부장님이랑 같이 보는 게 마음이 놓이잖아요."

"거리가 좀 있는데……."
"괜찮아요! 어차피 한국이지! 출발!"

이주를 선두로 태진을 밀어내며 각자의 신발을 신기 시작했고, 태진은 어색한 표정으로 코를 긁적거렸다.

*   *   *

텅 빈 커피숍을 지키고 있던 태진의 부모님은 장사가 안 되기에 의기소침할 만도 하지만 오히려 의욕이 넘치고 있었다.

"원래 장사라는 게 쉽지가 않다고 했어. 장사가 쉬우면 다 장사하지 안 그래? 그리고 당신 커피가 맛은 끝내주니까 여기서 이벤트 같은 걸 해서 사람들이 맛보게만 하면 금방 단골도 생기고 할 거야."
"일단 쿠폰부터 만들어야겠어. 그걸 생각을 못 한 거 있지."
"그건 금방 하지! 그리고 배달비도 처음에 지원을 해 준다고 하는 거에서 우리가 조금 더 부담하는 건 어때? 이벤트로 말이야."
"그것도 좋네. 그런데 처음에 배달비가 쌌다가 나중에 올라가면 안 시켜 먹을 수도 있지 않아?"
"아! 그럴 수도 있겠네! 당신 똑똑한데?"
"에이, 뭘 똑똑해. 당신이 더 잘하고 있지."

장사와 관계없이 분위기는 어느 때보다 화기애애했다. 서로를 응원하며 앞으로 나아가기 위해 노력하고 있었다. 그리고 그때,

커피숍 문이 열리는 소리가 들렸다. 손님이라는 생각에 부모님은 곧장 인사와 함께 각자의 자리로 가기 위해 자리에서 일어났다.

*　　　　*　　　　*

부모님의 커피숍에 도착한 태진은 전혀 예상하지 못했던 상황에 난감했다. 하지만 한편으로는 부모님의 가게 매출에 큰 영향을 줄 수도 있을 것 같았기에 기대도 되었다.

지하 주차장을 통해 나왔는데 어떻게 알았는지 기자 몇몇이 필의 오피스텔부터 부모님의 가게까지 따라왔다. 문제는 먼저 도착한 이주였다. 가게에 함께 들어가기 위해 태진을 기다렸고, 당연히 기자들은 그 상황을 놓칠 리가 없었다. 단우만 있는 줄 알았는데 이주를 비롯해 정만까지 있었다. 게다가 월드 스타의 딸인 에이바까지 있다 보니 특종이라고 생각했는지 취재하기 위해 달려들었다.

그런데 장소가 시내이다 보니 사람들이 관심을 보였다. 나름 모자를 써서 외모를 숨긴다고 숨겼지만 최근 어마어마한 인기를 끌고 있는 세 사람이다 보니 사람들은 단번에 알아차렸다. 그러다 보니 수많은 인파에 둘러싸이게 되었고, 태진은 뒤늦게 도착해서야 그 상황을 알 수가 있었다.

태진은 서둘러 그들을 데리고 부모님의 카페로 향했고, 기자들 역시 따라 들어오려 했다. 태진은 기자들에게 기다려 달라고 한 뒤 바로 카페 문을 잠가 버렸다. 1층이다 보니 잠가도 소용이 없긴 했다. 창밖에서 계속 사진을 찍어 댔고, 이제는 기자들과 더불어 지나가던 사람들까지 사진을 찍어 대고 있었다.

"어? 필! 어······? 태진아! 가게 문은 왜!"

아버지는 놀란 얼굴로 태진을 쳐다보는 것도 잠시, 상황을 파악했는지 두리번거리며 자리를 찾았다.

"저기 안쪽으로 와. 다들 오세요. 저기서는 안 보일 거예요."

태진은 서둘러 사람들을 안내했다. 하지만 러셀은 상관없다는 듯 오히려 창밖으로 보며 웃고 있었다.

"필 씨랑, 러셀 씨도 오세요."
"난 괜찮아요. 요즘 한국에만 있어서 이런 기분을 못 느꼈었는데 오랜만에 이렇게 사진을 찍히니까 기분이 묘한데요. 하하."
"러셀 너 때문에 온 사람들 아니야. 엄청난 착각인데?"
"기회는 스스로 만드는 거지. 기사 나올 때 내 사진만 나올 거 아니야. 전에 한 본부장이 했던 말 알지?"

사진에 잘 나오려고 그러는지 포즈까지 취하고 있었고, 러셀이 그렇게 행동해도 아무런 문제가 없다 보니 딱히 말릴 필요도 없었다. 그때, 아버지가 태진에게 말했다.

"필하고 저분은 내가 맡을 테니까. 이주 씨랑 다른 분들 봐."
"죄송해요."

"아니야. 빨리 가 봐. 그리고 커피도 줄게."

태진은 이런 일을 만든 것이 죄송한 마음에 아버지에게 고개를 숙여 인사를 하고는 세 사람에게 갔다. 그러고는 이주에게 물었다.

"얼마나 있었어요?"
"저희 2, 3분 정도밖에 안 됐어요. 계속 뒤따라오는 거 같더니 진짜 기자인 줄은 몰랐네."
"계속 따라왔어요?"
"정만이가 뒤에 차가 쫓아오는 거 같다고 그러더라고요."
"그럼 저한테 말을 해 주시지 그러셨어요."
"설마 했어요. 그런데 내려서 저희 아무 말도 안 했어요."

그때, 정만의 표정이 보였다. 심각한 상황인데도 뭐가 재미있는지 실실 웃고 있었다.

"야, 내 말이 맞지? 말해 봐."
"뭘 말해."
"아까 영화 너무 봐서 망상에 빠졌다고 막 그런 식으로 얘기했잖아. 강필두 하지 말고 첩보영화나 찍으라고 그랬던 사람이 누구더라?"

이 와중에도 티격태격하는 중이었다. 층간소음 문제는 이미 사과를 했지만 밑층 주민은 아직 게시글을 올리지 않은 상태였다. 그러다 보니 그런 상황을 만들어 놓고도 반성은커녕 놀러 다니고 있다는 오해를 살 수 있는 상황이었다.

연예인이라 생기는 일이었다. 작은 일에도 엄중한 잣대를 들이밀기 때문에 반성하는 모습을 보여야 했다. 그렇지 않으면 인성 문제로 논란이 생기고 많은 사람들이 그 부분을 기억하며 계속 언급할 것이었다. 지금 이 상황을 벗어나기 위해 가장 좋은 방법은 밑층 주민이 빨리 게시글을 올리는 것밖에 없었다. 그 게시글을 바탕으로 기자들을 만나 사과를 했다고 알리는 것이 가장 좋았다. 태진은 휴대폰을 꺼내 국현에게 전화를 걸었다.

"국현 씨, 지금 문제가 좀 생겼어요."

—무슨 문제요? 해결 잘 안 되셨어요?

"그건 됐고요."

태진은 상황을 설명한 뒤 어떻게 움직여야 할지 지시하기 시작했다.

"주소 보낼 테니까 매니저 팀에 긴급으로 매니저들 보내 달라고 하시고요. 그리고 필 씨 밑층 분 SNS에 글 올라오는 즉시 저한테 좀 알려 주세요."

—네. 아 참. 기자들도 너무하네. 거기까지 찾아가. 참. 하던 대로 베껴 쓰지. 이럴 땐 참 재빨라.

"아무튼 수고 좀 해 주세요."

—네, 알겠습니다!

태진의 통화를 들은 정만은 그제야 심각한 표정으로 바뀌며 말했다.

"크게 문제 될 건 없을 거 같아요. 저희 아무 말도 안 했거든요."

"네. 저 때문에 생긴 일이니까 제가 해결할게요."

"왜 형 때문이에요. 우리가 따라간다고 한 건데. 혹시 놀러 다닌다고 생각할까 봐 저희 이것도 챙겨 왔는데. 변명거리 만들려고."

정만은 옆에 놔 둔 뭔가를 테이블에 올렸다.

"대본이네요?"

"네, 계속 쫓아 오길래 혹시나 이 상황에 놀러 다닌다고 하면 핑계 대려고 들고 왔죠. 아! 오직 주 대본은 아니에요! 누나 차에 널브러져 있던 대본 중에 하나씩 들고 온 거예요. 이거 표지는 안 보이게 뒤쪽으로 들고 있어서 모를 거예요."

가만 보니 정만이 들고 있던 건 신품별 대본이었고, 단우는 무브 대본이었다. 그리고 이주는 아주 예전에 출연했던 작품의 대본을 들고 있었다. 이주는 민망한 얼굴로 입을 열었다.

"차 청소를 안 하는 게 아니라! 출연했던 작품들 모아 놨던 거예요! 물론 차에 모아 두는 게 이상하긴 하지만! 사람마다 다른 거니까 그럴 수도 있는 거지!"

괜히 찔려서인지 횡설수설하며 변명을 했고, 이주의 차에 관심이 없던 태진은 이주의 말을 흘려들으며 대본을 쳐다봤다.

"좋네요."

확실히 변명을 하기에 좋은 선택이었다. 다만 좋지 않은 기사가 나가기 전 빠르게 상황을 정리해야 했다. 그때, 어머니가 커피를 가져 오셨다. 어머니를 알고 있던 이주는 벌떡 일어나 커피를 직접 나눠 주었다.

"앉아 계세요. 제가 해도 돼요."
"아니에요! 요즘 커피숍 다 셀프인데요. 그나저나 저희 때문에 놀라셨죠."
"아니요. 나보다 이주 씨나 여기 정만 씨나 단우 씨가 놀랐겠죠. 그래서 놀란 마음 가라앉으라고 따뜻한 아메리카노로 가져 왔어요. 혹시 차가운 거 마시고 싶으시거나 달달한 거 마시고 싶으시면 말씀해 주세요."
"저희 아메리카노 좋아해요! 마침 따뜻한 것도 마시고 싶었고요! 감사합니다!"

어머니의 부드러운 말투에 분위기가 평온해진 느낌이었다. 어머니는 태진을 보며 미소를 지은 뒤 자리를 비켜 주었다. 어머니의 미소를 본 태진은 모든 일이 잘될 것 같은 느낌이 들었다. 세 사람 역시 옅은 미소를 지은 채 김이 나는 커피를 입에 가져갔다. 그때, 단우가 따뜻해 보이는 미소를 보이며 말했다.

"형이 왜 그렇게 항상 평온한지 알 것 같아요."

"전 표정을 지을 수 없어서 그런 거죠."

"그런 거 말고도 형 특유의 느낌이 있어요. 차분하면서 따뜻한 그런 느낌. 어머님 뵈니까 알 거 같아요. 커피에도 그런 따뜻함이 느껴지는 거 같아요. 너무 좋다."

태진도 그제야 커피를 입에 가져갔고, 단우가 말한 것처럼 따뜻함이 느껴지는 듯했다. 그때, 태진의 휴대폰이 울렸고, 세 사람은 커피를 마시며 태진의 얼굴만 쳐다봤다.

잠시 뒤 통화를 마친 태진이 휴대폰으로 무언가를 검색하기 시작했고, 손가락을 바삐 움직이며 살펴본 뒤에 세 사람에게 휴대폰을 보여주었다. 그러자 이주를 시작으로 차례대로 반응을 보이기 시작했다.

"어! 올렸네… 어? 이러느라고 늦게 올렸네!"

"와… 기술이 엄청나네? 아, 이거 좀 나도 좀 만져 주지! 뭐야! 나만 오징어 같잖아!"

"형 오징어 맞잖아. 그런데 아까 그분 맞는 거지?"

사진을 만지느라 오래 걸린 모양이었다. 중요한 건 외모가 아니라 글이었기에 태진은 웃으며 글을 보라며 손가락으로 가리켰다.

"단우야, 여기 네 케이크 이름 나왔다. 크크. 권단우가 사과하려고 사 간 오페라 맛있게 먹겠대."

"내가 봤을 땐 형도 조만간 그 케이크 사 가게 될 거야."

"내가 왜?"

"곧 사과하러 다닐 일이 생길 거야. 내가 고소할 거거든."

두 사람의 대화에 태진도 피식 웃음이 나왔다. 그때, 화면을 밑으로 내리던 이주가 깜짝 놀라며 말했다.

"어! 이거 이래도 돼요? 이거 네 분이서 함께하는 다음 작품도 기대할게요! 꼭 챙겨 볼게요! 라고 써 놨는데요! 이거 멀박에서 걸고넘어지는 거 아니에요?"

대본까지 보안을 철저히 하다 보니 이주는 걱정이 된 모양이었다. 그런 이주를 보며 태진을 고개를 젓고선 입을 열었다.

"멀박에서도 다음 주부터 홍보를 하려고 했던 거니까 큰 문제는 없을 거예요."
"그래도 뭐라고 하지 않을까요?"
"뭐라고 하긴 하겠죠. 그런데 상황이 좀 이상하게 되긴 했어도 홍보 효과는 확실할 거 같은데요. 단우 씨한테 대중들이 주목한 상태라서 드라마에 관심 없던 사람들까지 알게 되겠죠?"
"아!"
"그럼 멀티박스에서도 홍보에 도움이 됐으니 크게 문제 삼진 않을 거예요. 그리고 어떤 드라마라고 노출하지도 않았으니까요."

세 사람은 이해를 했다는 듯 고개를 끄덕거렸고, 태진은 기자들에게 어떻게 인터뷰를 할지 생각하기 시작했다.

"그리고 여기 온 것도 연결할 수 있겠네요. 그동안 연습하느라 층간소음을 발생시켰고 그 지적을 받자마자 사과를 한 거예요. 그리고 피해를 주지 않기 위해 커피숍으로 자리를 옮긴 거고요. 왜 연습실 놔두고 커피숍에서 만난 거냐고 하면 저희 부모님이 하는 가게라서 편하게 하려고 했다고 하면 되고요. 이 부분은 내가 설명을 하는 게 나을 것 같네요."

"저희는요?"

"제가 간단하게 말한 걸 좀 더 자세하게 물어볼 테니까 있던 대로만 얘기하면 되고요."

"네, 사과하고 화해한 SNS 보여 주고 연습하고 있다고 말하면 되는 거죠."

"네."

"그럼 왜 자기들 피했냐고 물어보면 작품 노출을 하면 안 돼서라고 하면 되겠네요. 그럼 책임감 있는 것처럼도 보일 거 같은데… 어때요?"

태진은 웃으며 고개를 끄덕거렸다. 약간 소심해서 그렇지 상황 파악도 빠르고 똑똑하기도 했다. 그때, 정만은 기가 찬다는 표정으로 단우를 봤다.

"아, 진짜 영악해. 여기서도 이미지 챙기네. 사람들이 이런 모습을 알아야 되는데."

"뭐래. 예비 피고인이."

태진은 피식 웃고는 자리에서 일어났다.

"그럼 바로 기자분들 모셔 올 테니까 옷매무새 정리 좀 하세요."
"아! 또 양쪽에 채이주, 권단우야. 야, 내가 끝에 앉을게. 나도
꿀리는 외모가 아닌데 외모로 스트레스 받을 줄 몰랐네. 머리를
좀 나중에 자를 걸 그랬어."
"형은 헤어스타일 문제가 아닐 텐데."

이제 해결이 된다고 생각하는지 세 사람은 가벼운 표정이었
다. 하지만 아직 기자들이 층간소음 문제가 해결된 걸 모르기에
자제할 필요가 있어 보였다. 태진은 세 사람에게 표정 관리를 하
라고 하고는 자리에서 일어났다.
카운터에는 부모님이 바쁘게 움직이고 있었고, 필은 에이바
를 챙기고 있었다. 그리고 러셀은 여전히 우수에 젖은 표정으로
창밖의 기자들의 촬영을 받아 내고 있었다. 그래도 러셀 덕분에
시간을 벌 수 있었다.

"이제 기자분들 모실 거예요. 필 씨하고 에이바는 저기 뒤쪽
에 계세요. 아버지 잠깐 테이블 좀 옮겨도 돼요? 인원이 좀 많을
거 같아서요."
"내가 도와줄게. 테이블 두 개 붙이고 뒤로 의자 이렇게 놓으
면 되지 않을까?"

그러자 필이 궁금한지 물었다.

"잘 해결된 거예요?"

"네, 그럴 거 같아요."

"오케이. 에이바 우리는 저기 가서 먹자."

필은 에이바를 데리고 안쪽으로 자리를 옮겼다. 그리고 태진은 꽤 많은 사람들이 들어올 것이기에 자리를 만들기 시작했다. 얼추 자리를 만든 뒤 태진은 세 사람을 불러 왔고 러셀까지 자리에 앉혔다. 그리고는 잠가 두었던 문을 열었다.

"가게 문은 닫았으니까 손님들은 내일 다시 찾아 주시기 바랍니다. 죄송합니다. 지금은 기자분들만 모실게요."

기자들은 기다렸다는 듯이 들어왔다. 꽤 많은 기자들이 안으로 들어왔다. 아까 국현이 기자들을 비하했던 말이 떠올라 속으로 웃음을 삼켰다. 태진은 한숨을 삼킨 뒤 기자들에게 가볍게 인사를 했다.

"안녕하세요. MfB 에이전트 팀 본부장 한태진이라고 합니다."

태진이 인사를 할 때, 부모님들이 갑자기 커피를 나르기 시작했다. 기자들에게 커피를 한잔씩 나눠 준 뒤 아버지가 태진을 보며 말했다.

"다 나눠 드렸어."

누가 보더라도 태진이 시킨 일처럼 받아들여지는 상황이었다. 태진은 고마움에 부모님께 가볍게 고개 숙여 인사를 한 뒤 말을 이었다.

"오래 기다리시느라 목 마르셨을 텐데 목 좀 축이세요. 드시는 동안 간단하게 설명을 드릴게요. 층간소음 문제는 밑층 주민 분께 오늘 사과를 드렸고요. SNS를 확인해 보시는 게 빠를 겁니다. SNS 주소는 바로 알려 드릴게요. 주민이 취재 요청에 응하시면 인터뷰를 해도 되지만 거절을 하신다면 일반인이다 보니 그 부분은 양해 좀 부탁드립니다."

기자들은 휴대폰이나 태블릿 PC, 노트북 등으로 태진이 알려준 주소를 찾아갔고, 커피를 마시며 게시글을 보기 시작했다.

*　　　　*　　　　*

다음 날, 어젯밤부터 시작된 기사들이 아침이 돼서는 가늠도 하지 못할 정도로 퍼지고 있었다. 실제 취재를 왔던 기자 수에 비해 엄청난 양의 기사였다.

"와… 본부장님 진짜 장난 아닌데요? 단우 씨도 단우 씨인데 우리 배우님들 전부 난리가 났어요. 그런데 러셀 씨 사진은 왜 이렇게 많은 거예요."
"아, 그거요."

"세 명은 거의 같은 사진인데 러셀 씨 혼자만 별의별 사진이 다 있어요."

태진은 가볍게 웃고는 기사를 마저 살폈다.

"확실히 층간소음 문제는 해결됐네요."

"너무 깔끔하게 됐죠. 그런데 그 주민분이 좀 곤란하겠어요. 그분 SNS 보셨어요?"

"어제 봤죠. 왜요?"

"아까 보니까 싸움판 벌어졌던데요? 일단 팔로워 수도 엄청 늘었고요. 누가 보면 연예인인 줄 알 거예요."

"싸움이 일어났어요?"

"다녀간 사람들 중에 별의별 사람들이 다 있잖아요. 괜히 권단우 보고 싶어서 일부러 그런 저격 글 올린 거 아니냐고 의심하는 사람들이 있더라고요. 그래서 처음에 보고 이분이 피해를 입으면 우리가 또 해결을 해야 되잖아요. 그런데 우리 배우님들 팬들이 알아서 처리하고 있던데요."

"어떻게요?"

"세 분의 진심 어린 사과를 의미 없게 만들지 말라고 난리도 아니에요. 팬들도 이 사과로 좋은 이미지 생겼다는 걸 알고 있다는 거죠. 요즘 팬들도 참 똑똑해요. 자기들끼리 분란 조장하지 말라고 막 그러고 있어요."

확실히 좋은 이미지가 생기긴 했다. 단우의 이름으로 논란이 생긴 것이다 보니 가장 이득을 본 것도 단우였다. 하지만 정만과 이주 또한 많은 것을 챙겨 가고 있었다. 같이 있던 장면들을 바탕으로 기사 내용들이 나뭇가지처럼 여러 갈래로 나뉘고 있었다. 태진은 정만의 기사를 보던 준섭을 봤다.

"정만 씨는 여전히 좋죠?"
"네! 정만 씨 덕분에 어떤 작품인지 추측 못 하고 있어요."
"아직 정답 나온 것도 없고요?"
"있긴 있어요. 되게 정확한 분석한 사람이 있더라고요. 오직 주에서 강필두가 도서관에 갇혀 있을 때 자판기에 리필되는 게 단백질 바라고 그러면서 그거 먹고 몸 키웠다고 그런 말 하더라고요. 그러면서 강필두 아니냐고. 그런데 사람들이 다들 아니라고 생각하더라고요. 그리고 작품보다 정만 씨 몸에 더 관심이 많아요."

태진은 피식 웃었다. 알아차린 사람에게 미안하지만 지금은 정답을 내놓는 것보다 조금 더 관심을 끌어모아야 했다.

"어떻게 몸을 저렇게 키웠냐 하면서 약으로 키운 거 아니냐, 그런 말도 나오는데 헬스 하는 사람들이 그러기에는 근육량이 너무 적어 보인다라고 그러고요. 그러면서 자기들끼리 분석하고 그러더라고요."
"하하."
"이제 저기서 근육만 빡세게 만들면 엄청날 거라고 하더라고요. 그래서 그런지 액션영화라고 생각하는 사람들이 엄청 많아요."

사람들의 추측 덕분에 MfB와 전혀 관계 없는 영화들까지 언급되면서 덩달아 관심을 받고 있었다. 그리고 이주 또한 사람들에게 관심을 받는 중이었다. 하지만 단우와 정만과는 다른 반응이었다. 둘은 앞으로의 활동에 대해 궁금해했지만, 이주의 경우 전작에 대한 얘기들이 대부분이었다.

—오름 아저씨 버리는 거 아니죠……?
—쟤네들이랑 열애설 터지면 진짜 배신감 들 거 같다!
—오름 아저씨 잘 있는 거죠?
—채이주는 진짜 일상 사진도 드라마에서 튀어나온 거 같네.
—무브에 빠져서 그런가 무브 뒷얘기 같음 ㅠㅠ 무브 시즌2 만들어 주세요!

무브가 끝난 지 얼마 안 된 데다가 마지막에 강렬한 인상을 심어 주어서인지 대부분 무브에 대한 얘기들이었다. 전작이 너무 성공해 이런 반응이 나오다 보니 이주에게는 부담이 될 수도 있지만 태진이 보기에는 잘 이겨 낼 수 있을 것 같았다. 지금 준비하고 있는 연기도 상당히 잘하고 있는 편이었다.

태진이 세 사람에 대한 반응을 보며 흐뭇해할 때 수잔이 입을 열었다.

"멀박에서 이따 오후에 온다네요."
"강 이사님이 직접이요?"
"네, 엄청 좋아하더라고요. 아마 오직 주 제작 공개하는 거 때문일 거 같아요. 일정을 며칠 더 앞당기려고 하나 보더라고요."

"그게 좋긴 하죠. 답을 알고 싶은데 너무 질질 끌면 지치니까. 알겠어요."

위기가 기회로 바뀌었다. 태진은 안도의 한숨을 뱉으며 의자에 등을 기댈 때, 옆자리에 있던 현미가 조용히 물었다.

"그 케이크 어떠셨어요?"

"아! 케이크요. 전 싸구려 입맛이라 그런지 맛은 잘 모르겠는데 예쁘긴 하더라고요."

"아, 그러셨구나."

"그래도 주민분은 현미 씨가 알아 온 덕분에 엄청 좋아하셨어요."

현미는 기분 좋은 미소를 지으며 말을 이었다.

"저도 그 주민분 SNS 보고 너무 맛있어 보여서 알아봤거든요. 그런데 케이크 가게 SNS에 공지 냈더라고요."

"뭐라고요?"

"권단우가 사과하려고 사 간 오페라를 찾는 사람들이 많은데 예약은 안 된다고요. 대신 기존 판매 수량에서 조금 더 늘리겠다고 그런 식으로요."

"아!"

"엄청 문의가 많이 들어오나 봐요. 우리나라 사람들 진짜 빨라요."

"엄청 비싸던데."

"요즘 인싸들은 가격보다 그런 거 먹고 SNS에 자랑해야 되는 게 더 중요하잖아요."

태진은 너털웃음을 뱉었다. 분위기를 보면 당분간은 계속 단우의 이름이 언급될 것 같았다. 이 정도의 홍보 효과라면 케이크 가격이 싼 편인 것 같다는 생각도 들었다. 케이크 가게가 잘된다는 말에 태진은 혹시나 하는 생각이 들었다. 부모님의 가게도 비슷한 상황은 아닐까 싶었다. 태진은 곧바로 휴대폰을 꺼내 전화를 걸었다.

"어머니, 어디세요?"
—지금 밖인데. 왜?
"아, 가게 아니세요?"
—가고 있지. 다 와 가는데 무슨 일 있어?
"아니요. 그건 아니고요. 어제 일 때문에 손님이 많은가 해서요."
—설마. 여보? 왜 그래?

갑자기 어머니가 의아한 말투로 아버지를 부르는 소리가 들렸다. 그리고 잠시 뒤, 무슨 대화를 나누시더니 어머니의 놀란 목소리가 들려왔다.

—어머어머! 태진아, 이게 뭐야! 가게 앞에 사람들이 엄청 많아. 이따 전화할게! 네? 아, 네. 이제 오픈해요. 잠시만 기다려 주세요.

역시나 부모님의 가게 역시 영향을 받았다. 태진은 부모님이

힘들진 않을까 걱정도 됐지만, 한편으로는 손님이 없으면 마음
이 불편할 것이기에 없는 것보다는 있는 게 나을 것 같았다.

*　　　　　*　　　　　*

며칠 뒤. 멀티박스에서 '오직 주' 제작을 맡았다는 기사를 내
보내기 시작했고, 그동안 기다렸던 사람들은 궁금증이 해결되다
보니 폭발적인 반응을 보였다. 덕분에 단우와, 정만, 이주의 주가
가 또다시 올라가는 중이었다. 하지만 그들보다 바로 반응을 보
이는 사람은 따로 있었다. 다름 아닌 김정연 작가였다.

―이거 다 노린 거예요?
"네?"
―층간소음 원래 처음부터 없었죠? 이거 계획하고 다 만든 거
잖아. 맞죠?
"그런 건 아니에요."
―진짜?

누가 작가 아니랄까 봐 일상생활에서도 소설을 쓰고 있었다. 김정
연이 전화를 건 이유를 알기에 태진은 가볍게 웃고는 말을 이었다.

"조회수 또 많이 올랐어요?"
―말도 마요. 웹툰은 원래 고정이었는데 웹소설이 또 1등이야! 아
무런 이벤트도 없는데! 내가 써도 이런 조회수 안 나올 거 같은 조

회수가 나오고 있다고요. 이런 복덩이가 있을 줄은 생각도 못 했네.

반응이 워낙 좋다 보니 김정연의 목소리도 신이 난 상태였다. 태진도 태민이 잘되는 것이기에 기뻤다. 하지만 원래도 잘되고 있다 보니 예전만큼 크게 감흥이 있진 않았다. 그보다 지금은 다른 문제가 걱정이었다.

─세트 제작은 어떻게 되고 있어요?

"지금 준비하고 있고요. 이제 시작할 거 같아요. 그러면 올해 말로 촬영 시작 예상하고 있어요."

─얼마 안 남았네. 그때까지 계속 1등 했으면 좋겠는데.

"하하."

─그러니까 이런 층간소음 같은 이벤트 좀 많이 만들어 줘요. 그래야지 드라마도 성공하니까!

"진짜 일부러 계획한 거 아니에요."

─농담이에요. 아무튼 고마워요! 든든한 형 있으니까 좋네!

그 말을 끝으로 통화가 끊겼고, 태진은 가볍게 웃고는 휴대폰을 집어넣었다. 그러고는 국현을 보며 물었다.

"단독주택 공사 오늘 되는 거 맞죠?"

"네, 한 부장님이 그렇게 해 달라고 부탁했다고 하셨어요."

"그럼 오늘 다들 들어가서 연습할 수 있는 거죠?"

"그럴 거예요. 따로 할 게 없어서 전기 공사 하고 도배랑 장판 새로 하는 게 전부라서 금방 한대요. 다 하면 전화 준다고 했습니다. 한 부장님이 알고 지내는 업체라서 엄청 잘해 주던데요."

"그렇구나."

오직 주에 출연하는 배우들이 연습할 장소를 마련했다. 조건이 까다로웠지만 마침 조건에 맞는 매물이 나와 바로 계약을 한 상태였다. 그리고 그곳의 인테리어를 태은에게 부탁했지만, 태은이 오직 주 일로 바빴기에 다른 회사를 소개해 준 상태였다. 순조롭게 진행이 되고 있음에도 태진은 약간 초조해 보였다. 그런 태진의 표정을 보던 국현이 조심스럽게 입을 열었다.

"서둘러 달라고 할까요?"

"아니에요. 오늘 된다면서요."

"그렇긴 한데. 부모님 문제로 그러시는 거 아니에요?"

태진은 말없이 고개를 끄덕거렸다.

"참 선을 넘는 사람들이 많단 말이에요. 장사해야 되는 곳에서 그렇게 죽치고 있으면 어떻게 하라고."

며칠 전 기사가 나감과 동시에 SNS를 통해 부모님의 가게 역시 소문이 났다. 커피가 맛있다는 소문이 아니라 그곳에서 정만과 단우, 그리고 이주가 연습을 한다는 소문이었다. 그러다 보니 팬들이 가게를 찾아왔고, 문이 열릴 때부터 자리를 잡아 가게 문을 닫을 때까지 자리를 지키고 있었다.

당연히 테이블 회전이 안 되기에 한마디 할 수도 있지만 부모님은 그러지 못하고 고민만 하고 있었다. 그건 바로 태진 때문이었다. 태진이 담당하는 연예인들 때문에 가게를 찾았는데 까칠하게 대하면 그게 태진에게 돌아갈지도 모른다고 생각하고 있었다. 그렇기에 태진도 최대한 빠르게 연습 장소를 옮겼다는 걸 알리고 싶은 마음에 초조한 것이었다.

*   *   *

며칠 뒤. 주말을 맞이해 태진은 부모님을 돕기 위해 커피숍을 찾아갔다. 부모님이 쉬라고 하는 통에 같이 갈 수가 없기에 시간을 두고 온 것이었다.

며칠 전 연습 장소를 옮겼다고 알림과 동시에 가게에 죽치던 손님들이 사라졌고, 전처럼 손님이 없는 상태로 돌아와 버렸다. 그럼에도 부모님들의 표정은 굉장히 밝은 상태였다.

"집에서 쉬지 뭐 하러 나왔어."
"저도 커피 마시고 싶어서 나온 거예요."
"커피도 안 좋아하면서. 좀 앉아 있어."

태진은 손님이 한 명도 없는 커피숍을 보니 씁쓸한 마음도 들었다. 내놓는 판단마다 오답 같은 느낌이었다. 사람이 많을 때도 문제가 있지만 없을 때도 문제였다.

'장사라는 게 아무나 하는 게 아니구나.'

시간이 흘러 점심시간이 다 되도록 손님이 한 명도 없었다. 그럼에도 부모님은 뭘 하시는지 두 분 모두 굉장히 분주하게 움직이고 계셨다. 그리고 그때, 처음으로 손님이 들어왔다. 태진은 딱히 할 줄 아는 게 없기에 그냥 손님을 지켜봤다. 그런데 그 손님이 무언가를 내밀고는 계산을 한 뒤 테이크아웃을 해서 나갔다.

그 손님을 시작으로 갑자기 손님들이 쏟아지기 시작했다. 신기하게도 홀에서 커피를 마시는 사람은 한 명도 없었고, 전부 무언가를 내밀고 테이크아웃을 해 갔다. 부모님은 거의 세 시간 넘도록 커피만 만들고 있었다.

분명히 손님이 없을 거라고 생각했는데 말도 안 되게 손님이 많았다. 한참이 지나서야 손님이 잦아들었고, 태진은 궁금한 마음에 카운터로 가 아까 손님들이 내밀었던 종이를 쳐다봤다. 그런데 통 안에 담겨 있는 종이들은 통일된 것이 아니었다. 알록달록해 보일 정도로 여러 종류였다. 그때, 아버지가 오시더니 종이를 꺼냈다.

"아, 엄청 많네. 손님 많지?"
"그러게요. 왜 이렇게 많은 거예요?"
"다 아빠의 능력 덕분이지."
"이거 다 식당 이름들 아니에요?"
"맞아. 여기 주변 식당들이야."

그때, 어머니가 웃으면서 대신 대답했다.

"아빠가 괜히 부장님으로 있던 게 아니야."

"뭐 하셨어요?"

"무슨 이벤트를 할까 생각하고 있었거든. 정해진 건 없었어. 그런데 그때 일이 터지면서 손님도 문제인데 여기 주변 상가들도 너무 피해를 보더라고."

"아!"

"저기 상관도 없는 곳에서까지 찾아와서 안 좋게 얘기했었어."

"저한테 말을 하시지."

"아니야. 잘 해결됐어."

"어떻게 해결하셨어요?"

"우리 때문에 피해를 본 거니까 미안하잖아. 그래서 엄마가 커피를 좀 드리려고 했는데 네 아빠가 갑자기 그러더라. 그냥 잠깐 주는 거보다 그런 일이 얼마나 될지 모르니까 지속적으로 이어나갈 수 있으면 좋지 않겠냐고."

아버지는 피식 웃고는 입을 열었다.

"상부상조하는 거지. 아빠 회사에서도 많이 사용했던 방법이야. 수입해 오는 거 끼워서 파는 거. 하하."

"식당 쿠폰 가져오면 할인해 주고 그러는 거예요?"

"그렇지. 식당들마다 쿠폰 하나당 250원 부담. 우리도 250원 부담. 대신 박리다매. 테이크 아웃만 가능하다고 했으니까 회전율도 좋지."

"와……."

"낮이라 이 정도지 어제저녁은 더 했어. 그러니까 태진이 너도 걱정 안 해도 돼. 그리고 이제는 얼마든지 데리고 와도 돼. 주변 가게들하고 좀 친해져서 그 정도는 봐줄 거야. 하하."

한 회사에서 직장 생활을 오래 한 이유가 있었다. 태진은 진심으로 감탄함과 동시에 괜히 나선 것 같아 민망하기도 했다. 그때, 아버지가 웃으면서 태진에게 손짓했다.

"온 김에 포스기나 좀 배우고 가. 저녁은 네가 계산 좀 해야겠어. 하하."

태진은 살며시 입술을 떨고는 카운터로 향했다.

*　　　　*　　　　*

반년 뒤. 파주에 나와 있는 태진은 눈앞에 보이는 집들을 천천히 둘러봤다.

"와……."

감탄밖에 나오지 않았다. 세트장을 자주 확인했지만 그때는 주변에 자재들도 널려 있었고 공사하는 사람들도 많다 보니 크게 감탄하진 않았는데 지금 이렇게 아무도 없는 거리를 보자 아무런 말도 나오지가 않았다.

"스흡, 대단하다……. 어떻게 이렇게 만들었지."

"진짜 잘 만들었네요."

"이 기간에 이 정도 퀄리티면 엄청 바빴을 텐데. 그럼 저기 아파트 주민들이 항의하고 난리도 아니었을 텐데 대단하네요."

"드라마 잘되면 저기 아파트도 집값 오르잖아요. 그래서 오히려 도움 많이 받았대요."

"아! 그렇겠네. 그 정도면 한 삽 도울 수도 있겠네요. 하하. 그나저나 저기 한 작가님이랑 김정연 작가님도 엄청 마음에 들어 하시나 본데요."

함께 온 국현의 말에 고개를 돌려 보니 태민이 감탄을 넘어 감동한 표정으로 세트장을 보고 있었다. 마치 자신이 생각하며 썼던 그림과 일치하는 듯한 표정이었다. 자신이 꿈꾸던 세상에 온 사람처럼 천천히 걸음을 옮기기까지 했다. 그러다 보니 다른 사람들도 어차피 세트장을 확인하러 온 것이기에 태민의 뒤를 따라갔다.

"여기는 할아버지, 할머니가 손주 키우는 집이고……."

그냥 집만 보면서도 어떤 집인지 전부 얘기했고, 뒤따라 오던 선우 무대의 김 반장은 화들짝 놀라며 입을 열었다.

"어! 아셨어요?"

"굉장히 세심해서요. 도로에서 집으로 가는 턱이 없잖아요. 아이가 걷지 못해서 이렇게 만든 거거든요. 원래 살던 집에는 계단도 있고 그래서 가족 전체가 힘들어했던 거라서요. 산책도 누가 도와줘야지 나갈 수 있는 그런 걸 보고 강필두가 이렇게 만든 거거든요."

태민은 이리저리 살펴보며 쉼 없이 말을 이었다.

"그러고 저기 짚 앞에 놓인 나무 펜스도 있네요."
"아! 저거는 촬영할 때 교체해야 되는 거라서요."

태민은 천천히 걸음을 옮기고는 마당에 처져 있는 펜스가 아닌 땅에 놓여 있는 나무 펜스를 쳐다봤다.

"와, 좋다."

김 반장은 자신의 노력을 알아봐 줘서인지 흐뭇하게 웃고 있었다. 그때, 김정연이 태민의 옆에 같이 쪼그려 앉으며 말했다.

"이거 그거지? 일 많이 들어와서 강필두가 사람들한테 맡겼다가 생기는 일."
"네, 맞아요. 아이가 뾰족한 펜스에 찔려서 이마가 찢어지는 바람에 애 엄마가 뾰족한 부분을 손수 다 깎거든요. 그거 알고 바빠도 다 확인하게 되는 계기라고나 할까요. 진짜 투박하게 잘 만드신 거 같아요."
"되게 섬세하네. 이런 거 까지 미리 만들어 놓고."

태민은 현장 감독인 김 반장이 가볍게 고개를 숙여 마음을 표현했고, 김 반장은 여전히 흐뭇한 표정으로 대답했다.

"알아봐 주시니 저희가 더 감사하죠! 신경 쓴 보람이 있네요! 하하."

그렇게 세트장을 돌아다니며 확인을 했다. 태진은 특히 오래된 집들로 만들어진 골목이 신기했다. 딱 봐도 오래되어 보이는 주택들이었고, 세입자들을 늘리려고 문도 여러 곳에 뚫려 있는 것까지 표현했다. 심지어는 반지하까지 만들어 뒀다.

그러다 보니 세트장이 거의 동네처럼 엄청난 규모였다. 이런 세트장을 반년 만에 완성시킨 것도 놀라운데 소설 속 내용에 딱 맞게 맞춰서 만들기까지 했다. 조금 뒤에서 따라가던 태진은 국현과 함께 감탄하기에 바빴다.

"여기 진짜 저 어렸을 때 살던 동네 같네요. 어떻게 이렇게 만들어 뒀대. 김 반장 맨날 힘들다고 하더니 진짜 장난 아니네요."

"이렇게 만드셨는데 힘드셨겠죠."

"하긴 그렇겠죠. 그런데 전봇대까지 만든 거는 조금 소름이네. 그런데 부지 엄청나겠는데요? 여기도 홍보 기간 끝나면 다시 철거하고 아까 그 새집들처럼 다시 만든다고 했잖아요."

"그렇죠."

"그럼 세트장 관광 기간을 2년 잡았잖아요. 그럼 저기 새집 세트장은 헌 집이 되는 거고, 여기는 새집이 되니까 그것도 잘해야 되겠네요. 다 새집 들어오고 싶을 테니까요."

"그거 얘기 될 거예요. 어차피 시간도 엄청 오래 걸릴 거라서 그때 상황보고 새롭게 건축을 하든가 아니면 보수를 하든가 하겠죠? 그리고 파주시에서 입주민 선정도 해야 되고 다 선정이 되더라도 여기 교통이 좀 불편하잖아요. 차가 없으면 버스 타야 되는데 정류장도 걸어서 10분 넘게 걸리니까 그것도 해결해야 되고 그래서 시간이 많이 걸릴 거예요."

그 부분은 건축사들과 얘기가 될 것이었다. 아마 드라마가 잘된다면 관광을 위해 여기를 남겨 두고 새롭게 건축할 수도 있었다. 파주시에서도 홍보를 하다 보니 같은 형태의 건물이 될 테고, 그렇다면 드라마에 참여한 건축사들에게 일이 돌아갈 확률이 높았다.

"누이 좋고 매부 좋다는 말이 딱 이거 두고 하는 말이네요. 하하."

태진도 웃으며 고개를 끄덕거렸다. 그때, 국현이 입구 쪽을 가리키며 말했다.

"그런데 저 감독님은 되게 독특하신 거 같아요."

입구 쪽에는 이정출 감독이 연신 카메라를 보며 무언가를 확인하고 있었다. 연출이라는 직업과 어울리지 않게 외톨이처럼 행동했지만 배경을 뽑아내는 실력만큼은 그 누구보다 출중했다. 태진은 이 감독이 무엇을 보고 있는지 궁금한 마음에 걸음을 옮겼다.

"안녕하세요."

"아, 네."

"뭐 보고 계신 거예요?"

"확인할 게 있어서요."

이정출은 별다른 설명도 없이 카메라를 보며 연신 사진을 넘기기만 했다. 이리저리 움직이며 골목을 쳐다보기도 했고, 다시 사진을 보기도 했다.

"무슨 문제 있나요?"

"아니요? 왜요?"

"뭐 하시는 거 같아서요."

"장소 찾고 있는 거예요. 저기 새집들은 블록을 아예 만들어서 상관이 없는데 여기는 골목길들이잖아요."

"그게 왜요?"

"같은 골목길이라도 다른 분위기를 내야 되잖아요. 에피소드에 나오는 사람들이 다 같은 동네 사는 사람들은 아니니까. 그래서 비슷한 동네를 찾아서 그 배경으로 보여 주고, 내부는 여기서 촬영하려고요. 물론 실제로 공사하기로 해 놓은 곳도 있지만 그러려면 대기하고 있는 기간이 엄청 늘어나는데 제작비 다 타요."

태진은 수긍하며 고개를 끄덕거렸다. 그러고는 이 감독의 카메라를 힐끔 쳐다봤다. 그러자 이정출이 태진을 한 번 보더니 카메라를 내밀었다.

"한번 보세요. 어떤가. 저기 첫 집 찍을 때는 신정동을 생각하고 있거든요."
"거기 목동 근처 아니에요?"
"맞아요."

에이드의 회사와 가까운 곳이었다.

"어… 거기 아파트들밖에 안 보이던데요."
"맞아요. 거기 재개발 지역이라서 다 새 아파트들이더라고요. 그런데 그 안쪽에 보면 아직 예정 중인 곳이 있어요. 옛날 빨간 벽돌 쓴 주택들부터 그냥 시멘트에 페인트칠해 놓은 집들 있는 곳이 있어요. 딱 골목도 좁고 주차해 놓으면 차들 못 지나가는 그런 골목이 있거든요. 이게 거기예요."
"아."

전에 지나가면서 봤던 동네라고는 생각하지 못할 정도로 사진 속 집들이 굉장히 오래되어 보였다.

"어때요?"
"잘 어울릴 거 같은데요."
"여기 언덕 중간에 있는 집이고 내부도 따로 만질 필요도 없어요. 단칸방이어야 되는데 여기에 단칸방이 있어요. 그것도 되게 옛

날에나 보던 방이에요. 1층에 방 세 개인데 그중에 하나 방을 아예 없애고 입구를 뚫어서 만든 단칸방이거든요. 화장실도 밖에 있고."

"아⋯⋯."

"그리고 밑에서부터 찍으면 뒤쪽 부지가 산처럼 되어 있어서 아파트가 나올 일이 없어요. 그리고 이 밑에는 아파트들 때문에 도로 잘 만들어 놔서 우리 진입하기도 쉽고요."

"아하! 이런 곳을 어떻게 찾으셨어요?"

"발이 있잖아요."

이정출은 대수롭지 않게 자신의 발을 가리켰고, 태진도 이정출의 발을 쳐다봤다. 굉장히 오래되어 보이는 운동화를 보니 그동안 배경을 찾기 위해 얼마나 걸어 다녔을지 알 수 있었다. 그리고 노력한 만큼 드라마의 배경은 그 어떤 드라마보다 드라마에 잘 어울릴 것 같았다. 공동 연출로 이정출을 선택한 것이 정말 잘했다는 생각이 들었다. 그때, 일행에서 떨어져 나온 김 감독이 다가 왔다. 그러더니 놀란 얼굴로 이 감독에게 말했다.

"형, 뭐예요."

"뭐가?"

"형 이렇게 친절한 사람 아니잖아요."

"내가 뭘 어쨌다고 이래."

"자기가 찍은 사진 보물처럼 챙기는 사람이 그걸 보여 주는데 안 신기해요? 제작사에서 한 번만 보자고 할 때 나중에 한 번에 보여 준다고 하는 사람이 한 본부장님은 보여 주고 있잖아요."

태진은 웃으며 대신 대답했다.

"제가 보여 달라고 했거든요."

"그래도 보여 줄 사람이 아닌데. 역시 본부장님이라서 보여 준 건가? 사진은 엄청 좋죠?"

"네, 너무 좋더라고요."

"우리 형님 덕분에 전 엄청 편하게 하고 있죠. 애들은 뭐 섭외 하느라 힘들긴 하지만. 하하."

이정출은 민망해하는 얼굴로 김 감독을 내쫓았다.

"가서 차질 없게 일정이나 얘기해. 내일모레 리딩하는 거 알렸어?"

"요즘 누가 말로 해요. 이미 다 보냈죠. 그런 건 걱정 마시고 형은 저 연출하는 거나 잘 알려 주세요."

"또 이상한 소리하고 있네. 가서 설명이나 해 드려."

"하하. 알았어요."

김 감독은 웃으며 다시 일행들에게 돌아갔고, 태진은 신기한 표정으로 이 감독을 쳐다봤다. 이런 성격의 사람이 드라마 연출을 하고 있는 것도 신기했다. 그리고 그 동안 왜 다큐멘터리 PD로 활동했는지 알 것 같았다. 배경을 뽑아내는 실력도 실력이지만 성격 탓도 있는 듯했다. 그때, 이 감독이 멋쩍은 얼굴로 태진을 쳐다봤다.

"저, 부탁 좀 드려도 될까요?"

갑작스러운 부탁에 태진은 의아해하며 이 감독을 쳐다봤다.

"김 PD한테 듣기로는… 에잇에이… 하고 친하시다고요."
"아, 네. 정확히 얘기하면 8A가 아니라 거기 대표님하고 친하죠. 왜 그러세요?"
"사인 좀……."
"네?"
"딸아이가 에잇에이를 너무 좋아해서요… 아빠가 PD라고 부탁을 했는데… 제가 본 적이 있어야죠."
"아!"

태진은 여태껏 했던 대화와 전혀 상관이 없는 부탁에 당황했다. 하지만 한편으로는 이해가 되기도 했다. 8A는 후에게 트레이닝을 받고 후의 곡을 받아 최근에 다시 활동을 시작했고, 지금 어마어마한 인기를 끌고 있는 중이었다.

이 감독은 자식에게 선물을 주고 싶어서인지 민망함을 꾹 참고 있는 것이 보였다. 부모 마음은 다 똑같은 듯했다.

"잠시만요."

태진은 곧장 곽이정에게 전화를 걸었다.

"바쁘세요? 다름이 아니라 저희 오직 주 감독님 따님이 8A 팬이라고 하셔서요. 아니요. 지금 같이 있는 건 아니고요. 감독님 따님 나이랑 이름이 어떻게 돼요?"

"아! 16살 이연지입니다!"

이 감독의 대답을 들은 태진은 다시 통화를 이어 나갔다.

"이연지고요 이제 고등학생 되나 봐요. 그런데 그렇게 하셔도 돼요? 하하. 알겠어요. 네."

이 감독은 민망한 얼굴로 태진을 쳐다봤고, 태진은 웃으며 잠깐 기다리라고만 대답했다. 그러고는 잠시 뒤 태진에게 영상하나가 도착했다.

"감독님, 이거 같이 보세요."

태진은 영상을 재생했고, 영상에는 8A 멤버들이 옹기종기 나와 있었다.

─연지 안녕! 언니들 알지? 너무 반갑다! 연지가 우리 8A 팬이라고 들었어. 너무 고마워. 연지 덕분에 우리 오늘도 1등 했어! 이야!

다소 산만해 보이긴 하지만 받을 사람은 엄청 좋아할 것이 틀림없었다.

　―감독님한테 연지가 이제 고등학생 된다고 들었어! 많이 힘든 시기겠지만 지금부터 미리 준비를 해 둬야지 꿈에 한 발짝 더 다가갈 수 있을 거야. 언니들도 꿈을 이루려고 열심히 하고 있거든. 우리 서로 열심히 하자! 알았지? 그럼 나중에 진짜로 보자! 안녕! 에잇 에이!

　이 감독은 멍한 표정으로 태진을 쳐다보며 말했다.

　"이렇게… 해 주셔도 되는 겁니까?"
　"제가 따로 부탁하고 그런 건 아니에요. 8A도 오직 주 OST 참여해서 오직 주 잘되는 걸 원하거든요. 잘 부탁드린다는 의미에서 이렇게 한 걸 거예요."
　"아… 열심히 해야죠……."
　"지금 영상, 감독님께 보냈어요. 따님한테 보내세요."
　"네. 저 최선을 다할게요."

　이 감독은 주먹까지 흔들더니 등을 돌려 휴대폰을 만졌고, 딸이 영상을 봤는지 곧장 전화가 걸려 왔다. 그러자 전화를 받으며 사람이 없는 곳으로 자리를 옮겼다.

　"어! 아빠야! 그래. 아빠가 해 준다고 했잖아. 그래! 하하하. 그렇게 좋아? 어때, 아빠 멋있어? 하하하."

저쪽으로 가는 중에도 웃음소리는 계속 들렸고, 그 웃음소리를 들은 국현이 입을 열었다.

"역시 자식이 최고네요. 이 감독님이 파이팅 한다고 주먹 들어 올리는 것도 보고."
"그러게요. 되게 좋아 보이네요."
"그나저나 8A가 대단하긴 하네요. 요즘 전부 8A 얘기만 나오는데. 곽이정 대표 완전 입 찢어졌겠네."
"그만큼 우리 드라마에도 도움이 되잖아요."
"그렇긴 하죠. 후 덕분에 노래 실력도 엄청 좋아지고 춤도 잘 추는 데다가 노래도 좋지! 거기다가 에이드 씨가 무브로 돈 번거 투자까지 하니까 이건 뭐, 성공을 못 할 수가 없는 거였네요."

태진은 가볍게 웃고는 곽이정이 보낸 메시지를 확인했다.

—언제든지 부탁하세요.

태진 덕분이라고 생각하는지 이제는 어떠한 조건도 걸지 않았다. 태진은 가볍게 웃고는 휴대폰을 집어넣었다.

제4장

—

첫 방송

　반년 뒤, 준비를 잘해 온 덕분에 오직 주의 촬영은 진즉에 끝이
난 상태였다. 세트장 같은 걸로 준비 기간이 오래 걸린 것과 다르
게 연기는 4달 만에 촬영을 끝냈다. 배우들도 연습실에서 함께 합
숙하며 연습을 했기에 부분 부분 태진도 따라 하지 못할 것 같은
연기들도 보여 주었고, 배우들 간의 호흡도 그 어떤 드라마보다
좋을 수밖에 없었다. 그러다 보니 촬영 기간이 줄어든 것이었다.

　호흡이 좋다 보니 좋은 장면들이 쏟아져 나왔고, 그 장면들을
확인한 멀티박스에서도 엄청난 홍보비를 쏟아부었다. 이미 다
확인을 마쳤기에 다 회수할 수 있다는 자신감이었다. 덕분에 공
개 며칠 전부터 홍보용 광고는 당연했고, 출연했던 배우들까지
아직 공개가 되지 않았음에도 예능에 출연해 미리 홍보를 하고
다니느라 바쁜 스케줄을 소화하고 있었다.

그리고 오늘이 그 결과가 나오는 날이었다. N플릭스에서 독점으로 제공하기로 결정되었고, 한국 시간 자정으로 공개가 되었다. 배우들과 함께 볼까도 생각했는데 시간도 시간이거니와 이주는 광고 촬영으로, 정만은 예능으로, 단우는 곧바로 들어온 다음 작품 준비로 모두가 바쁜 상태였다. 게다가 태진도 바쁜 건 마찬가지였다.

　시간을 보니 벌써 11시가 다 되어 가고 있었다. 부모님의 가게에 나와 있던 태진은 부모님들을 보며 말했다.

"이제 내일 준비하셔도 되지 않아요?"
"이제 슬슬 가야지."
"그런데 같은 상가도 아닌데. 단체 야유회도 가고 그러세요? 저기 벌집삼겹살집은 1㎞ 넘게 떨어져 있던데요."
"거기도 우리하고 같이 연계되어 있잖아."

　어머니는 기대가 된다는 표정으로 웃으며 말했다.

"너희 아빠가 다 계획하신 거야. 어떻게 하다 보니까 구심점이 우리가 됐잖아. 그래서 아빠가 회장 되셨어."

　아버지는 어머니를 보며 씨익 웃고는 맞장구쳤다.

"내가 꼭 호강시켜 준다고 했잖아. 회장 사모님 된 기분이 어때."
"푸흡, 너무 좋아!"

"봐! 내가 약속은 지키는 남자라니까. 하하."

태진은 화기애애한 부모님의 모습에 가볍게 웃고는 입을 열었다.

"아버지가 제안하신 거예요?"

"그렇지. 대단한 건 아니고 그냥 다 같이 콧구멍에 바람 좀 쐬러 가는 거지. 장사를 해 보니까 마음 편히 쉴 수가 없더라고. 그래서 주변 사장님들도 같은 생각일 거 같아서 내가 먼저 제의했지. 그랬더니 다들 오케이 하던데?"

"그럼 손님들은요?"

"다른 집으로 가 보겠지. 그리고 저번 주부터 안내문 붙여 놔서 단골들은 알 거야."

"아… 온천으로 가신다고 하셨죠?"

"어, 새벽에 5시에 출발해서 밤 9시쯤 올 거야. 그러니까 밥 알아서 잘 챙겨 먹어."

"그럼 이제 집에 가서 주무셔야죠."

"가야지. 집에 가서 또 챙길 것도 챙기고."

오랜만에 여행을 가서 그런지 들떠 보이기까지 했다. 태진이 그런 부모님을 보며 웃을 때 어머니가 입을 열었다.

"잠이 오려나 모르겠어."

"왜요?"

"오늘 우리 아들들이 만든 드라마 나오는 날이잖아."

"아… 그거 천천히 보셔도 돼요."

"궁금하잖아. 그래서 오늘 보는 데까지 보고 버스에서 자려고. 엄마는 사실 여행보다 그게 더 기대돼. 아빠도 그래서 기분좋은 거야. 내일 자랑할 생각에."

대화를 듣던 아버지가 크게 웃으며 수긍했다.

"하하. 맞지! 회사를 안 다니니까 나쁜 점이 딱 한 가지야. 좋은 일 있으면 자랑할 곳이 없어!"

와이셔츠를 선물로 드려도 자랑하시는 분이다 보니 지금 한 말이 충분히 이해되었다. 부모님들도 기대를 하다 보니 잘됐으면 하는 바람이 더 커졌다.

"그런데 넌 괜찮겠어? 태민이랑 태은이는 왜 안 와? 가게에서 같이 본다면서."

"태은이가 태민이 데리고 올 거예요."

"집에서 보라니까."

"좀 시끄러울 거 같아서요."

"그래. 가게 문 잘 닫고 혹시나 전기요금 아낀다고 냉장고 코드 빼면 큰일 나니까 너희들이 쓴 것만 치우고 문만 닫고 와."

"네. 알겠어요."

그때, 가게 밖에 누군가가 서성였다. 기다란 박스를 들고는 이리저리 움직이고 있었다. 이미 가게 문을 닫은 상태지만 안에 불이 켜져 있어서 열려 있는 줄 알고 있는 듯했다. 하지만 시간이 지나도 계속 가게 앞을 지나가며 서성이고 있었다. 그런데 그 옆모습과 뒷모습이 눈에 익었다.

"어……?"

"왜?"

"밖에 있는 분 아는 분 같아서요. 잠시만요."

태진은 천천히 밖으로 나갔다. 그러자 등지고 서 있는 사람의 얼굴이 보였고, 태진은 화들짝 놀란 얼굴로 입을 열었다.

"국현 씨!"

"어? 본부장님!"

"여기 어떻게 오셨어요? 아니, 들어오세요."

"아닙니다!"

"저 보러 오셨어요? 아니면 우연이에요?"

"본부장님 뵈러 온 건 맞는데……."

자꾸 주변만 두리번거리며 잘 대답을 하지 못했다. 그때, 저쪽에서 한 무리의 사람들이 이쪽으로 오기 시작했고, 그들을 본 태진은 눈만 껌뻑거렸다.

"어……?"

"이제 오네."

"왜 다 여기로 오는 거예요?"

이주와 정만, 그리고 단우 세 사람이 앞쪽에 있었고, 뒤쪽에는 오름, 필, 러셀 그리고 에이바까지 꽤 많은 인원이 함께 오고 있는 중이었다. 태진은 왜 저들이 여기로 오는 건지 궁금한 마음에 국현을 보자 국현이 머쓱하게 웃으며 말했다.

"저한테 부탁하더라고요. 본부장님 어디 있는지 알아봐 달라고."

"그래서 아까 낮에부터 연락하셨던 거예요?"

"네! 진짜 날 오버로드인 줄 아는지……."

"절 왜요……?"

"오직 주 같이 보자고요. 수잔도 같이 오고 싶어 했는데 제가 가정을 지키라고 했죠!"

태진은 잘 이해가 되지 않는 상황에 볼을 쓰다듬으며 그들이 오기를 기다렸다. 시간이 늦긴 했지만 행인들이 있는데도 전혀 아랑곳하지 않고 자기들끼리 신나서 오는 중이었다. 그리고 태진의 앞에 도착하자 이주가 인사와 함께 입을 열었다.

"본부장님 오랜만이에요! 일찍 오려고 했는데 정만이 때문에!"

"나도 촬영이 길어질 줄은 몰랐다니까."

"촬영이 길어진 건 형이 계속 떠드니까 길어지는 거야. 자기가 원인인데 이유를 다른 데서 찾네."

세 사람의 인사가 끝나자 뒤에 있던 사람들도 인사했다.

"본부장님 오랜만이에요."

"오름 씨도 오셨어요?"

"저도 우리 동생들 어떻게 했는지 궁금하기도 해서 같이 보려고 왔습니다. 갑자기 위치가 바뀌어서 좀 헤맸네요."

필은 일행들 중 가장 자주 봤기에 태진에게 가볍게 손을 흔들고는 가게 안을 쳐다봤다. 태진은 그제야 일행들을 안으로 안내했다.

"사람들 많으니까 들어오세요."

"저희들 왔다가 가면 저번처럼 가게에 피해 가고 그러진 않겠죠?"

"괜찮아요. 들어오세요."

꽤 많은 일행들이 가게 안으로 들어갔고, 부모님들은 놀랄 만도 한데 그런 것 하나 없이 반갑게 맞이해 주었다. 그중 부모님은 정만을 보며 입을 동그랗게 모았다.

"정만 씨는 살이 엄청 빠졌네요?"

"어떻게 알아보시네요. 작중 역 때문에 몸을 키운 거라서 지금은 좀 줄였어요. 하하."

"멋있는데요?"

가장 먼저 칭찬을 받은 정만은 단우를 보며 비웃듯 코웃음을 쳤다. 하지만 부모님은 단우에게는 손까지 잡아 가며 인사했다.

"뭘 그렇게 보냈어요! 저번에 보낸 홍삼 너무 잘 먹었어요."
"아니에요. 저희 때문에 고생하셨다고 들었어요."
"태진이가 그래요?"
"아니요. 제가 어머님이 내리신 커피 마시고 싶어서 가려고 했는데 본부장님이 말리셔서 눈치로 알았죠."
"이제는 안정됐으니까 언제든지 와요."

단우가 선물을 줬는지 몰랐던 정만은 어이없다는 표정으로 단우를 봤고, 이번에는 단우가 정만을 보며 코웃음을 쳤다. 여전한 저 둘의 모습에 태진은 헛웃음을 뱉고는 입을 열었다.

"혹시 여기 온 이유가 오직 주 같이 보려고 온 거예요?"

그러자 뒤로 빠져 있던 국현이 앞으로 나오며 말했다.

"다 제대로 된 평가를 듣고 싶어 하셔서요. 본부장님이라면 제대로 된 평가 해 주실 수 있을 거 같아서 가자고 하시더라고요. 그리고 아까 전화했을 때 가게에서 보신다고 하셔서……."
"후… TV가 좀 작은데……."
"그래서 빔 프로젝터 가져 왔습니다!"
"들고 있던 게 그거였어요?"

"하하! 네! 긴 박스는 스크린입니다! 가게라서 화면 쏠 곳이 없을 거 같아서요!"

국현은 부모님을 보더니 조심스럽게 입을 열었다.

"저희가 무료로 사용하는 건 아니고요. 이걸 선물로 드리고 가려고 하거든요."

"빔 프로젝터요?"

"네. 적적하실 때 이걸로 보기도 하시고 손님들도 보고 하면 좋을 거 같아서요. 사실… 제가 산 건 아니고요. 원래는 저기 배우님들이 드리는 거나 다름없어요. 원래 연습실에 달려고 신청한 건데 미리 다셨더라고요. 그래서 배우님들이 이참에 선물로 드리자고 해서 가져왔습니다. 물론… 본부장님이 모른 척해 주셔야겠지만……."

태진은 어이가 없어 헛웃음을 뱉었다. 그때, 단우가 거절할 수 없게 앞으로 나섰다.

"저기다 달면 되겠어요. 아버지, 저기 어떠세요?"

"좋긴 한데. 그래도 되나?"

"괜찮아요. 저희가 받은 건데 저희 마음대로 하는 거죠. 아니면 우리가 사기 전에 회사에서 빨리 사 줬어야죠. 걱정하지 마세요. 그런데 혹시 드릴 있어요? 스크린 박으려면 드릴 있어야 될 거 같은데."

"드릴은 없는데."

그때, 뒤에 있던 이주가 갑자기 어디론가 전화를 했다.

"너 어디야? 곧 온다고? 혹시 너 차에 드릴 있어? 어, 다행이다. 어디긴 가게지. 응, 이따 봐."

또 누가 오는 건가 싶어 이주를 쳐다봤다. 그러자 이주가 씨익 웃으며 대답했다.

"태은이한테 가져오라고 했어요."
"……."
"맞다! 태은이가 있었지! 단우야, 괜히 네가 달다가 이상하게 만들지 말고 기다려!"
"태은이도 온대요? 잘됐다."

이번 작품을 함께하면서 많이 친해진 모양이었다. 부모님들은 당황할 만도 한데 태은이라면 그럴 수 있다고 생각했는지 그저 미소만 짓고 있었다. 그러던 어머니가 아버지의 소매를 잡아당기며 말했다.

"그러면 재밌게 보세요. 우린 내일 아침에 일찍 약속이 있어서 이만 가 볼게요."

다들 예의상 부모님을 붙잡았지만, 부모님은 웃으며 짐을 챙겨 밖으로 나가셨다. 그리고 가게에는 이제 태진의 지인들만이 남아 있었다. 태진은 배우들을 가만히 쳐다본 뒤 한숨과 함께 입을 열었다.

"여기 제 가게가 아니라 부모님 가게예요."

"아······."

태진의 분위기에 다들 입을 오므렸다. 태진도 말을 할까 고민했지만 한 번이 두 번이 되는 상황을 봐 왔기에 말을 한 것이었다. 하지만 지금은 이미 왔기도 했고 작품 공개로 긴장하고 있다는 것을 알기에 지적은 이 정도로 끝냈다.

"다음부터는 제가 연습실로 갈게요."

"죄송합니다······."

"괜찮아요. 그럼 이제 30분쯤 남은 거 같은데. 그 전에 뭐라도 시킬까요? 술도 드실 거죠? 메뉴를 여러 가지 하는 게 좋겠죠. 그 전에 테이블 모으고 소파 좀 움직여 놓죠."

태진은 먼저 나서서 움직이자 사람들도 그제야 편해진 얼굴로 자리를 만들기 시작했다. 그렇게 시간이 지나다 보니 다시 시끌벅적해졌고, 그때 태은과 태민이 등장했다.

배우들은 태민에게는 고개를 꾸벅 숙여 인사를 했고, 태은에게는 손을 흔들어 맞이했다. 태은은 친분이 있기에 반갑게 인사를 하며 들어왔고, 태민은 가게 입구에 서서 지금 이 광경을 쳐다봤다.

태진은 혹시 태민이 불편한 건가 하는 마음에 옆으로 다가갔다.

"불편하면 집에 가서 봐도 돼."

"안 불편해."

"그럼 좀 앉아."

"후."

"왜 그래?"

태민은 배우들을 주욱 둘러보며 입을 열었다.

"시상식 온 줄 알았네."

태민도 그제야 미소를 보이며 웃었다. 지금 입구에서 보니 태진도 태민의 말이 이해되었다. 최근 인기 있는 배우들이 한자리에 있는 모습이 시상식처럼 보이기도 했다.

"내년에는 저런 모습 진짜 시상식에서 볼 수 있을 거야."

태민은 가볍게 웃고는 태진을 쳐다봤다. 그리고는 약간 민망한 얼굴로 입을 열었다.

"우리 약속 지켰네."

* * *

「'오직 주' 공개부터 지금까지」

「'오직 주' N플릭스 최장기간 1위 기록 경신… 무려 63일 간 전 세계 순위 1위」

「63일이라는 깨지기 어려운 대기록을 달성한 '오직 주'」

「최장 기간 1위 왕좌 기록 '오직 주'… K드라마 달의 여인에 물려줬다」

「끝나지 않은 K드라마… 주춤하던 찰나 기름을 부어 버린 '오직 주'」

「'오직 주' 최정만, 권단우, 채이주 2024 AAA(Asia Artist Awards) 참석 확정」

「'오직 주'가 만든 경제 효과 최소 3조 원」

「'오직 주'가 불러온 경제적 연쇄 효과는?」

「'오직 주' 에미상에서 수상 기대감 높아져」

「한국 최초로 에미상 수상 가능성 점쳐」

「'오직 주'가 만든 온돌 열풍. 전 세계가 한국식 온돌에 주목」

「채이주를 모델로 발탁한 코론Fnc 여성복 20종류 판매 급증」

「다음 주자는 '달의 여인'… '오직 주'에게 무거운 바통을 넘겨받다」

「미국 텔레비전 예술 과학 아카데미(The Academy of Television Arts & Sciences; ATAS)의 주최」

오직 주가 63일 만에 1위 자리를 물려주자 엄청나게 많은 양의 기사들이 쏟아져 나왔다. 엄청난 성과였다. 그동안의 기록을 보여 주는 기사 내용을 보자 태진은 묘한 감정이 들었다.

"스흡, 좀 그렇네!"

"왜요?"

"기다렸다는 듯이 기사들 쏟아지잖아요."

"그동안도 매일 기사 나왔었잖아요."

"이만큼은 아니었죠. 딱 한 달만 더 1등 하지."

"하하. 지금도 2등 하고 차이가 한 달 정도 나는데 이 정도면 충분히 만족하죠. 기사들 보면 깨지기 힘들 기록이라고 그러더라고요. 전 세계 모든 지역 1위를 찍었다고요."

국현도 만족하지만 아쉬운 마음에 하는 말이었다. 그리고 태진도 국현의 마음과 비슷했다. 그때, 수잔이 웃으며 대화에 끼어들었다.

"지금 물러나는 게 좋죠. 이제 우리가 그 기록을 또 깨야 되잖아요. 우리를 위해서 물러났다고 생각하세요."

"아! 그러네! 지금도 오직 주 기록 깨려고 난리도 아니니까!"

"정답!"

수잔의 말처럼 오직 주의 기록을 깨기 위해서 MfB에 들어오는 의뢰의 양도 어마어마했다. 제작은 멀티박스에서 했지만 업계에서는 이미 그 뒤에 MfB가 있었다는 것이 소문이 나 있는 상태였다. 그래서인지 태진에게도 많은 변화가 생겼다.

"부사장님이 본부장님 대하는 것만 봐도 완전 달라졌잖아요."

"맞아! 가만 보면 누가 상사인지 모를 정도예요. 나 저번에 회의 들어갔다가 부사장님이 앞으로는 본부장이 모든 걸 결정하라고 하라는 말 듣고 깜놀했잖아요. 보고할 필요 없이 진행부터 해도 된대요! 결정권을 줬어요!"

"그게 당연하죠. 다른 팀장님들이 신처럼 대하는데. 지금 팀장님 데려가려고 하는 회사들 어마어마할걸요? 맞죠?"

수잔의 질문에 태진은 가볍게 웃었다. 실제로도 지금 받는 연봉보다 더 높은 연봉을 제시하는 회사들이 수두룩했다. 태진도 잠깐 혹하긴 했지만 MfB에서 먼저 연봉을 높였기에 그 부분은 고민할 필요가 없어졌다.

"거봐요! 엄청 많을 거예요."
"그런데 진짜 연봉 3억 제안받으셨어요? 플레이스 이 실장님이 그러던데! PD도 아니고 에이전트한테 다 떼고 연봉으로만 3억 제시했다고!"
"진짜요? 헐!"

태진은 가볍게 웃고는 대답했다.

"저도 들은 건 별로 없어서 잘 몰라요. 갈 생각도 없고요. 회사 옮기면 또 어떤 사람들이 있을지 모르잖아요."
"하긴! 그렇죠! 일보다 사람 관계가 더 힘들죠!"
"그리고 우리 팀원들만큼 일 잘할 거 같지도 않고요."
"본부장님이 원하시면 우리 전체 데려가실 수 있을 건데!"
"하하하. 다른 팀장님들도 같이 가려고 할 텐데요?"
"이참에 아예 회사를 차리시죠!"

태진은 가볍게 웃고는 시간을 확인했다. 오늘은 오직 주가 지금까지 받았던 상들 중 가장 권위 있는 상을 받을 수 있을지 결정이 되는 날이었다. 그렇기에 일이 많은 와중에도 다들 기다리고 있던 것이었다. 마침 매니저 팀의 막내가 본부로 찾아왔다.

"안녕하세요. 에미상 시작한다고 말씀드리려고요."
"아, 네. 안 그래도 보려고요. 들어오세요."
"아니에요. 저 사무실에 있겠습니다."
"같이 봐도 되는데요. 사무실에 아무도 없잖아요."
"그렇긴 한데… 전화가 엄청 와서요. 실장님이 그거 다 받고 적어 두라고 하셨어요."
"아, 네. 그럼 수고하세요."

막내는 바로 가 버렸고, 국현은 그런 매니저를 보며 피식 웃었다.

"다른 팀 본부장님하고 같이 보라고 하면 나라도 불편하지."
"어? 저 그런 사람 아닌데?"
"그건 아는데 저 친구 입장에서는 어렵죠. 하하."

국현과 대화를 하는 사이 팀원들이 스크린을 내려 에미상의 실시간 방송을 틀었다. 그리고 틀자마자 익숙한 얼굴이 보였다. 그래서인지 팀원들 모두가 웃으며 환호를 보냈다.

"와! 이주 씨랑 단우 씨는 외국인들하고 같이 있어도 빛이 나는구나! 진짜 멋있다!"

"저거 보니까 회사 뽕이 차오른다!"

"헐! 러셀 씨가 통역하나 봐요. 막 인사시켜 주고 있는 거 같은데요!"

러셀, 단우와 정만, 그리고 이주를 비롯해 조연들도 몇몇 참석해 있었다. 엄청난 시상식이다 보니 긴장할 줄 알았는데 표정으로 보아 편안한 듯했다. 태진은 그 모습을 보며 웃으며 말했다.

"역시 경험이 중요하네요."

"상을 하도 많이 보니까 아주 그냥 익숙한가 본데요?"

"그러니까요. 처음에 미국 지역상 받을 때는 엄청 얼어 있더니 지금은 비교도 안 되는 시상식인데 되게 여유롭네요."

그동안 많은 상을 받은 덕분에 상당히 여유 있는 얼굴들이었다. 그래서인지 평소의 성격들이 화면을 통해 보이고 있었다. 꽤 긴 시간 동안 화면에 잡히는 걸 보면 수상도 유력해 보였다. 그리고 그때, 화면에 잡히는 얼굴을 보며 태진은 입술을 부르르 떨었다.

"어! 한 작가님이다! 와! 이번이 시상식 처음 참석하시는 거 아니에요?"

"하하. 맞죠."

"그런데 어떻게 저렇게 여유가 있지. 배우님들보다 더 여유로운데요?"

"하하하. 지금 잔뜩 얼어 있는데요?"

"네……? 아닌 거 같은데요."

"움직이지도 않고 있잖아요. 그리고 계속 자기 눈썹 확인하고 있고요."

"그런 거예요……? 이런 거 보면 본부장님보다 한 작가님 표정 읽기가 더 어려워요."

수상이 유력하다 보니 태민도 참석해 달라는 요청을 받았고, 그동안 여권도 없는 상태였기에 준비하느라 이번이 시상식에 처음 참석하는 것이었다. 태진은 화면에 잡히는 태민을 보며 가볍게 웃었다.

"멋있네."

배우들도 멋있었지만 태진은 태민이 가장 멋있게 느껴졌다. 잠시 뒤 화면이 바뀌며 참석한 사람들의 얼굴을 비췄다. 그러고는 미국의 유명한 코미디언이 나와 사회를 보기 시작했고, 큰 시상식이다 보니 여러 분야의 수상이 진행되었다. 많은 수상 부문이 있지만 보통 에미상이라고 불리는 부문은 프라임 타임 에미상을 의미했다. 수상 부문의 이름답게 시청률을 기반으로 수상이 되었고, '오직 주'와 비교될 만한 프로그램 자체들이 없었다.

그러다 보니 모든 부문 후보에 오직 주가 관련되어 버렸다. 가장 먼저 드라마 부문 남우주연상에는 정만이 후보에 올라왔다.

"와! 정만 씨다!"

"어? 단우 씨는!"

"단우 씨는 저번에도 받았잖아요."

"그래도 좀 같이 주지! 아, 그래도 진짜 살다 보니 이런 걸 다 보네!"

그리고 곧이어 수상자 발표가 되었고, 예상하던 대로 정만의 이름이 호명되었다. 그러자 정만은 사람들에게 손까지 흔들어 주며 무대에 올랐다. 아직 영어를 잘하는 편이 아니다 보니 준비한 인사 정도만 영어로 하고는 한국어로 소감을 밝히기 시작했다.

―너무 좋은 드라마를 만나고 그중에도 너무 좋은 배역을 맡게 된 것 자체가 행운이라고 생각해요.

그동안의 시상식과 비슷한 소감이었다. 그렇게 한참이나 소감이 이어졌고 마무리가 될 때쯤이었다.

―에미상을 끝으로 다시 한국으로 돌아가 작품을 준비할 것 같아요. 그래야지 또 이곳에 상을 받으러 오죠. 아니면 오직 주로 내년까지 상 준다고 약속하시든가요.

별것 아닌 말에도 참석한 사람들은 웃어 주었고, 그 웃음에 힘입은 정만이 말을 이었다.

―절 여기까지 이끌어 주신 분이 계세요. 항상 감독님이나 제작진, 그리고 작가님한테만 감사드렸는데 사실 가장 감사한 분이 있습니다. 배우

가 될 수 있도록 알아봐 주고 이끌어 주고 항상 가르침을 주던 MfB 한테진 본부장님 진심으로 감사합니다. 그리고 앞으로도 잘 부탁드려요.

마이크에서 살짝 물러나더니 90도로 고개를 숙여 인사를 했다. 그와 동시에 팀원들이 미소를 지은 채 태진에게 쳐다봤다.

"아이고… 안 해도 된다고 했는데……."

민망했지만 나쁜 기분은 아니었다. 정만의 인사를 듣자 처음 만났을 때부터 지금까지의 모습이 주마등처럼 스쳐 지나갔다.

그렇게 정만이 내려가고 곧이어 또다시 익숙한 이름이 호명되었다. 바로 여우주연상 부분에 이주의 이름이 불린 것이었다. 무대에 올라간 이주는 정만과 다르게 오열을 하기 시작했다. 매번 시상식 때마다 눈을 보이고 있었고, 마음을 진정시키느라 시간이 꽤 걸렸다. 잠시 뒤 진정을 한 이주가 마이크를 입에 가져갔다.

─한국에서는 상도 못 받아 봤는데 이렇게 다른 나라에 와서 상을 받게 될 줄은 몰랐어요. 그만큼 한국에 좋은 배우들이 많고 좋은 작품이 많다는 뜻이니까 많이들 봐 주세요.

저렇게 말을 예쁘게 하니 이제는 안티팬을 찾아보기도 힘들었다. 이주는 눈물을 닦고는 소감을 이어 갔고, 마무리가 되어 갈 무렵 또다시 정만과 비슷한 말을 하기 시작했다.

―사실 전 정말 볼품없는 배우였어요. 연기 못한다는 말을 정말 많이 들었어요. 그런 저를 가까이서 도와주고 연기가 재미있는 것이라는 걸 알려 준 사람이 있어요. 밤새 연습도 같이 해 주고 제 장점도 찾아 주시고 연기를 어떻게 해야 하는지 알려 주신 MfB 한태진 본부장님 정말 진심으로 감사합니다. 이 모든 영광은 본부장님 덕분이에요.

"어……."

그리고 여기서 끝나지 않았다. 수상 부문이 많다 보니 시즌이 없는 드라마와 시즌이 있는 드라마로 또 시상이 되었고, 한정 시리즈 부문에서 단우의 이름 호명되었다. 그리고 단우 역시 태진의 이름을 언급했다.

―태진이 형 보고 있죠? 형이 만들어 준 상이에요.

그동안 한 번도 울지 않더니 상을 앞으로 내밀면서 감정이 벅차올랐는지 단우가 울기 시작했다. 그 모습을 보던 국현이 입을 열었다.

"이 정도면… 본부장님도 상 받아야 되는 거 아니에요?"
"울지 말지."

단우가 울자 태진도 짠한 마음이 들었다. 그렇게 모든 배우 부분을 '오직 주'에서 쓸어 갔고, 이제는 연출 부문 시상이 시작되었다. 그리고 최우수작가상에 태민의 이름이 호명되었다. 시상식이 처음인 태민은 잔뜩 긴장한 채 무대에 올랐고, 마치 상을 받을 걸 예상했다는 듯 영어로 소감을 말하기 시작했다.

"뭐야! 한 작가님네 가족은 영어가 기본으로 탑재되어 있어요?"
"태민이 지금 외워서 하고 있어요. 하하, 그래도 잘하네요."
"뭐라고 그러는 거예요?"
"좋아해 줘서 고맙다. 많이 고생한 만큼 좋은 작품이 나와서 감사할 따름이다 이런 얘기예요. 김정연 작가님한테도 고맙다고 하고요."

그런 태민이 숨을 크게 뱉고는 갑자기 한국말로 소감을 말하기 시작했다.

"작가가 된 가장 큰 이유가 형에게 있었어요. 제가 글을 쓰고 형이 캐스팅하기로 했었거든요. 거기에 막내까지 도와 약속을 지킬 수 있었습니다. 물론 다른 분들의 많은 도움을 받아 오직주가 완성이 되었지만 우리 삼 형제가 같이 했다는 것만으로도 평생 잊지 못할 추억이 될 것 같습니다. 그 어느 때보다 행복하네요. 형! 이제 우리 가족 여행 가자!"

태민은 그제야 긴장이 풀렸는지 눈썹을 씰룩거리며 웃었고, 그 모습을 방송으로 보는 태진도 입술을 떨며 웃었다. 그때, 현미가 눈치를 보며 태진을 쳐다봤다.

"왜요?"

"지금… 실시간으로 기사들 올라오고 있거든요……. 배우분들 얘기도 엄청 많은데… 본부장님 얘기가 더 많아요."

"아……."

현미가 내민 휴대폰을 보자 기사의 제목마다 태진의 이름이 들어가 있었다. 태진에게 인사를 한 순간부터 예상했던 일이었다. 태진은 어색하게 웃으며 입을 열었다.

"배우 섭외하기는 편해지겠네요."

"아! 그렇겠네요!"

그리고 잠시 뒤. 마지막 최고의 드라마상이 발표가 되었다.

─올해 에미상은 이 드라마가 없었으면 진행이 안 될 정도네요. 어떤 드라마냐고요? 다 예상하고 있잖아요. 맞아요. 그 드라마가 맞습니다. 축하합니다. '오직 주'.

수상 확정과 동시에 팀원들은 환호를 질러 댔다. 하지만 그것도 잠시뿐이었다. 사무실 문이 열리더니 아까 왔던 매니저 팀 막내가 울상을 지으며 들어왔다.

"저… 큰일 났어요. 저 혼자 감당이 안 돼요……. 막 섭외 확답해 달라고 전화도 안 끊고, 다른 전화도 계속 울리고……."

"하하하. 우리한테 돌려요. 이제부터 우리가 맡을게요."

＊　　　　＊　　　　＊

　며칠 뒤, 시상식에 참여했던 배우들이 한국에 돌아옴과 동시에 또다시 엄청난 스케줄을 소화해야 했다. 뉴스에서까지 섭외가 오다 보니 촬영 때보다 더 바쁜 일정을 보내고 있었다. 태진도 겨우 잠깐 얼굴을 봤을 정도였다.

　그리고 태진 역시 배우들의 수상 소감 때문에 엄청난 관심을 받고 있었다. 예전 라이브 액팅에 출연했던 모습도 재조명되며 인터넷에 돌아다니고 있었고, 임상시험이 성공했다는 예전 기사 역시 다시 사람들의 관심을 받고 있었다. 그러다 보니 이곳저곳에서 섭외가 왔고 그건 태진에게만 온 것이 아니었다. 태민과 태은까지 삼 형제가 동시에 섭외 요청을 받았다. 한두 곳이 아니라 배우들보다 더 많은 섭외 요청을 받고 있었고, 많은 프로그램을 거절했지만 한 가지는 거절할 수가 없었다. 그렇기에 지금도 예능에 출연하느라 경주까지 와 있는 상태였다.

　"큰형아, 작은형, 나 괜찮게 나왔겠지? 나 이상하지 않지?"

　"괜찮아. 멋있는데?"

　"아, 나도 형들처럼 캐주얼하게 입고 올걸."

　"우리 연예인도 아닌데 괜찮아."

　잠시 쉬는 시간 동안 태은은 방송에 나갈 자신의 모습이 궁금한지 계속 질문을 했고, 태진은 가볍게 웃으며 태은의 말에 대답했다.

"작은형은 왜 그렇게 봐?"

"누가 보면 네가 상 받은 줄 알겠어."

"나 좀 과해?"

"아니?"

"뭐야. 똑바로 말해 줘. 괜찮아?"

"아니? 좀이 아니라 많이 과해. 너 이대로 결혼식 올려도 되겠어. 그러니까 형이랑 같이 오자니까 기어코 지 차 몰고 온다고 할 때부터 알아봤어. 너 그리고 네 트럭 타고 가면 농촌 총각 결혼하러 가는 그런 그림이야. 트럭 세차나 좀 하지."

태은은 인상을 찡그리더니 이내 태진에게 진짜냐고 묻는 표정을 지었다. 태진은 동생들을 보며 웃고는 입을 열었다.

"그러니까 왜 사전 인터뷰 때 하지도 않았던 얘기를 해. 태민이는 그거 때문에 그런 거야."

"아니! 재밌으라고 하는 거지! 작은형 예전 작품 조회수 1 그거 자기가 올린 거 맞잖아. 그리고 지금은 성공했으니까 할 수 있는 얘기지!"

"그리고 이주 씨 캐스팅할 때도 예전부터 나랑 통화하는 거 훔쳐 들을 정도로 팬이라고 그랬잖아."

"그것도 사실인데? 없는 얘기 아니잖아!"

"하하. 사실인데 태민이 입장도 좀 생각해서 얘기해."

가장 성격이 좋은 탓에 태은에게 질문할 때 분위기가 가장 좋았다. 그러다 보니 태은에게 질문이 가장 많이 돌아갔고, 신이 난 태은은 별의별 얘기를 다 한 상태였다. 그때, 이 예능에 출연하게 만든 장본인이 나타났다.

　"어때요?"
　"저희 때문에 콘셉트 바뀌는 거 아닌가 모르겠어요."
　"안 그래요. 어차피 힐링을 목적으로 두는 프로그램인데. 뭐 불편한 건 없죠?"
　"네, 전혀 없죠. 너무 잘해 주셔서요."
　"다행이네. 본부장님 덕분에 우리 시청률 좀 오르겠어요."
　"전처럼 편하게 대하셔도 돼요."
　"어떻게 그래요! 팀장일 때도 좀 그랬는데 이제 내가 불편하지! 아무튼 내가 그때 그런 선택한 게 참 잘했다는 생각이 들어요. 하하."

　대화를 나누던 사람은 다름 아닌 라이브 액팅의 연출을 맡았던 최 PD였다. 전에 가면맨의 정체를 숨겨 주는 대신 언젠가 도움을 달라는 조건을 내걸었고, 방송국을 옮기고 나서야 그 조건을 사용한 것이었다. 태진도 크게 부담이 가지 않는 예능이었다.
　셰프 두 명과 배우 두 명이 지방을 돌아다니며 지역 특산물로 요리를 하고, 그것을 초대한 사람들과 나누며 대화를 나누는 그런 예능이었다. 시청률도 그렇게 나쁘지만도 않았지만, 딱히 좋지도 않은 평범한 예능이었기에 부담도 덜했다.

"술도 한잔할 건데 괜찮아요? 못 마시면 가볍게 입만 대도 돼요. 교동법주라도 도수는 별로 안 높긴 하거든요."

"네, 알겠습니다."

"진짜 고마워요."

최 PD는 환하게 웃으며 태은을 보더니 씨익 웃었다.

"덕분에 재밌는 장면이 많이 나올 거 같아요. 하하. 계속 잘 부탁드려요."

"걱정 마세요!"

최 PD는 웃으며 다시 돌아갔고, 태민은 그런 태은을 보며 고개를 저었다.

"또 헛소리 같은 거 하기만 해라."

"뭔 헛소리! 다 형들 띄워 주려고 하는 건데."

"띄워 주는 소리 하네. 너 그러다 너만 비행기 못 뜨는 수가 있어."

"어?"

태민은 혀를 차더니 태진을 보며 말했다.

"형, 시간 언제 돼?"

"언제든 낼 수 있지."

"아니, 여행 말이야. 나는 뭐 상관없고, 태은이는 김 반장님이 언제든지 빼 줄 거 같거든. 엄마, 아버지도 가게 문 닫으시면 되는 거고."

"아."

"형만 시간 내면 될 거 같거든. 그리고 장소는 하와이가 좋을 거 같아. 우리 해외여행 한 번도 안 가 봤는데 괜히 처음부터 알려지지 않은 곳 가는 것보다는 사람들이 많이 간 곳을 가는 게 좋을 거 같아서."

가족과 함께한다는 것이 중요했지 여행 장소는 특별히 중요하지 않았다.

"대표님이 빨리 알려 달라고 하셔서."

"김정연 작가님?"

"어."

"작가님이 왜?"

"티켓이랑 일정 짜 주신다고."

"그걸 작가님이 왜?"

"우리 해외 아무도 안 가 봤다고 했더니 그거 해 주신다고 하셨어. 계약의 일부 조건으로."

"어? 계약?"

"나, 김정연 미디어하고 앞으로도 계속 같이하기로 계약했거든. 쭈욱. 그래서 선물로 퍼스트 클래스로 준비해 주신다고 하셨어. 내가 타 보니까 되게 좋더라고."

기쁜 소식을 아무렇지도 않게 얘기하는 태민이나 그 말을 듣고 축하하기보다 먼저 신이 난 태은의 모습에 웃음이 나왔다.

"작은형, 내가 편집해 달라고 말할까? 진짜 퍼스트 클래스야?"

태민도 그런 태은의 반응이 재밌는지 피식 웃었다.

"그러니까 형도 일정을 얘기해 줘야 돼."
"요즘 특별히 바쁜 건 없는데. 내일 회사 가서 일정 짜 보고 얘기해 줄게."
"오케이."

*   *   *

다음 날, 출근한 태진은 여느 때처럼 회사 일을 봤다. 원래도 의뢰가 많이 들어왔지만, 에미상 시상식이 있은 뒤부터 그 양이 어마어마하게 늘어 버렸다. 그러다 보니 좀처럼 빠질 수 있는 틈이 보이지가 않았다.

'후… 이걸 어쩌지.'

앞으로도 이런 상황이 계속될 것이기에 태진은 난감하기만 했다. 그때, 사무실이 문이 열리더니 부사장 조셉이 들어왔다. 가끔 올 때도 있었지만, 이유 없이 사무실을 찾은 적이 없다 보니 의아했다.

"잠깐 얘기 좀 하죠."

태진은 무슨 이유일까 생각을 했다. 이렇게 호출을 할 거면 보통 전화로 했지 이렇게 찾아온 적이 없었다. 그렇게 조섭과 향한 곳은 밑층 회의실이었고, 회의실에는 멀티박스의 강 이사가 자리하고 있었다.

"아! 본부장님 안녕하셨어요! 너무 오랜만에 뵙네요."
"아, 네. 안녕하세요."

태진은 강 이사가 무엇 때문에 찾아왔을지 궁금해하며 자리에 앉았다. 일에 관한 것이라면 자신에게 먼저 얘기를 했지 조섭을 먼저 찾진 않았을 것이다.

"이번 오직 주를 함께해서 정말 영광이었습니다. 제작사를 하면서 이렇게 좋은 작품을 만들 수 있게 된 게 다 본부장님 덕분입니다."
"아니에요. 저희도 저희 일 한 건데요."
"아닙니다. 다 준비해 주시고 저희는 따랐을 뿐인데요. 너무 감사하죠. 지금 저희 입지가 완전 올라가서 JH보다 위로 평가가 됐더라고요. 하하."

공치사를 하러 온 건가 싶을 때, 강 이사가 입을 열었다.

"그래서 저희 멀티박스에서도 그 고마움을 좀 표현하려고 합니다."
"네?"
"큰 건 아니고요. 사실 좀 더 빠르게 진행하려고 했는데 배우님들 일정이 너무 빡빡해서 지금에서야 진행하게 됐습니다. 저희가 이번에 출연했던 배우님들과 스태프분들까지 해서 좋은 작품 만들어 주신 보답을 하려고 해외여행을 준비했어요. 거기에 MfB분들도 빠지면 안 될 거 같아서요."

"아······."

"저희는 하와이 생각하고 있고요. 지금 이걸 말씀드리려고 온 거예요. MfB분들까지 가신다고 하면 인원이 많아져서 비행기를 나눠서 가야 될 수 있는데 기왕이면 빨리 예약해서 같이 갔으면 해서요."

"우리 에이전트 부서 전부 다요?"

"네, 저희는 그렇게 생각하고 있습니다."

태진에게는 너무 큰 선물이었다. 그와 동시에 가족 여행도 해결이 될 것 같기도 했다. 장소가 같다 보니 양쪽에 참석해야 되는 상황이 벌어지긴 하겠지만, 나쁘진 않을 것 같기도 했다. 태진은 조셉을 쳐다봤고, 조셉은 웃으며 입을 열었다.

"일정이 정해지면 우리 경영 팀에서 대신 업무를 봐 줄 수는 있어요. 하지만 총괄 책임자는 필요하거든요."

"저는 남으라는 말씀이세요?"

"아무래도 전부 다 빠지더라도 갑작스러운 일이 생길 수도 있으니까 그걸 해결할 사람은 남아 있어야겠죠?"

"저 가야 되는데요?"

태진은 남으라는 말에 마음이 급해 생각보다 말이 먼저 나왔다. 그런 태진의 모습에 조셉도 당황하는 눈치였다.

"그래서 말씀드리는 겁니다. 다른 팀장들이 됐든 지휘할 사람은 남아 있어야 하니까."

생각해 보면 누가 남더라도 좋은 기분은 아닐 것 같았다. 물론 여행을 가는 걸 싫어하는 사람도 있겠지만, 팀장급에서는 그런 성격의 사람은 없는 듯했다. 그렇다고 태진이 남는 것도 문제였다. 남을 순 있지만, 직원들이 돌아오면 그때부터 또 밀린 일들이 시작이 될 테니 가족 여행은 점점 멀어질 것이었다.

'뭘… 어떻게……'

어떤 선택을 내리기도 애매한 상황이었다. 그때, 문득 한 사람이 머릿속에 스쳐 지나갔다.

"전체적으로 지휘할 사람만 남으면 되는 거죠?"
"그렇죠."
"알바 쓰시죠."
"뭐라고요? 알바요……?"
"우리 회사 일도 잘 알고 있고, 능력도 좋은 분 있거든요. 제가 지금 연락해 볼게요."

조셉은 당황한 얼굴로 태진을 쳐다봤고, 태진은 곧바로 전화를 꺼내 전화를 걸었다.

"곽이정 대표님, 바쁘세요?"

─아니요. 이제 직원을 좀 늘렸더니 여유가 생겼네요. 시상식 잘 봤어요. 축하합니다.

"감사해요. 다른 게 아니라요. 혹시 알바 하실래요?"

─알바요……?

"저 좀 도와주세요."

─음, 알겠습니다. 지금 갈까요?

"아니요. 지금은 아니고요. 한 일주일 정도 회사 일을 좀 봐주셔야 해서요. 가능하세요?"

─미리 말해 주시면 스케줄 빼 놓을게요.

통화를 마친 태진은 입술을 씰룩이며 조셉을 봤다.

"헤븐의 곽이정 대표님이 봐 주시면 어때요?"

"같이 있었다고는 해도 지금은 다른 회사인데……."

"정보 유출 금지도 넣을게요. 그것도 안 되면 할 수 없죠. 몇 달 쉬고 다시 일하는 수밖에요."

조셉은 화들짝 놀랐고, 옆에 있던 강 이사는 엄청 밝은 표정으로 눈을 반짝거렸다. 당장이라도 스카웃할 기세였다. 그 덕분에 조셉도 결정을 내릴 수 있었다.

"곽이정 대표라면 뭐… 좋네요."

태진은 그제야 입술을 떨며 강 이사에게 말했다.

"일정 잡아 주시고! 저한테 먼저 말씀 좀 해 주세요! 저도 일정을 맞춰야 해서요!"

"우하하! 네! 이렇게 좋아하실 줄 알았으면 진즉에 말씀드릴 걸 그랬네요! 앞으로도 작품 같이하시고 해외여행 많이 가시죠! 하하하."

오해가 있긴 해도 가족 여행을 갈 수 있다는 생각에 태진은 그 어느 때보다 심하게 입술을 떨었다.

*   *   *

한 달 뒤, 많은 사람들의 스케줄에 맞추다 보니 한 달이라는 시간이나 흘러 버렸다. 그래도 거의 모든 사람들이 함께할 수 있었다. 아들 세 명이 스태프들과 친분이 있다 보니 태진의 가족 역시 스태프들과 함께하기도 했다. 해외여행이 처음이라 걱정했는데 풍경만 다를 뿐 한국에 있는 기분이었다.

그렇다고 계속 스태프들과 함께하는 건 아니었다. 스태프들도 삼삼오오로 나뉘어 각자 즐기고 싶은 대로 즐기고 있었고, 태진도 가족과 함께 시간을 보내는 중이었다. 하루 종일 해변을 바라봤기에 다른 나라 시내도 보자는 아버지의 제안에 모두가 따라나선 상태였다. 아버지와 태진이 영어를 할 줄 알다 보니 큰 어려움 없이 여행을 다니고 있는 중이었다.

"우리 아들들 덕분에 오랜만에 하와이도 오고."

"언제 와 보셨어요?"

아들들은 놀란 얼굴로 아버지를 봤다. 아버지는 그저 웃기만 했고, 어머니가 대신 대답했다.

"아빠랑 몇 번 왔었어. 아빠 일 볼 때 엄마 데리고. 너희들 없을 때. 오랜만에 오니까 너무 좋다."

"우리 신혼 때 생각난다. 안 그래?"

"푸흡, 그러네."

"그럼 태은이 막내 벗어나게 해 줄까?"

"그럴까?"

아버지는 씨익 웃으면서 한쪽 팔을 허리에 올렸고, 어머니는 아버지의 팔에 팔짱을 끼며 앞으로 걸어 나갔다. 태진과 동생들도 부모님의 분위기에 맞춰 걸음을 옮겼고, 부모님이 예전 추억을 떠올리며 이곳저곳을 돌아다닌 덕분에 삼 형제도 별의별 곳을 다 구경할 수 있었다. 그러던 중 아버지가 아쉽다는 얼굴로 공터를 쳐다봤다.

"여기 없어졌네. 우리 아들들한테 하와이 전통 음식 좀 맛보게 해 주려고 했더니."

"그러게."

태진은 웃으며 공터를 봤고, 공터에는 축구를 하는 아이들이 보였다.

"어?"

태진은 그중 한 아이를 물끄러미 쳐다봤고, 태진의 상태를 본 가족들도 축구 하는 아이들을 바라봤다. 그러던 중 태은이 가장 먼저 입을 열었다.

"왜? 형이 따라 할 수 없을 거 같은 실력이야?"
"어… 어려 보이는데 저럴 수가 있구나."
"그럼 쟤 나중에 손이나 메시처럼 되고 그런 거 아니야?"

태진은 그럴 수도 있다는 생각에 고개를 끄덕거렸고, 옆에 있던 태민도 심각한 표정으로 입을 열었다.

"축구 얘기라… 좋은데? 다음 작품은 축구 얘기로 해야겠다."
"어? 그럼 나 축구장 만들어야 돼?"
"형이 캐스팅해 준다고 하면 쓰고."
"큰형아! 해 줄 거야? 나 미리 반장님한테 얘기해 놓을게!"

부모님들은 아들들의 대화에 서로를 보며 웃었다. 그리고 그때, 익숙한 목소리가 들려왔다.

"어! 아버님, 어머님!"

"어? 이주 씨! 정만 씨랑 단우 씨도 있네. 여기까지 어쩐 일이에요."

그때, 뒤늦게 땀을 뻘뻘 흘리며 국현과 수잔도 등장했다. 그러고는 물어보기도 전에 국현이 헥헥거리며 말했다.

"와! 여기서 이렇게 만나네요! 저희 시내 구경 나왔다가 사람들이 알아봐서 피해 다니고 있었어요!"

어머님은 국현의 말을 받아 주었고, 국현은 자신의 말을 받아 주는 어머니에게 말을 늘어놓기 시작했다.

"많이 알아봐요?"
"그럼요! 저한테까지 사인을 받아 갔다니까요. 자꾸 사진 찍자고 해서 나 아는 사람인가 했네!"
"푸흡, 그럴 수 있겠네. 그래서 어떻게 따돌렸어요?"
"일단 막 아무 데나 간 다음에 제가 옷 사 와서 갈아입혔죠."
"그래서 다 꽃무늬 셔츠에 모자까지 쓴 거였어요?"
"완전 관광객으로 위장한 거예요. 어휴. 몰라볼 줄 알고 나왔는데 다 알아봐서 혼났네. 그래도 이렇게 해 놓으니까 몰라보는 거 같아요."

국현을 포함한 다섯 사람이 등장했음에도 태진은 축구 하는 아이들만 쳐다봤고, 일행들은 그런 태진이 보는 방향을 같이 쳐다봤다. 그러던 중 태진이 혼잣말을 뱉었다.

"저 아이는 미국 본사에 얘기해 둬야겠는데… 어! 깜짝이야. 뭐예요?"

"뭐야! 우리 온 지도 몰랐어요?"

태진은 어색하게 웃었다. 그러자 태은이 어이없다는 얼굴로 말했다.

"정신 팔려서 작은형이 한 얘기도 못 들었고만!"

"뭐라고 했어?"

"작은형이 큰형아가 캐스팅해 준다고 하면 축구 소설 쓴다고 그랬단 말이야."

태민은 어깨를 으쓱거리며 대답을 태진에게 돌렸고, 태진은 피식 웃고는 고개를 끄덕거렸다. 그러고는 옆에 있는 이주와 정만, 단우를 가만히 쳐다봤다.

"축구 연습 해 둬야겠는데요?"

『모방에서 창조까지 하는 에이전트』 完.